ullstein

CAROLINE JANSEN wurde Anfang der 1960er Jahre in Bad Oeynhausen geboren. Sie hat einige Jahre in Bremen gelebt und dort im Viertel gearbeitet. Inzwischen lebt sie mit ihrer Familie in einem kleinen Ort südlich von Bremen.

CAROLINE JANSEN

DER SALON AM ROSENPLATZ

FRAUEN WIE WIR

Roman

Ullstein

Besuchen Sie uns im Internet:
www.ullstein.de

Wir verpflichten uns zu Nachhaltigkeit
- Klimaneutrales Produkt
- Papiere aus nachhaltiger Waldwirtschaft und anderen kontrollierten Quellen
- ullstein.de/nachhaltigkeit

FSC www.fsc.org
MIX
Paper | Supporting responsible forestry
FSC® C021394

Die Personen in diesem Roman sind frei erfunden,
genau wie der Salon am Rosenplatz
und Salon Kronewinkel am Wall.
Sollte es Ähnlichkeiten mit real existierenden Friseursalons in Bremen geben, ist das nicht beabsichtigt.

Originalausgabe im Ullstein Taschenbuch
1. Auflage April 2023

Umschlaggestaltung: bürosüd° GmbH, München
Titelabbildung: © www.buerosued.de (Häuser, Straße, Himmel); Allan Cash Picture Library / Alamy Stock Foto (Frauen)
Gesetzt aus der Albertina powered by pepyrus
Druck und Bindearbeiten: ScandBook, Litauen
ISBN 978-3-548-06650-9

Für meine Mutter

Wenn ich die Wahl habe zwischen dem Nichts und dem Schmerz, dann wähle ich den Schmerz.

William Faulkner

I.

Bremen im Winter 1966

Ruth

Es war kalt an diesem Morgen, und Ruth Fellbach war froh, unter dem Mantel noch eine Strickjacke zu tragen. Offenbar hatte es die ganze Nacht geschneit, und es sah aus, als würde es noch mehr Schnee geben. Der Himmel war dunkelgrau und voller tief hängender Wolken.

Sie schlitterte den Weg entlang und schob sich den letzten Bissen ihres Marmeladenbrots in den Mund. Für ein Frühstück in aller Ruhe hatte es nicht mehr gereicht, nur für einen schnellen Kaffee zwischen Anziehen und Frisieren. Wobei sich das Frisieren auf ein rasches Bürsten und Toupieren beschränkt hatte.

Ruth nahm die Handschuhe aus der Manteltasche, zog sie über und kuschelte sich in ihren Wollmantel.

Als sie die Ellhornstraße entlangkam, und der Rosenplatz in Sichtweite war, sah sie ihre Nichte Marianne in der Tür des Frisiersalons stehen und ihr zuwinken.

Ruth ging vorsichtig etwas schneller. Ob etwas passiert war?

»Kannst du nach Onkel Kurt sehen?«, rief Marianne. »Er ist noch nicht da!«

Ruth nickte und hob die Hand. Sie überquerte die Straße und bog in die nächste Seitenstraße ein. Bis zur Wohnung ihres Bruders waren es nur ein paar Schritte.

Ihr Vater hatte Salon Fellbach nach dem Krieg eröffnet. Ruth und ihre beiden älteren Geschwister waren praktisch darin groß geworden. Während andere Mädchen ihre Puppen an- und auskleideten und im Puppenwagen umherkutschierten, hatte Ruth ihre frisiert. Etwas anderes als Friseuse zu werden war ihr nie in den Sinn gekommen. Kurt war ebenfalls Friseur geworden, wenn auch nicht unbedingt aus Leidenschaft. Ruth nahm an, dass er es einerseits dem Vater recht machen wollte und es ihm andererseits an Antrieb und eigenen Ideen gefehlt hatte. Kurt war ein Ausbund an Trägheit und stoischem Gleichmut.

Auch Gisela, die Älteste von ihnen, hatte eine Friseurlehre beim Vater gemacht, verstand sich aber mehr auf Zahlen. Sie hatte nie gern im Salon gestanden und frisiert, sondern lieber im Büro gesessen und sich um die Finanzen gekümmert.

Bevor ihr Vater gestorben war – er war lange krank gewesen und hatte genug Zeit gehabt, all die Dinge zu regeln, um die man nicht herumkam –, hatte er Gisela den Friseursalon überschrieben und dafür gesorgt, dass Ruth und Kurt nicht auf der Straße stehen würden.

Ruth war das Nesthäkchen der Familie, der Nachzögling,

mit dem niemand mehr gerechnet hatte. Sie wurde in diesem Jahr sechsundzwanzig, Kurt war vierzehn und Gisela fünfzehn Jahre älter.

Sie blieb vor dem Altbremer Haus stehen, in dem sich die Wohnung ihres Bruders befand. In dem winzigen Vorgarten schoben sich wacker ein paar Schneeglöckchen aus der Erde, und in dem Vogelhäuschen, das jemand aufgestellt hatte, balgten sich Spatzen und Meisen um die Körner. Als Ruth kam, stoben sie zeternd auseinander.

Bevor Ruth auf die Messingklingel drückte, hob sie den Kopf und schaute nach oben, ob ihr Bruder am Fenster stand. Doch er war nicht zu sehen, also klingelte sie.

Ob Kurt verschlafen hatte? Das war in all den Jahren so selten vorgekommen, dass sie es an einer Hand abzählen konnte.

Im Haus blieb es still, und sie klingelte erneut.

Kurz darauf wurde die Tür geöffnet, und Kurt eilte ohne Gruß an ihr vorbei. »Schietwetter!«

»Dir auch einen guten Morgen, Kurt. Vorsicht, die Stufen sind glatt!«

Er schaffte sie ohne große Schwierigkeiten, dafür rutschte er auf dem Bürgersteig aus und landete auf seinem Hinterteil.

Ruth musste lachen und schlug hastig die Hand vor den Mund.

Ihr Bruder stand so schnell wieder, dass sie gar nicht dazu kam, ihn zu fragen, ob er sich wehgetan hatte. »Verflucht! Warum hat hier niemand gestreut!«

Ruth hakte ihn unter. »Falsche Frage, Kurt. Wieso hast *du* nicht gestreut?«

»Ist Gisela sauer?«, fragte er, ohne sich um ihre Bemerkung zu kümmern.

»Sie wird wahrscheinlich noch gar nicht mitbekommen haben, dass du zu spät bist.« Bestimmt saß sie wie jeden Morgen in ihrem verqualmten Büro. Man musste die Luft anhalten, wenn man es betrat. Gisela hatte zu rauchen begonnen, als sie und ihr Mann sich kennengelernt hatten. Dietmar war schon damals starker Raucher gewesen. Seit seinem Tod rauchte sie wie ein Schlot, man traf sie im Grunde nie ohne Zigarette an.

»Hoffen wir's«, murmelte Kurt.

Ruth hatte Mühe, mit ihm Schritt zu halten. »Meine Güte, wieso rennst du denn so? Auf die paar Minuten kommt es doch auch nicht mehr an.«

Er blieb kurz stehen und sah sie stirnrunzelnd an. Dann ging er zügig weiter in Richtung Rosenplatz.

»Hattest du Streit mit Heidelinde?«

Heidelinde war seine Verlobte. Ruth und Marianne hatten bereits Wetten abgeschlossen, wann oder ob die Hochzeit überhaupt stattfinden würde. Beide konnten sich Kurt nicht so recht als Ehemann vorstellen.

Erna Jansen, die schräg gegenüber wohnte, lehnte im offenen Fenster. »Moin, Frollein Fellbach, Herr Fellbach! Kalt heute, was?«

»Moin, Frau Jansen! Das können Sie laut sagen.« Ruth kannte jeden in der näheren Nachbarschaft, viele waren seit Jahren Stammkunden im Salon.

»Hab für nächste Woche einen Termin!« Wie üblich trug Erna Jansen eine dicke hellbraune Strickjacke mit Zopfmuster, darüber ein Schultertuch und auf dem grauen Haarschopf, der sich mehr wie die Mähne eines Pferdes anfühlte, eine Mütze in Erbsengrün.

»Fein, bis dann!«

»Als ob sie sonst nichts zu tun hat«, brummte Kurt, als sie vor dem Salon ankamen.

»Freu dich doch, dass sie regelmäßig herkommt«, raunte Ruth.

»Das meinte ich nicht. Ich meinte, sie sitzt da im Fenster und …« Er winkte ab. »Egal. Komm.« Er hielt ihr die Tür auf.

Die blieb stumm, kein »Klingeling«, und beide hoben den Kopf und sagten wie aus einem Mund: »Schon wieder kaputt.«

Gisela stand am Tresen, die Brille auf dem Nasenrücken, und blickte auf. »Wo kommt ihr denn her?« Es klang nicht wie eine Frage, sondern wie ein Vorwurf.

Seit Dietmars plötzlichem Tod hatte sie sich sehr verändert. Natürlich, niemand blieb derselbe Mensch, wenn er jemand Geliebtes, Vertrautes verlor. Noch dazu so unerwartet. Aber Gisela ließ niemanden, nicht mal ihre einzige Tochter, in ihr Herz, ihre Seele blicken. Sie hatte sich vollkommen in sich selbst zurückgezogen und sich allem und jedem verschlossen, um mit ihrer Trauer allein zu sein.

Ruth wollte improvisieren, vor allem wollte sie sich vor ihren Bruder stellen.

Doch er war schneller – und überraschend ehrlich. »Ich hab verschlafen. Ruth hat mich geholt.«

»Verschlafen, soso.« Giselas Blick war missbilligend.

Kurt hob die Hand. »Ich weiß, was du sagen willst, Gisela. Lass gut sein.«

»Woher willst du wissen, was ich sagen wollte?«

»Weil ich dich kenne.«

Bitte kein Streit am frühen Morgen, flehte Ruth.

»Die Klingel ist übrigens schon wieder kaputt.« Kurt hängte seinen Mantel an die Garderobe.

»Ich weiß, ich habe den Handwerker bereits angerufen.«

Er schlüpfte in seinen Kittel. »Das hätte ich doch tun können.«

»Was? Herrn Brandes anrufen oder die Klingel reparieren?«

»Ich bin nicht so ungeschickt, wie du vielleicht glaubst.«

»Darf ich dich an die Trockenhaube erinnern, an der du so lange rumgeschraubt hast?«

Er hob die Hand und verdrehte die Augen. »Das musste ja kommen. Konnte ich ahnen, dass es am Stecker lag?«

Gisela drückte ihre Zigarette im Aschenbecher aus, der offenbar nicht ausgeleert worden war. Sie konnte unmöglich schon so viel geraucht haben.

Ruth verzog angewidert das Gesicht, hatte sich aber nicht rechtzeitig zur Seite gedreht.

»Was soll denn dieser Blick?«, fragte ihre Schwester.

»Schon gut«, murmelte sie, zog rasch Mantel und Strickjacke aus und den Kittel an. Dann nahm sie vorsichtig das Kopftuch ab und warf einen Blick in den Spiegel hinter Gisela.

»Ich weiß selbst, dass ich zu viel rauche. Nicht jeder kann so ein Ausbund an Tugend sein.«

Ruth schluckte eine Erwiderung herunter. Sie und ihre Schwester gerieten häufig aneinander, das war nichts Neues, es war aber nicht immer so gewesen. Ihre Mutter war gestorben, als sie sieben Jahre alt gewesen war. Und weil ihr Vater hoffnungslos überfordert gewesen war, hatte Gisela sie bei sich und ihrer eigenen Familie aufgenommen und ihr wieder ein Zuhause gegeben.

»Menschenskinder, müsst ihr euch schon am Morgen angiften?«, knurrte Kurt kopfschüttelnd.

Gisela zupfte am Kragen ihrer weißen Bluse. Selbst das wirkte missbilligend. Mehr als ein Jahr hatte sie Schwarz getragen und Marianne erschüttert zurechtgewiesen, als die nach einem Dreivierteljahr ein helles Kleid angezogen hatte.

An diesem Tag trug Gisela ein graues Kostüm, dazu die weiße Bluse und Pumps mit Pfennigabsätzen. Man hörte sie immer schon von Weitem kommen. Das blondierte Haar – eigentlich war es dunkelblond – kämmte sie streng aus dem Gesicht und steckte es am Hinterkopf zu einer Art Rolle fest. Seit Neuestem benötigte sie eine Brille, was sie noch etwas strenger erscheinen ließ. Gisela wirkte immer unnahbar und kühl und ein bisschen wie aus der Zeit gefallen. Als wäre sie in den frühen Fünfzigern stecken geblieben, einer Zeit, die sie sehr geliebt hatte und von der sie stark geprägt worden war.

Ruth knöpfte ihren Kittel zu. Er kam frisch aus der Wäscherei und roch nach Sprühstärke.

Wie lange wohl noch, bis wir unsere Kittel selbst waschen müssen, dachte sie betrübt.

Dem Friseursalon ging es nicht gut, seit es modernere, flottere gab, die sich mehr der jüngeren Kundschaft annahmen. Wenn Gisela sich nicht so sträuben würde, könnten sie auch ihren Salon ein bisschen aufmöbeln. Mit ein paar neuen Spiegeln und schicken Tapeten und vielleicht sogar neuen Waschbecken. Aber das Geld war knapp, sehr knapp.

Ruth hatte es zwei-, dreimal gewagt und war mit Vorschlägen vorgeprescht. Doch Gisela hatte alle mit einer einzigen Handbewegung abgeschmettert. »Und was heißt überhaupt, unser Salon sei altbacken?«, hatte sie gemeint. »Er ist nicht altbacken, sondern ein Traditionssalon.« Und sie hatte das Sagen. Immerhin war ihnen die Stammkundschaft geblieben, ohne sie gäbe es wohl Salon Fellbach längst nicht mehr.

Ruth richtete ihr Haar. Sie hatte nicht geschafft, es noch hier und da aufzudrehen, wie sie es normalerweise morgens machte. Das Kopftuch hatte ihrer Frisur den Rest gegeben.

»Gott noch mal«, fluchte sie leise und zupfte an ein paar Strähnen.

»Frau Berthold kommt heute zum Färben«, sagte Gisela.

»Ich weiß.« Ruth hatte den Termin selbst angenommen. »Ist Frau Zimmermann schon da?«, fragte sie.

Gisela schüttelte den Kopf und blätterte im Terminkalender, der auf dem Holztresen lag. Im Eingangsbereich gab es außer dem Tresen noch ein Regal mit Haarpflegeprodukten.

Ruth ging nach rechts in den Frisierbereich, einen etwa fünf mal fünf Meter großen Raum. An zwei gegenüberliegenden Wänden befanden sich drei beziehungsweise zwei eckige Waschbecken, darüber ovale, furchtbar unmoderne verschnörkelte Spiegel, die noch aus der Anfangszeit stammten. Was man ihnen ansah.

In der Ecke standen drei Trockenhauben, die einen Höllenlärm machten, auch sie gehörten seit einer halben Ewigkeit zum Inventar.

Es gab auch einen Kinderstuhl, der auf die Größe des jeweiligen Kindes eingestellt werden konnte; ein Relikt aus vergangenen, besseren Tagen. Inzwischen verirrten sich kaum noch junge Frauen mit Kindern hierher. Leider. Die Kinderhaarschnitte hatte Ruth immer ganz besonders gern übernommen. Auch wenn es oft eine Herausforderung gewesen war. Viele Kinder mussten überredet und sogar bestochen werden, wenigstens eine halbe Stunde halbwegs still zu sitzen.

An einer der Wände hingen Fotos von Senta Berger. Kurts Augen bekamen immer einen ganz besonderen Glanz, wenn er sie betrachtete. Er hatte eine Schwäche für die bildhübsche rothaarige Schauspielerin, die mit Heidelinde genauso wenig Ähnlichkeit hatte wie Ruth mit Claudia Cardinale.

Apropos Heidelinde, dachte Ruth. »Was ist denn nun mit Heidelinde?«, fragte sie ihren Bruder, der an ihr vorbei in den kleinen, abgetrennten Herrenbereich wollte.

»Was soll mit ihr sein?«

»Na, hattet ihr Streit?«

Er zuckte mit den Schultern und ging zu Herrn Sievers, der im Wartebereich saß und die Tageszeitung las. »Moin, Herr Sievers. Wie immer?«

Der alte Herr sah auf und legte die Zeitung weg. »Wie immer, Herr Fellbach.«

Und wie immer hatte er seine Anzugjacke ausgezogen und die Hemdsärmel bis zum Ellbogen aufgekrempelt.

»Es ist ein Wunder, dass er sich nicht auch noch die Schuhe auszieht«, hatte Kurt irgendwann gemeint.

2.

Pünktlich wie üblich kam Elfriede Zimmermann kurz darauf herein, eine mollige Frau Ende vierzig.

Ruth hatte den Stuhl bereits zurechtgerückt, und sie nahm am mittleren Waschbecken Platz. »Morgen, Ruth.« Manchmal sagte sie auch »Fräulein Ruth«.

Die beiden kannten sich seit vielen Jahren, und Ruth waren beide Anreden recht. »Morgen, Frau Zimmermann. Schneit's noch immer?«

Das einzige Schaufenster war mit einer hässlichen eierschalenfarbenen Gardine verhängt. Auch das hatte Ruth bereits ein paarmal angemerkt. »Lass uns doch die olle, scheußliche Gardine rausnehmen, Gisela. Wir könnten stattdessen das Schaufenster hübsch gestalten. Ich würde das auch übernehmen.« Gerne sogar.

Doch Gisela hatte sie wie jedes Mal angesehen, als hätte sie den Vorschlag gemacht, Welpen darin auszustellen. »Die Gardine bleibt. Oder willst du, dass jeder, der vorbeikommt, hereinstarren kann?«

Dabei kamen nur die wenigen Anwohner des Rosenplatzes vorbei, alle anderen nahmen den Weg über die Ellhornstraße oder eine der Nebenstraßen. Aber hätte sich doch mal jemand hierher verirrt, würde er bestimmt gern einen Blick in den Salon werfen. Warum auch nicht? So hätten sie zeigen können, dass im Salon Fellbach noch frisiert wurde.

Elfriede Zimmermann deutete auf Ruths schwarze Steghose. »Sehr schick.« Sie musste es wissen, denn sie war Verkäuferin in einem Modegeschäft für Damenbekleidung im Viertel. »Ich wünschte, ich könnte so was auch tragen.« Mit einem Seufzen zwickte sie sich in die Taille. »Aber ich hab hier zu viel und da …«, sie zeigte auf ihre Beine, »… sowieso.«

»Es muss auch Frauen geben, die Röcke tragen, Frau Zimmermann.«

»Wie wahr, wie wahr. Ihre Frisur gefällt mir, Ruth. Ob mir das auch steht?«

Ruth drehte sich einmal um die eigene Achse und deutete auf ihren Hinterkopf. »Warum nicht? Aber sehen Sie, es ist hier hinten ziemlich kurz geschnitten. Ich dachte, Sie mögen es lieber etwas länger.«

Elfriede Zimmermann machte »Hmm« und dachte eine Weile nach.

Dann nickte sie. »Lassen Sie es uns ausprobieren. Was meinen Sie?«

»Ich finde, man sollte sich immer was trauen.« Das war Ruths Motto: Trau dich was, und du bist um eine Erfahrung reicher.

Sie band Frau Zimmermann den knisternden Polyesterumhang um und begann ihr Haar zu bürsten.

Am Nachbarwaschbecken stand Marianne und frisierte

Frau Rollnick, auch sie eine Stammkundin. Marianne sah müde aus, übernächtigt, wie so oft an einem Dienstagmorgen. Vermutlich war sie am Wochenende aus gewesen und hatte sich am Tag zuvor noch mit ihrer Clique getroffen.

Ruth zwinkerte ihr im Spiegel zu, und sie zwinkerte zurück.

Sie verstanden sich glänzend. Ruth war nur fünf Jahre älter als Marianne; Tante und Nichte, die wie Schwestern aufgewachsen waren.

Ruth wusste, dass Gisela eifersüchtig war. Sie hatte häufig das Gefühl, sich zerreißen zu müssen, um uneingeschränkt das sein zu können, was sie gern wäre: für Gisela wieder die so viel jüngere, dankbare Schwester und für Marianne weiterhin Freundin und Tante.

»Ruthchen?« Marianne knuffte sie in die Seite und riss sie damit aus ihren Gedanken. »Wo warst du gerade?«

Ruth lächelte anstatt einer Antwort. Was hätte sie auch sagen sollen? Marianne wusste von ihrer inneren Zerrissenheit nichts, weil sie so früher oder später zwischen die Fronten geraten würde.

»Leihst du mir deinen Toupier-Kamm? Meiner ist … unauffindbar.« Marianne hatte eine für ihr Alter und ihre Statur ungewöhnlich dunkle Stimme.

»Hier.« Ruth griff in ihre Kitteltasche und nahm den Kamm heraus. »Wiedersehen macht Freude.«

Frau Zimmermann betrachtete sich derweil nachdenklich im Spiegel. »Meinen Sie, dass mir auch ein Pony steht?«

»Zur Not kämme ich Ihr Haar leicht aus der Stirn.«

»Wird es dann trotzdem so aussehen wie bei Ihnen?«

»Ganz bestimmt«, flunkerte Ruth.

Die meisten Kundinnen wollten angeschwindelt werden, wenn sie zum Beispiel mit ausgeschnittenen Fotos von berühmten Schauspielerinnen kamen und darum baten, auch so aussehen zu wollen. Sie darauf hinzuweisen, dass die Beschaffenheit des Haars eine nicht unerhebliche Rolle spielte, hatten Ruth und Marianne sich längst abgewöhnt. Wollte eine Kundin so aussehen wie Maria Schell oder Uschi Glas, tricksten sie so lange, bis die Frisur einigermaßen hielt. Sie schoben Clips ins Haar, drehten es auf verschieden große Wickler, toupierten und benutzten Unmengen von Haarspray. Die Kundin war zufrieden, verließ kerzengerade den Salon, um die Frisur nicht zu gefährden, und genoss es, wenigstens einen Tag lang wie Uschi Glas auszusehen. Meistens kam sie wenige Tage später wieder und jammerte: »Ich kriege es einfach nicht hin!« Das war dann meistens der Moment, an dem sie um eine Frisur bat, die zu ihrem Haar passte und einigermaßen pflegeleicht war.

Elfriede Zimmermann stieß ein wohliges Seufzen aus, als Ruth ihr einen Waschlappen für die Augen reichte und sie bat, den Kopf über das Waschbecken zu lehnen.

»Gut so?« Bis die richtige Wassertemperatur eingestellt war, dauerte es für gewöhnlich eine ganze Weile.

»Alles bestens, Ruth. Huch!«

»Stimmt was nicht?« Ruth hielt in der Bewegung inne, die Hand unter dem Wasserhahn.

»Mir ist Wasser ins Ohr gelaufen.«

»Verzeihung.«

»Ist nicht weiter schlimm. Vielleicht ist es ganz gut, wenn meine Ohren mal ordentlich durchgespült werden.«

Ruth nahm einen neuen Waschlappen und reichte ihn ihr.

Während sie Frau Zimmermanns blondiertes, stumpf gewordenes Haar shampoonierte, hing sie ihren Gedanken nach. Sie überlegte, ob sie dieses Jahr ihren Geburtstag feiern wollte. Den letzten hatte sie mit vielen Gästen gefeiert, und es war hoch hergegangen. *Nein, diesen werde ich allein auf der Couch verbringen – oder mit Rosemie ins Kino gehen.*

»Kannst du nachher Frau Weber übernehmen?«, unterbrach Marianne ihre Überlegungen.

»Sicher. Wann hat sie einen Termin?«

»Um halb fünf. Ich habe Frau Schuster dazwischengenommen.« Marianne verdrehte flüchtig die Augen. »Sie hat furchtbar geheult am Telefon. Es geht bestimmt wieder um ihren Mann.«

»Ach herrje.«

»Immer nur Ärger mit den Männern, ich sag's dir.« Marianne toupierte weiter.

Ruth spülte Frau Zimmermanns Haar ein letztes Mal gründlich aus, griff mit einer Hand nach einem frischen Handtuch und wickelte es ihr um den Kopf. »So, das hätten wir.«

Ihre Kundin kam hoch, das Gesicht ganz rot. Während Ruth ihr die Kopfhaut sacht massierte, seufzte sie wieder genüsslich. »Herrlich, das könnten Sie den ganzen Tag tun.«

Ruth nahm das Handtuch ab und begann, das feuchte

Haar vorsichtig Strähne für Strähne zu entwirren und auszukämmen.

Danach trocknete sie sich die Hände ab und holte das Körbchen mit den Haarclips. Sie teilte das Haar, steckte es fest und zog die Schere aus ihrer weißen Kitteltasche.

»Den Kopf bitte etwas vorbeugen.« Sie schnitt die erste Strähne im Nacken und machte zügig weiter.

Sie liebte ihren Beruf, hatte es noch keinen Tag bereut, nicht Verkäuferin oder Sekretärin geworden zu sein.

»Haben Sie schon das Neueste gehört, Ruth?«

»Nein, was denn?«

»Da haben Sie neulich einen Mann aus einer Wohnung in Woltmershausen geholt. Tot, mausetot.« Elfriede Zimmermann schnalzte mit der Zunge. »Stellen Sie sich das mal vor, der hat mehr als zwei Jahrzehnte im Bett gelegen. Ist nur aufgestanden, wenn er aufs Klo musste.«

Ruth hörte auf zu schneiden und warf ihr einen ungläubigen Blick im Spiegel zu. »Wirklich?«

»Genauso soll's gewesen sein. Der arme Kerl hat bei seiner älteren Schwester gewohnt, die hat alles für ihn getan. Na ja, auf jeden Fall soll er fürchterlichen Liebeskummer gehabt haben, hat sich ins Bett gelegt und ist nicht mehr aufgestanden.«

Erneut ein kurzer Blickaustausch im Spiegel.

»Der Bart soll ihm bis zum Knie gewachsen sein. Und das Haar … Na, das können Sie sich ja vorstellen. Vielleicht hat's ihm seine Schwester dann und wann gewaschen. Geschnitten hat sie's jedenfalls nicht.« Sie runzelte die Stirn. Für einen Moment war sie abwesend, vielleicht versuchte sie sich vorzustellen, wie der Mann wohl ausgesehen haben mochte. »Na ja, auf jeden Fall ist er dann gestorben, und seine Schwester musste dafür sorgen, dass er … Na, Sie wissen schon. Er konnte ja schlecht im Bett bleiben.«

»Du lieber Himmel.«

»Das können Sie laut sagen. Hatten Sie je solchen Liebeskummer, dass Sie nicht mehr aufstehen wollten?«

»Nein.«

»Ich auch nicht. Mit meinem Mann ist's ja auch nicht immer leicht, das sag ich Ihnen. Wie ein Waldschrat soll er ausgesehen haben.«

»Wer? Ihr Mann?« Ruth musste lachen, nickte dann aber. »Nein, ich versteh schon.«

»Hat in allen Zeitungen gestanden. Ich bin baff, dass Sie das nicht gelesen haben.«

Wozu?, dachte Ruth. *Ich habe doch Sie.*

Frau Zimmermann kam regelmäßig zum Nachschneiden, Waschen und Legen und jedes Vierteljahr zum Nachblondieren. Durch ihren Beruf und sicher auch durch eine angeborene Neugier war sie über alles, was sich in der Gegend tat, auf dem Laufenden.

Vor einiger Zeit hatte sie erzählt, sie hätte von einem Bekannten eines Bekannten gehört, dass Uschi Nerke, die junge Moderatorin des »Beat-Clubs«, auf der Helenenstraße gesehen worden war. Und nicht als Spaziergängerin. In einem durchsichtigen Negligé hätte sie in einem der Schaufenster gesessen.

Elfriede Zimmermann hatte so laut gesprochen, dass es mucksmäuschenstill im Salon geworden war.

Kurt hatte zu schneiden aufgehört, und er und sein Kunde fragten gleichzeitig: »Im Schaufenster?«

»Im Schaufenster.« Sie nickte, sichtlich erfreut über das Interesse, das man ihr und ihrer unglaublichen Geschichte entgegenbrachte. »Saß dort und hat auf Kundschaft gewartet.«

»Uschi Nerke?«, fragte Marianne fassungslos. »Das kann nicht sein, sie studiert doch Architektur.«

»Vielleicht studiert sie die *besondere* Architektur in der Helenenstraße«, hatte Kurt trocken gemeint und damit für große Heiterkeit gesorgt.

Auch Ruth hatte damals mitgelacht, aus Getratsche hielt sie sich ansonsten aber lieber heraus. Gerüchte machten schnell die Runde, und jeder dichtete etwas hinzu, sodass am Ende niemand mehr wusste, wer was wann behauptet hatte.

Wenig später hatte sich dann auch herausgestellt, dass der Bekannte des Bekannten von Elfriede Zimmermann sich schlicht und einfach getäuscht hatte. Was sie lapidar mit »Kann ja mal vorgekommen, die Frau im Schaufenster hatte auch so lange, glatte dunkle Haare« kommentiert hatte.

Da war das Gerücht, Uschi Nerke arbeite tagsüber als Prostituierte, bereits durch halb Bremen geschwappt und möglicherweise sogar der Moderatorin selbst zu Ohren gekommen.

»Sachen gibt's«, sagte Ruth nun und schüttelte den Kopf. »Kaum zu glauben.«

»Ich hab's von einer Nachbarin gehört und die hat's von einer früheren Bekannten.«

Ruth grinste in sich hinein. Von der Bekannten einer Nachbarin, soso.

Frau Zimmermann nahm die Illustrierte und begann zu blättern.

Das war für Ruth das Zeichen, still weiterzufrisieren und erneut ihren Gedanken freien Lauf lassen zu können.

Sie stellte sich vor, wie sie im Sommer in einem Auto durch Bremen brausen würde. Sie hatte Ende letzten Jahres mit dem Führerschein begonnen, und vielleicht würde sie sich irgendwann einen schicken kleinen Gebrauchtwagen leisten können.

3.

Marianne

Während Frau Zimmermann die verrückte Geschichte von dem unglücklich verliebten Mann erzählte, hatte Marianne am Nebenwaschbecken gestanden und zugehört. Ein Mann, der sich aus lauter Liebeskummer ins Bett legt und jahrzehntelang nicht mehr aufsteht? Im Leben nicht!

Sie teilte einzelne Strähnen ab und toupierte weiter.

»Ich schlafe neuerdings auf Wicklern«, erzählte ihre Kundin mit einem Seufzen. »Mein Mann sagt, es käme ihm manchmal vor, als läge ein Marsmensch neben ihm.«

Marianne lachte, trat einen Schritt zurück und legte den Kopf schief, um den Hinterkopf der Kundin zu betrachten.

Sie nahm die Schere aus der Kitteltasche, schnitt am Nacken etwas nach und reichte Frau Rollnick eine Illustrierte, ehe sie ihr Haar mit reichlich Haarspray fixierte. Anschließend nahm sie ihr den Umhang ab und war beim Aufstehen behilflich.

Sie bedankte sich für die Münze, die Frau Rollnick ihr in die Kitteltasche steckte.

»Dann bis in vier Wochen, Marianne.«

Sie begleitete sie zum Tresen und wartete, bis ihre Mutter die Kasse geschlossen hatte und Frau Rollnick gegangen war. »Ich habe Frau Schuster dazwischengenommen und vergessen, sie einzutragen.«

Ihre Mutter schaute in den Terminkalender. »Richtig, du hast es wieder vergessen.«

Wieder. Das war typisch, ständig musste sie übertreiben.

»Wie viel Trinkgeld hast du bekommen?«

Marianne biss sich auf die Unterlippe. *Diesmal gar nichts,* könnte sie sagen, stattdessen nahm sie das Geldstück und ließ es demonstrativ auf den Tresen fallen. Es waren zwanzig Pfennig.

Ihre Mutter nahm es und steckte es in das Porzellansparschwein, das im Regal hinter ihr stand. »Bist du heute Abend zum Essen da? Ich wollte mal wieder Toast Hawaii machen.«

»Nein, ich bin verabredet.« Sie hatte weder Lust auf Toast Hawaii noch auf das miesepetrige Gesicht ihrer Mutter.

Dabei verstand Marianne sie ja. Sie selbst hatte der Tod des Vaters auch furchtbar getroffen, und sie vermisste ihn jeden Tag. Wenn sie wenigstens mit ihrer Mutter darüber sprechen könnte. Sie sollten sich gegenseitig trösten, sich zuhören. Doch sobald ihre Mutter nur die Worte »Papa« und »Tod« hörte, blockte sie ab. Sie schottete sich regelrecht ab, gegen alles und jeden.

Sagte man nicht: Geteiltes Leid ist halbes Leid?

Von wegen. Marianne hatte den Eindruck, als beanspruche ihre Mutter das Leid ganz allein für sich, und schloss sie damit aus.

Die Tür ging auf, und Michael Brandes, der Handwerker, kam herein. Ein junger, gut aussehender Bursche mit langen Koteletten und dunklem Haar, in das sie liebend gern gegriffen hätte. Sie musste sich jedes Mal beherrschen.

»Tag, die Damen.« Er lupfte seine Schiebermütze und zwinkerte ihr flüchtig zu.

»Die Klingel ist schon wieder kaputt«, begrüßte ihre Mutter ihn mit vorwurfsvollem Unterton. »Marianne? Kümmere dich um die Kunden, ja?«

»Es sind gerade keine da.« *Und sag mir nicht dauernd, was ich tun oder lassen soll!*

Ihre Mutter verzog den Mund, wie sie es gern tat, wenn sie ärgerlich oder verdrossen war. Und eins von beidem war sie leider viel zu oft.

Brandes brachte sich mit einem vernehmlichen Räuspern wieder in Erinnerung. »Dann will ich mal.« Er stellte die Trittleiter auf, die er mitgebracht hatte, und stieg die drei Sprossen hoch.

Während er an der Türglocke hantierte, die weiterhin keinen Mucks von sich gab, sah Marianne ihm zu. Ein bisschen erinnerte er sie an den Schauspieler Thomas Fritsch, beide hatten dieses jungenhafte, freche und unbekümmerte Lächeln.

»Reichen Sie mir mal den kleinen Hammer?«, bat er.

»Meine Tochter ist nicht Ihr Handlanger, Herr Brandes«, wies ihre Mutter ihn zurecht.

Da hatte Marianne sich bereits gebückt und einen Hammer aus dem Werkzeugkoffer genommen.

»Nicht den, den anderen gleich daneben.«

Ohne von ihrer Mutter Notiz zu nehmen, reichte sie ihm den anderen Hammer.

»Besten Dank auch.«

»Gern geschehen.«

Der Blick, den sie sich zuwarfen, war elektrisierend, und Marianne spürte, wie ihr Gänsehaut die Wirbelsäule hochkroch. Sie flirteten gern miteinander, wenn er hier war, und seit die Klingel so störrisch war, kam er regelmäßig. Es machte ihr Spaß, so ungeniert zu flirten, weil es unverbindlich war. Aus ihr und Michael Brandes würde in hundert Jahren kein Paar werden. Sie war auch gar nicht auf einen festen Freund aus, sie genoss ihre Freiheit und das fröhliche, unbeschwerte Leben inmitten ihrer Clique.

Ihre Mutter schnaubte und verschwand im Büro, das links vom Frisierbereich lag. Von dort ging es in eine Art Nebentrakt mit einer Treppe, die in die obere Wohnung führte, in der sie und ihre Mutter wohnten.

Marianne wünschte, sie könnte endlich ausziehen, ein eigenes Leben führen, selbst bestimmen. Doch erstens fehlte ihr dazu das Geld und zweitens leider auch der Antrieb. Seit dem Tod ihres Vaters konnte sie sich oft kaum aufraffen, morgens aufzustehen und hinunter in den Salon zu gehen. Sie war ein Papa-Kind gewesen, und es kam ihr vor, als hätte sein Tod sie in zwei ungleiche Teile zerrissen, die nicht mehr zusammenpassen wollten. An den Wochenenden musste sie oft von ihrer Freundin überredet werden, mit in den Club oder in eine Kneipe zu kommen. Wenn sie dann erst mal dort war, konnte sie sich sogar amüsieren, tanzte ausgelassen und hatte Spaß. Sobald sie aber wieder heimkam und ihr allein beim Blick auf die Schuhe im Flur wieder bewusst wurde, dass ihr Vater nicht mehr da war, sackte sie in sich zusammen. Als entweiche auf einen Schlag alles Leben aus ihr. Sie brauchte jedes Mal eine Weile, um wieder aus diesem Tal herauszufinden.

Ihrer Mutter schien das nach wie vor nicht zu gelingen.

Ruth kam um die Ecke und bremste mit einem »Huch!« abrupt ab. Um ein Haar hätte sie die Trittleiter samt Brandes umgelaufen.

»Herr Brandes. Sie schon wieder.« Sie schenkte ihm ein reizendes Lächeln.

»Ja, ich schon wieder.« Er lächelte zurück.

»Ob Sie es irgendwie hinbekommen, dass das Ding ein Weilchen hält?«

»Ich tue mein Bestes, Frau Fellbach.«

»Weiß ich doch. Und bitte ›Fräulein‹. Ich bin nicht verheiratet.« Mit einem weiteren Lächeln beugte Ruth sich über den Terminkalender, murmelte etwas und seufzte dann.

Sie gehörte zu der Sorte junger Frauen, die vermutlich nicht den Hauch einer Ahnung hatten, welche Wirkung sie auf andere Menschen und vor allem auf Männer ausübten. Ruth besaß eine unglaubliche Ausstrahlung, sprühte vor Lebensfreude und Temperament. Das wirklich Wunderbare an ihr aber waren ihre grenzenlose Herzenswärme und Fürsorge. Und wenn sie lachte, musste man mitlachen.

Marianne hatte schon oft gedacht, dass sie nicht hierher in diesen verstaubten, altmodischen Salon gehörte, in dem die ältere Schwester das Sagen hatte und der Bruder mit gelangweiltem Desinteresse alles über sich ergehen ließ. Ruth sollte in einem schicken Salon mit Laufkundschaft arbeiten. Bei Dollmann zum Beispiel, den es zwar auch schon länger gab, der aber immerhin den Staub und Mief der vergangenen Jahre abgelegt hatte.

»Ich habe heute nur noch Frau Weber. Und morgen sind nur Frau Klagenfurt und Frau Stelter angemeldet.« Wieder seufzte Ruth.

»Die laufen jetzt alle zu Dollmann«, meinte Marianne und warf ihr einen bedeutungsvollen Blick zu. Ob sie ihn verstand?

»Wenn Gisela sich wenigstens auf neue Spiegel einlassen würde«, sagte Ruth. »Und auf ein Radio. Stell dir vor, den ganzen Tag könnten wir flotte Musik hören.«

»›Modischer Tinnef‹ wird sie sagen, du kennst sie doch.«

»Vielleicht sollte ich sie einfach vor vollendete Tatsachen stellen«, überlegte Ruth und betrachtete ihre unlackierten Fingernägel. »Zeig mal.« Sie nahm Mariannes Hand und begutachtete deren Nagellack. »Schicke Farbe.«

»Himbeerrosa.«

»Für mich sieht das eher wie Kirschrot aus.«

Sie sahen sich an und lachten.

»Ich hab mir übrigens überlegt, dieses Jahr meinen Geburtstag nicht zu feiern«, sagte Ruth dann.

»Was? Kommt ja gar nicht infrage«, erwiderte Marianne empört.

Ruth legte die Hand auf ihren Arm. »Im Ernst, Marianne, ich hab dieses Jahr keine Lust.«

Brandes stieg von der Trittleiter. »So, jetzt müsste's wieder gehen.«

Ruth lief zur Tür und öffnete sie schwungvoll. Als ein helles »Klingeling« erklang, klatschte sie erfreut in die Hände. »Na also!«

Er räumte den Werkzeugkoffer wieder ein. »Kleiner Tipp.« Er zeigte nach oben zur Klingel. »Wenn's mal wieder klemmt, müssen Sie nur hochsteigen und einmal dranklopfen.«

»Oder einfach eine neue Klingel anschaffen«, entgegnete sie trocken.

Mit einem Grinsen klappte er die Leiter zusammen, nahm den Werkzeugkoffer und nickte ihnen zu. »Schönen Tag noch, die Damen. Rechnung kommt.«

Er war kaum aus der Tür, als Ruth sagte: »Kann es sein, dass er dir ziemlich gut gefällt?«

»Wie bitte?«

»Na, so wie ihr euch immer anseht.«

»Er ist irgendwie … niedlich, ja.«

»Niedlich, aha.« Ruth lachte. »Deshalb haben deine Augen gerade so geleuchtet.«

Sie scherzten häufig so miteinander, zogen sich gegenseitig auf, warfen sich Worte wie Jonglierbälle zu.

Marianne wusste, dass ihre Mutter sich in diesen Momenten ausgeschlossen fühlte. Aber schloss sie sich nicht selbst ständig aus, weil sie niemanden an sich heranließ?

4.

Marianne beneidete Ulrich glühend um seine eigene Bude.

Er war gleich mit einundzwanzig ausgezogen, hatte erst bei seinem älteren Bruder gewohnt und sich wenig später eine bezahlbare Einzimmerwohnung im Viertel gesucht.

Wenn die Clique sich traf, dann meistens bei ihm. Sie redeten, diskutierten, machten Pläne, die sie schnell wieder verwarfen, tranken billigen Wein und Schnaps und knabberten Salzstangen und Erdnüsse. Doris, Micha und Bernd philosophierten auch gern, fragten nach dem Sinn des Lebens und warfen Zitate von Schopenhauer und Nietzsche in den Raum. Marianne hatte sich noch nie zur Philosophin berufen gefühlt, für sie waren die ausschweifenden Reden und tiefsinnigen Überlegungen ihrer Freunde kaum nachvollziehbar. Ihr ging es wie Ulrich, der diese Art von Unterhaltung als Geschwafel bezeichnete.

Auch mit Politik hatte sie nichts am Hut. Das Gefasel der Politiker waren doch bloß Phrasen, leere Worthülsen.

Das, was in Vietnam passierte, ging ihr nahe, aber nicht nahe genug, um sich an einer der Demonstrationen zu beteiligen, die seit einiger Zeit im Gange waren. Vietnam war so weit weg, und was konnten sie hier in Deutschland schon ausrichten? Die Stimme erheben war ja gut und schön, aber mehr fürs eigene Ego. Was sollte das schon bringen?

Marianne saß im Schneidersitz auf Ulrichs ausgeleierter, schmuddeliger Couch, eine Schale Salzbrezeln im Schoß. Die langen Haare fielen ihr ins Gesicht, was gut war, so konnten die anderen nicht sehen, dass sie weder zuhörte noch irgendein Interesse heuchelte.

Manchmal hatte sie ihr Leben satt, so sehr, dass sie ernsthaft darüber nachdachte, etwas verändern zu wollen. Nur, wo sollte sie anfangen? Sie war gerade einundzwanzig geworden, endlich volljährig und alt genug, um auf eigenen Füßen zu stehen. Doch immer, wenn sie begann, einen zunächst vagen Plan aufzustellen, der schließlich konkreter wurde, zögerte sie und warf alles wieder über den Haufen.

Mit ihrem Vater hätte sie über all das reden können, er hätte sie nicht nur verstanden und ernst genommen, sondern ihr auch Mut gemacht und zugeredet. »Von allein geht gar nichts, das weißt du doch. Wenn du etwas schaffen, erreichen willst, musst du einen ersten Schritt machen oder wenigstens einen Plan.«

Als sie die Schule beendet hatte, hatten sie oft zusammengesessen und darüber geredet, wie es weitergehen sollte. Marianne hatte nicht unbedingt Friseuse werden wollen, sie wäre gern Verkäuferin in einem Damenbekleidungsgeschäft geworden. Aber sie wusste, dass ihre Mutter enttäuscht gewesen wäre. »Du sollst doch mal den Salon übernehmen, Marianne. Deinen Großvater hätte das so stolz gemacht.«

Also hatte sie eine Lehre im Salon gemacht und sich eingeredet, später immer noch als Verkäuferin arbeiten zu können.

Inzwischen befürchtete sie, dass es Salon Fellbach nicht mehr lange geben würde und sie sich früher oder später ohnehin eine neue Stelle suchen müsste. Es sei denn, ihre Mutter könnte sich doch noch dazu durchringen, dem altmodischen Salon etwas Frische einzuhauchen.

Doris stupste sie in die Seite. »He, Träumerin.«

Sie hob den Kopf und schob sich eine Haarsträhne hinters Ohr. »Ich träume nicht.«

»Sondern?«

»Ich denke nach.«

»Und wo ist da der Unterschied?«

Micha mischte sich ein. »Genau.« Er zeigte mit dem Finger auf sie, offenbar schon wieder betrunken. »Was ist der Unterschied zwischen Träumen und Grübeln?« Sein Gesicht war erhitzt, sein Haar strähnig und fettig.

Wie oft schon hatte Marianne ihm gesagt, er solle es entweder richtig wachsen oder endlich schneiden lassen. »Und nicht von deiner Schwester, die dir eine Puddingschüssel auf den Kopf stülpt. Komm zu uns in den Salon, und ich mache dir einen Freundschaftspreis.« Selbst das hatte ihn nicht gelockt. Es war ihm schlicht und ergreifend schnuppe, wie er aussah.

Micha hob sein leeres Glas und fuchtelte damit in der Luft herum. »Leute …« Er machte eine bedeutungsvolle Pause und pustete sich eine Haarsträhne aus dem Gesicht.

Wie lange er es wohl nicht gewaschen hat?, überlegte sie.

»Träume sind klasse, jeder muss Träume haben, oder?«

Die anderen nickten zustimmend, und er redete weiter. »Aber wir sollten unsere Träume irgendwann in die Tat umsetzen, oder?« Wieder einhelliges Nicken. »Grübeln bringt einen nicht weiter, weil sich alles im Kreis dreht. Die Gedanken, meine ich. Oder seht ihr das anders?«

Alle außer Marianne schüttelten den Kopf.

Er betrachtete sein Glas, als stünde eine weitere Frage darin oder aber eine Antwort auf alle Fragen dieser Welt.

Manchmal hatte sie auch ihre Clique satt, die Menschen, die sie doch eigentlich mochte und mit denen sie ungeheuer viel Spaß hatte. Lag es an ihr? Stimmte vielleicht mit ihr etwas nicht?

»Tja …« Micha ließ das Wort im Raum stehen und sah auf.

»Wenn man traurig ist, grübelt man auch viel«, meinte Doris und legte den Arm um Marianne. »Ist doch so, Herzchen, oder?«

»Seit wann nennst du mich Herzchen?«

»Seit heute.«

»Mach doch mal was anderes an«, sagte Bernd zu Ulrich. »Ich kann das Gequäke nicht mehr hören.«

»Wie bitte?« Doris schnappte nach Luft. »Was hast du gegen Chris Andrews?«

»Gar nichts. Nur sein Gesang geht mir auf die Nerven.« Er zwickte sie ins Bein, und sie wand sich.

Vielleicht wird aus den beiden ja doch noch was, überlegte Marianne und fragte sich im selben Moment, warum sie sich darüber überhaupt Gedanken machte. Es war ihr vollkommen egal, ob aus Doris und Bernd ein Paar wurde. *Von mir aus kön-*

nen auch gern Micha und Bernd miteinander gehen, dachte sie und unterdrückte ein Prusten.

Ulrich rutschte auf Knien zum Plattenspieler, nahm die Nadel von der Platte und drehte sich halb zu ihnen um. »Was wollt ihr hören?«

»Beatles!«, rief Doris.

»Die kommen nicht auf diesen Plattenteller. Das könnt ihr vergessen.«

»Dann leg halt was von Bob Dylan auf«, schlug Bernd vor.

»Och, komm, nicht Bob Dylan.« Doris stöhnte auf. »Der klingt immer, als hätte er einen Waschlappen im Mund.«

Marianne musste so lachen, dass sie sich an einer Salzbrezel verschluckte. Doris klopfte ihr den Rücken.

»Hier.« Micha schenkte ihr großzügig Rotwein nach.

Sie tat so, als würde sie daran nippen, und stellte das Glas auf den Beistelltisch. Sie würde den Wein später, wenn er es nicht sah, in den armen Gummibaum gießen.

Ich sollte gehen, dachte sie. Doch selbst dazu konnte sie sich nicht aufraffen. Wahrscheinlich würde sie hier sitzen bleiben und ihren Gedanken nachhängen, bis die anderen aufbrachen.

Von Ulrichs Bude bis zum Rosenplatz war es ein ordentlicher Fußmarsch. Normalerweise nahmen Marianne und Doris die Straßenbahn, heute Abend jedoch wollte Marianne laufen. Sie brauchte dringend frische, kühle Luft.

Am Himmel stand ein milchiger Vollmond, und es nieselte.

Sie kuschelte sich in ihren langen Mantel. Trotzdem

kroch die feuchte Kälte ihre Beine hinauf. »Brr.« Sie schüttelte sich.

Doris, ebenfalls in kurzem Rock und Stiefeln, hakte sie unter. »Selbst schuld, du wolltest ja unbedingt zu Fuß gehen.«

»Frische Luft ist gut für den Teint.«

»Wie findest du eigentlich Micha?«

»Wie kommst du jetzt auf Micha?«

»Nur so.«

Doris fragte nie »nur so«. »Stehst du etwa auf ihn?«

»Ich? Nein!«

Marianne grinste in sich hinein. »Natürlich nicht.«

»Was?«

»Gar nichts.«

»Du hast gerade ›natürlich nicht‹ gesagt, ich hab's genau gehört.« Doris blieb stehen und trat von einem Bein aufs andere. »Er ist ganz … süß, ja, aber mehr …« Sie verstummte und sah aus, als hätte sie das gar nicht sagen wollen.

»Sag bloß, du willst mir gerade beichten, dass du in ihn verknallt bist.«

»Ganz bestimmt nicht!« Doris lief weiter.

Marianne folgte ihr und legte den Arm um sie. »Du würdest mit ihm gehen?«

»Das hab ich mit keiner Silbe gesagt, Marianne.« Wieder bremste Doris und schaute sie eine Weile nachdenklich an. Ein Blick, der sie verwirrte.

»*Du* willst mit ihm gehen, aber er nicht mit *dir*?«

Doris ging wieder weiter und beschleunigte den Schritt. »Er ist so doof«, hörte Marianne sie murmeln.

»Nun warte doch mal!« Marianne holte sie ein und hielt sie am Arm fest. »Er hat dich abblitzen lassen?«

Sie nickte und sah mit einem Mal ganz unglücklich aus.

»Wieso sagst du erst jetzt, dass du auf ihn stehst?«

»Weil … weil es mir irgendwie komisch vorkam, schließlich kennen wir uns schon ewig. Also Micha und ich.«

»Na und? So was kommt vor.« Marianne zuckte mit den Schultern. Ja, so etwas kam natürlich vor, nur nicht bei ihr, da war sie ganz sicher. Sie würde, sie könnte sich nie in jemanden verlieben, den sie schon länger kannte. Bei ihr müsste es romantischer ablaufen, sie würde jemandem begegnen und sich Knall auf Fall in ihn vergucken. Und bei ihm müsste es natürlich genauso sein.

Sie überquerten schlitternd die Straße und kicherten, als sie gleichzeitig ausrutschten und mit den Armen ruderten.

»Ich weiß, dass er manchmal ziemlich doof ist«, sagte Doris nach einer ganzen Weile, in der sie nebeneinanderher gegangen waren. »Aber ich finde ihn eben süß.«

»Die Liebe geht oft seltsame Wege«, sinnierte Marianne und musste lachen.

»Ist der Satz von dir?«

»Von meiner Mutter.« Erst jetzt spürte sie den Alkohol im Blut wabern und in ihrem Kopf rauschen. Ein schwindelerregendes, nicht unangenehmes Gefühl.

Sie schaute ihre Freundin von der Seite an und musste wieder lachen, weil ihr Gesicht im milchigen Vollmond etwas gruselig aussah.

»Warum lachst du?«

»Du siehst aus wie ein Geist.«

»Besten Dank auch, liebste Freundin.«

Marianne zeigte zum Himmel. »Wegen des Vollmonds.« Sie zog Doris weiter. »Komm, lass uns etwas schneller gehen. Mir ist kalt.«

Sie waren in der Ellhornstraße angekommen, die ruhig und friedlich vor ihnen lag. Nirgendwo brannte Licht, und kein einziges Auto war unterwegs.

Vor dem Salon umarmten sie sich.

»Schlaf schön.«

»Du auch.« Marianne ließ sich von Doris auf die Wange küssen.

»Und träum von Micha.«

»Du erzählst es jetzt aber nicht überall rum, oder?«

»Wofür hältst du mich?« Sie gab ihrer Freundin einen leichten Klaps auf den Oberarm. »Nacht, du Zuckerpuppe aus der Bauchtanztruppe.«

Doris winkte ihr zu und lief in Richtung Wallanlagen.

Tagsüber war das Parkgelände sehr hübsch und gut besucht, mit sattgrünen, hügeligen Rasenflächen und hohen Bäumen. An dem breiten Wassergraben, der sich hindurchschlängelte, spielten Kinder mit Booten, während die Eltern auf den Bänken saßen und ihnen zuschauten. Nachts jedoch war der Park unübersichtlich mit seinen schmalen verschlungenen Wegen. Die Blätterkronen der Bäume rauschten und flüsterten, und im Mondlicht konnte man die Windmühle auf dem Hügel sehen, deren weißer Anstrich gespenstisch leuchtete.

Marianne käme nicht im Traum darauf, nachts durch die

Wallanlagen zu laufen. *Ich bin eben nicht nur eine Trantüte, sondern auch ein Angsthase.*

In diesem Augenblick schoss ihr etwas Merkwürdiges und zugleich Erschreckendes durch den Kopf. Schob sie ihre Lethargie auf den Tod ihres Vaters? War es ihr im Grunde sogar ganz recht, dass sie einen Vorwand hatte?

Doris wackelte übertrieben mit den Hüften und sang laut: ›Ohne Krimi geht die Mimi nie ins Bett.‹

Bestimmt ging gleich irgendwo ein Fenster auf und jemand würde brüllen, sie sollten still sein.

Doch es blieb ruhig, bis auf Doris' Geträller.

Marianne wartete, bis sie nicht mehr zu sehen war, dann schloss sie die Nebentür auf und huschte auf leisen Sohlen ins Haus. Diesmal schaute sie ganz bewusst nicht auf den Platz, an dem seine Schuhe immer gestanden hatten. Sie stellte sich auch nicht vor, wie sein Schnarchen aus dem Schlafzimmer zu hören war, meistens gefolgt von einem Pfeifton. »Manchmal glaube ich, du komponierst nachts ein Lied«, hatte ihre Mutter eines Morgens gesagt, und sie hatten am Frühstückstisch zu dritt laut gelacht.

Das Leben ging weiter, musste weitergehen.

Und ich kann nicht länger so tun, als hätte ich keins mehr.

5.

Gisela

Am Abend hatte Gisela es sich auf der Couch gemütlich gemacht und ferngesehen. Freitagabends lief ihre Lieblingsserie, und wie immer hatte sie sich etwas zu trinken geholt und Knabbersachen hingestellt, damit sie nicht aufstehen musste, während Dr. Kimble auf der Suche nach dem einarmigen Mann war.

Bei der anschließenden Sportsendung musste sie eingedöst sein und war wieder hochgeschreckt, als sie ein Geräusch hörte.

Kam Marianne heim?

Sie warf einen Blick auf die Wanduhr, eine Kuckucksuhr, die sie und Dietmar aus einem ihrer Urlaube im Schwarzwald mitgebracht hatten. Es war erst kurz nach elf, und ihre Tochter kam selten vor Mitternacht nach Hause.

Gisela blieb liegen, obwohl sie eigentlich gern ins Bett gegangen wäre. Sie fühlte sich seit Langem matt und wie erschlagen, konnte sich zu kaum etwas außer ihrer Arbeit im Salon aufraffen. Selbst die fiel ihr oft entsetzlich schwer.

Manchmal kam es ihr vor, als wäre Dietmar schon viele Jahre nicht mehr bei ihr. Dann wieder war es, als wäre er erst wenige Wochen zuvor gestorben. Als hätte sie nach und nach jegliches Zeitgefühl verloren, als spielte Zeit gar keine Rolle mehr. Weil sie sich jeden Tag grauenvoll fühlte. Weil es keine Bedeutung mehr hatte, ob Sommer oder Winter, morgens oder abends war. Weil es ihr vorkam, als hätte es sie nur zusammen mit Dietmar gegeben. Ohne ihn war sie unvollständig, durchsichtig, unsichtbar, eine leere Hülle.

Er hatte ihrem Leben einen Sinn und ihr selbst Halt gegeben. Er hatte sie aufgefangen, zum Lachen gebracht und mit seinem Elan angesteckt. Dass er zu viel davon besaß, viel zu viel arbeitete und nie stillstand, hatte sie zu spät begriffen. Sie hätte viel früher an seine Vernunft appellieren müssen. »Lass es ruhiger angehen, Dietmar, denk an deine Gesundheit.« Aber er war ihr stets so kräftig und unverwüstlich vorgekommen.

Das letzte Mal, dass sie ausgegangen war, lag eine ganze Weile zurück. Sie und ihre Freundin Hannelore waren zur Tausendjahrfeier gegangen. Die Sögestraße war festlich geschmückt, und es waren so viele Menschen unterwegs gewesen, dass ein entsetzliches Gedränge und Geschiebe geherrscht hatte. Während Hannelore an einem Stand etwas zu trinken holte, war Gisela völlig unvorbereitet in Tränen ausgebrochen. Mitten auf der Straße. Von allen Seiten wurde sie angerempelt, und manche fuhren sie barsch an, sie solle nicht im Weg herumstehen. Sie konnte sich nicht rühren, stand nur da, die Handtasche umklammernd, und weinte. Dietmar fehlte ihr so! Sie wären zusammen zur Feier gegangen, hätten getanzt und sich amüsiert. Er war ein so guter Tänzer gewesen.

Hannelore war ganz bestürzt, wollte sie sogar zum Arzt bringen. »Nein, Lore«, hatte sie schluchzend gebeten. »Ich will nur nach Hause.« Ein waschechter Nervenzusammenbruch.

Noch heute träumte Gisela davon, wie das Telefon klingelte und eine Krankenschwester sagte: »Ihr Mann ist mit einem Herzinfarkt eingeliefert worden.« Sie sah sich wieder auf dem Flur stehen, die Telefonschnur so fest um die Finger gewickelt, dass sie weiß und fast taub geworden waren. Es konnte nicht sein, dass er einen Infarkt gehabt hatte. Das war vollkommen unmöglich.

Am Morgen hatte er über Unwohlsein und Übelkeit geklagt, und sie hatte ihn geneckt, dass er wohl wieder zu viel Süßkram genascht hätte. Sie hatte ihm einen Kuss gegeben, sein Mittagessen in seine Tasche gepackt und ihn zur Tür gebracht. »Heute Abend sieht die Welt schon wieder ganz anders aus, Schatz«, hatte sie gesagt und ihm noch einen Kuss gegeben.

Und dann am Abend der Anruf. Dietmar war im Büro zusammengebrochen, und eine Kollegin hatte sofort einen Krankenwagen gerufen.

Wieder und wieder hatte Gisela überlegt, was sie zu der Zeit gemacht hatte. Hatte sie über der Buchhaltung gesessen oder mit Herrn Konrad, dem Vertreter, geplaudert? Hatte sie dagesessen und aus dem Fenster geschaut, während ihr Mann um sein Leben kämpfte? Hatte sie daran gedacht, dass sie am Abend zusammen fernsehen und dazu vielleicht ein paar Cognacbohnen essen würden, die Dietmar so liebte?

Hätte sie nicht irgendwie spüren müssen, dass etwas nicht in Ordnung war, dass ihm etwas passiert war?

Lange nach dem Telefonat mit der Krankenschwester hatte sie noch wie betäubt dagestanden, unfähig zu begreifen, was sie gehört hatte. Dann hatte sie ihre Handtasche genommen und nach ihrer Tochter gerufen, die noch unten im Salon gewesen war. »Papa ist im Krankenhaus! Er hatte einen Herzinfarkt.«

Zu zweit waren sie in die Straßenbahn gestiegen, das Krankenhaus war ganz in der Nähe. Sie waren ins Gebäude gelaufen. Gisela wollte so schnell wie möglich bei ihm sein, seine Hand halten und ihm versichern, dass alles gut werden würde. Er würde wieder gesund werden, natürlich, er würde in Zukunft nur besser auf sich achtgeben müssen. *Ich werde besser auf ihn achtgeben*, hatte sie gedacht.

Was danach geschehen war, wusste sie bis heute nicht. Sie erinnerte sich nur an Mariannes Weinen, ihr verzweifeltes Wimmern. Erst da hatte sie begriffen, dass Dietmar tot war, dass er bereits tot gewesen war, als man sie angerufen hatte. Sie hatte es nur nicht verstanden.

Seitdem sortierte Gisela alles in vor und nach Dietmars Tod.

Wenn sie Drafi Deutschers ›Marmor, Stein und Eisen bricht‹ im Radio hörte, schaltete sie es sofort aus. Sie konnte es einfach nicht ertragen, weil es sie schmerzvoll daran erinnerte, dass auch sie und Dietmar sich ewige Liebe geschworen hatten.

Gisela setzte sich auf. Ihr Kopf brummte. Schon wieder Kopfweh. Das wievielte Mal in dieser Woche?

Sie schwang die Beine von der Couch und schob die Füße in ihre Pantoffeln. Auf dem Tisch lagen die aufgeschlagene Tageszeitung und das Halstuch, das sie getragen hatte. Daneben standen eine halb volle Schale mit Knabberzeug, ein leeres Weinglas und der Aschenbecher, in dem sich mehrere Zigarettenkippen befanden. Sie hatte viel geraucht an diesem Abend. Unter dem Tisch lagen das Feuerzeug, ihr beigefarbener Rock, den sie ausgezogen hatte, weil er so unbequem war, und ihre umgekippte Handtasche, deren Inhalt daneben verstreut war. Hatte sie diese Unordnung angerichtet?

Sie stand auf, nahm ihren Rock und taumelte aus dem Zimmer. Himmel, war sie müde!

In Unterrock und Strumpfhose legte sie sich ins Bett und schlief sofort ein.

Früher war samstags immer Hochbetrieb im Salon Fellbach gewesen. Oft hatte Gisela schon um sieben aufgeschlossen, um alle Anmeldungen bewältigen zu können. Doch seit ein paar Jahren wurde der Terminkalender immer leerer.

Es brauchte eine neue Strategie, behauptete Ruth, neue Tapeten, schicke Spiegel, vielleicht ein paar neue Möbel.

»Unser Salon muss mithalten können. Wir haben bereits den Anschluss verpasst und sollten uns ins Zeug legen.«

Sie hatte gut reden. Aber sie hatte ja auch noch ein Leben, eine Zukunft. Manchmal war Gisela wütend auf sie, so wütend. Auf ihre Fröhlichkeit, ihren unerschütterlichen Optimismus, ihre Energie und ihren Glauben an das Gute.

Der Schlaf hatte Gisela an diesem Samstagmorgen lange festgehalten und ihr noch im Morgengrauen einen eigenartigen Traum geschenkt: Sie und Dietmar am Meer, Arm in Arm und so fest aneinandergeschmiegt, dass es aussehen musste, als seien sie zu einer Person verschmolzen. Sie waren barfuß gewesen, und der Sand war wunderbar warm gewesen.

»So kann es doch immer sein, oder?« Dietmar hatte sie lange geküsst. Und sie hatte seinen Geruch eingeatmet, bis sie glaubte, nur noch daraus zu bestehen.

Als sie aufgewacht war, hatte sie gelächelt.

»Morgen, Mama.« Marianne kam in die Küche und küsste sie flüchtig auf die Stirn. »Gut geschlafen?«

»Ja«, schwindelte sie. »Und du?«

»Einigermaßen. Bin spät nach Hause gekommen, und wie meistens schlafe ich dann schlecht ein.« Marianne schenkte Kaffee ein und setzte sich ihr gegenüber.

Gisela wünschte, sie könnte sich alles von der Seele reden, über Dietmar sprechen und darüber, wie sehr er ihr fehlte, wie verloren sie sich vorkam und wie gern sie die Zeit zurückdrehen würde.

Alles auf Anfang und alles besser machen.

Aber sie wollte Marianne nicht traurig machen, noch trauriger. Sie wollte auch nicht, dass sie beide am Ende dasitzen und heulen und sich noch elender fühlen würden.

Der Schmerz saß wie ein Stachel in ihrer Brust, und wenn man ihn herausziehen würde, wäre da nichts als ein großes, tiefes Loch, aus dem unablässig Lebenskraft tröpfeln würde.

Gisela war davon überzeugt, dass der Stachel sie am Leben hielt und sie ihn brauchte.

»Alles in Ordnung, Mama?« Marianne sah sie besorgt an. »Du isst ja gar nichts.«

Sie lächelte verkrampft. »Doch, doch. Eine Kleinigkeit aber nur, ich habe keinen Appetit.«

Was für eine auffallend hübsche Tochter ich doch habe, dachte Gisela voller Stolz. Auch Dietmar war immer so stolz auf Marianne gewesen. »Von wem hat sie nur diese Augen?«, hatte er oft gesagt. »Und diese unglaublich langen Beine?«

Marianne hielt ihr den Brotkorb hin und wedelte damit. »Komm schon, Mama, du musst was essen.«

Gisela nahm eine Scheibe Brot und legte sie in Zeitlupe auf ihren Teller.

»Und jetzt Butter und Marmelade.«

Gisela schluckte. Wann hatte sie Marianne das letzte Mal gesagt, wie lieb sie sie hatte?

Das war auch etwas, das sie quälte: Sie wusste nicht mehr, wann sie Dietmar zuletzt gesagt hatte, dass sie ihn liebte. Sie erinnerte sich einfach nicht mehr. Manchmal war es, als hinge ihr Leben davon ab, dass sie sich erinnerte.

Marianne seufzte kopfschüttelnd, nahm die Scheibe Brot von ihrem Teller, bestrich sie mit Butter, gab einen Klecks Marmelade darauf und reichte sie ihr. »Und jetzt brav essen, Mama.«

Gisela musste lachen, es klang heiser, wie das Krächzen eines Wellensittichs.

Sie hatten damals einen gehabt, einen blauen. Dietmar hatte ihn nicht haben wollen, aber Marianne und Ruth hatten so lange gebettelt, bis er nachgegeben hatte. Als Piet gestorben war, hatte Dietmar ihn morgens in eine Schachtel gelegt.

»Wo bringst du ihn jetzt hin, Papa?«, hatte Marianne gefragt, als er sich aus dem Haus stehlen wollte.

»An einen Ort, an dem alle toten Tiere sind«, hatte er geschwindelt.

»Im Tierhimmel?«

»Ganz genau, mein kleines Mädchen.«

Gisela biss in ihr Brot und kaute sorgfältig. Sie sehnte sich nach einer Zigarette. Nach wenigen Bissen wurde ihr übel, und sie legte die Scheibe wieder weg.

»Du bist viel zu dünn, Mama.« Marianne trank ihren Kaffee und betrachtete sie über den Rand der Tasse.

»Als wärst du nicht genauso dünn. Das liegt in der Familie, das weißt du doch.«

Sie standen gemeinsam auf, räumten den Tisch ab und stellten das Geschirr in die Spüle.

Marianne ging auf den Flur. »Frau Klagenfurt wartet bestimmt schon.«

Wie so oft überkam Gisela eine urplötzliche niederschmetternde Traurigkeit, die sich in einer Enge in der Brust, krampfartigen Magenschmerzen und einer kurzfristigen Lähmung äußerte. Es würde vorübergehen, wie immer.

Sie blinzelte die Tränen weg und schluckte, bis das Gefühl nachließ. Dann nahm sie ihre Strickjacke von der Garderobe und folgte ihrer Tochter nach unten in den Salon.

6.

Ruth

Sie war die Erste an diesem Morgen gewesen, was selten vorkam. Frau Meierdierks hatte bereits vor der Tür gestanden, eine Regenhaube auf dem Kopf. »Haben Sie das scheußliche Wetter bestellt, Fräulein Ruth?«

»Nein, meine Bestellung war ganz viel Sonne und Wärme.« Ruth hatte die alte Dame hereingelassen und ihr eine Illustrierte angeboten. »Ich schließe nur schnell die Kasse auf und hole die Zeitungen herein. Ich bin gleich bei Ihnen.«

»Nur keine Eile. Ich mach's mir solange gemütlich.«

Die alte Dame kam immer mit ihrem Mann, der im Wartebereich der Herren Platz nahm und sich dem Kreuzworträtsel in der aktuellen Tageszeitung widmete.

Ruth steckte den Schlüssel in die Kasse, legte Wechselgeld hinein, ordnete die Broschüren auf dem Tresen und warf einen kurzen Blick in den Terminkalender. Dabei kannte sie ihre Termine an diesem Tag auswendig, es waren ja auch nur drei Kundinnen.

Anschließend holte sie das kleine Bündel Zeitungen und Zeitschriften, löste den Bindfaden und verteilte sie auf dem Tischchen im Wartebereich.

»Fahren Sie dieses Jahr in den Urlaub?«, fragte Frau Meierdierks, während sie ihr den Umhang umlegte.

»Das kann ich mir nicht leisten. Sie wissen doch, ich spare auf ein Auto.«

Marianne kam herein, und sie drehte sich zu ihr um. »Morgen, Marianne.« Gleich hinter ihr Kurt, der sie mit einem Nicken begrüßte.

Herr Meierdierks legte sichtlich enttäuscht die Zeitung auf den Stapel und stand auf.

»Er und seine Kreuzworträtsel.« Frau Meierdierks schüttelte mit einem nachsichtigen Lächeln den Kopf.

»Jeder braucht eine Leidenschaft.«

»Da sagen Sie was, Fräulein Ruth.«

»Wie immer?« Ruth kämmte ihr graues Haar und sah sie im Spiegel an.

Die alte Dame nickte. »Wie immer.«

Kurz nachdem das Ehepaar Meierdierks gegangen war, kam eine Frau in den Salon, die weder Ruth noch Marianne kannten.

Eine neue Kundin, dachte Ruth erfreut und ging zu ihr. »Was können wir für Sie tun?«

»Ich habe keinen Termin, aber vielleicht können Sie mich irgendwo dazwischenschieben?«

»Das dürfte kein Problem sein. Wenn Sie dort drüben am ersten Waschbecken Platz nehmen würden?«

Ruth nahm ihr den Mantel ab und brachte ihn zur Garderobe.

Im Vorbeigehen raunte sie Gisela zu, die am Tresen stand: »Wir haben eine neue Kundin, ist das nicht schön?«

Rasch griff sie in ihre Kitteltasche und legte die zwanzig Pfennig Trinkgeld von Frau Meierdierks auf den Tresen. »Das hätte ich fast vergessen. Hier. Du siehst müde aus, Gisela.«

»Ich schlafe zurzeit nicht sehr gut.«

Ruth lag etwas wie »Kann ich irgendwas für dich tun?« auf den Lippen, aber wie meistens schluckte sie es wieder herunter.

Und so nickte sie nur mitfühlend und ging zurück in den Frisierbereich.

Sie stellte sich hinter die Frau und lächelte sie im Spiegel an. »Wie hätten Sie es denn gern, Frau …?«

»Bohnekamp. Ich glaube, ich hätte es gern so kurz wie Sie. Mir gefällt Ihre Frisur.«

Ruth berührte das hellbraune, lockige Haar der Frau.

»Oder glauben Sie, dass mein Haar dafür zu kraus ist?«

Sie schüttelte den Kopf. »Nein, bestimmt nicht. Soll es gewaschen werden?«

»Ja, bitte.«

Sie reichte der Frau einen Waschlappen und stellte das Wasser an.

»Sie sind heute zum ersten Mal hier«, ließ sie wie nebenbei fallen, während sie das Haar shampoonierte. »Wir freuen uns immer über neue Kunden. Ist das Wasser gut so?«

»Ja, vielen Dank. Arbeiten Sie schon lange hier?«

»Ich habe meine Lehre hier gemacht. Der Salon gehörte

früher meinem Vater.« Ruth spülte das Shampoo zweimal hintereinander aus und nahm ein frisches Handtuch aus der Ablage neben dem Waschbecken.

»Hoffentlich habe ich das widerspenstige Haar nicht meiner Tochter vererbt.«

Ruth wickelte das Handtuch wie einen Turban. »Wie alt ist Ihre Tochter?«

»Ein Jahr.«

»Süßes Alter. Vielleicht bringen Sie die Kleine beim nächsten Mal mit?« Es war recht direkt, aber einen Versuch wert.

Die Kundin lächelte sie im Spiegel an. »Das mache ich.«

»Wie heißt Ihre Tochter?«, fragte Ruth, während sie das Haar vorsichtig kämmte.

»Harriet.«

»Ein ungewöhnlicher Name. Klingt sehr hübsch.«

Aus dem Augenwinkel sah Ruth eine weitere Frau hereinkommen. Auch sie hatte sie noch nie hier gesehen.

Ob heute ein Glückstag war?

»Könnten Sie mich dazwischennehmen?« Sie ließ den Blick schweifen, erst zu Ruth, dann zu Marianne, die ein Waschbecken sauber machte, um sich die Zeit zu vertreiben, und schließlich zu Kurt, der damit beschäftigt war, die Pinsel ordentlich aufzustellen.

»Natürlich können wir.« Marianne bat sie, am zweiten Waschbecken Platz zu nehmen.

»Ich bin Ihnen wirklich dankbar. Bei Dollmann war die Hölle los.«

Am frühen Nachmittag, nachdem Ruth und Marianne aufgeräumt und sauber gemacht hatten, gingen sie nach vorn, um sich umzuziehen. Gisela stand am Tresen und nahm das Geld aus der Kasse. »Wenn bei Dollmann zu viel los ist, sind wir gut genug.«

»Wir sollten froh sein, dass sie zu uns gekommen sind«, meinte Ruth und zog ihren Kittel aus. »Vielleicht kommen beide wieder, weil es ihnen bei uns gefallen hat.«

»Deinen Optimismus möchte ich haben.«

Das wäre hin und wieder bestimmt nicht schlecht, dachte Ruth. »Das klingt, als würdest du nicht glauben, dass sich jemand bei uns wohlfühlen kann.«

Gisela sah sie an. »Das habe ich nicht gesagt.«

»Es klang aber so.«

»Fang jetzt bloß nicht wieder an zu streiten.« Gisela schloss mit einem lauten »Pling« die Kasse.

Als wäre ich diejenige, die ständig Streit suchen würde! »Ich will ganz bestimmt nicht streiten, Gisela.«

»Wie du schon wieder das ›Ich‹ betonst!«

Kurt, der ebenfalls gekommen war, um sich umzuziehen, blieb in der Tür stehen und verdrehte die Augen. »Ihr beide seid wirklich …« Er stöhnte auf. »Wie Hund und Katze.«

Er hängte seinen Kittel an den Haken und drehte sich dann zu Gisela um. »Du wolltest mir mein Geld geben.«

Sie wurde erst blass, dann rot. »Müssen wir das jetzt und hier besprechen, Kurt?«

»Wieso besprechen?«, fragte er zurück. »Du hast gesagt, dass ich am achtzehnten mein Geld kriege. Oder meintest du den achtzehnten im nächsten Monat?«

Gisela schnappte nach Luft, sagte jedoch nichts.

»Bevor du gleich wieder hochgehst: Das war ein Witz, Gisela, ein kleiner Scherz.«

»Sehr lustig.«

Marianne warf Ruth einen flüchtigen Blick zu, den sie mit einem Schulterzucken quittierte. Am besten, sie würden jetzt gehen, alle.

Gisela stützte sich mit einer Hand am Tresen ab. »Du weißt, dass es diesen Monat knapp ist, Kurt.« Und an Ruth und Marianne gewandt sagte sie: »Vielleicht geht ihr beide schon mal.«

»Nein, bleibt nur.« Kurt verschränkte die Arme und sah sie herausfordernd an. Ungewöhnlich herausfordernd und direkt für seine Verhältnisse. »Es ist immer knapp, Gisela, jeden Monat. Ich hab schon oft auf mein Geld verzichtet, diesen Monat geht das aber nicht.«

»Vielleicht solltest du dir nicht so eine kostspielige Freundin anlachen.«

Jetzt schnappte er nach Luft. »Ich höre wohl nicht recht. Lass bloß Heidelinde aus dem Spiel.«

»Hast du nicht selbst gesagt, sie würde dauernd neue Kleider kaufen? Und ständig rumnörgeln, weil ihr deine Einrichtung nicht passt?«

Kurt und Heidelinde wohnten nicht zusammen, zumindest nicht offiziell.

»Sie verdient ihr eigenes Geld«, erwiderte er ruhig.

»Ach ja, sie ist *Sekretärin*.« Gisela sprach das Wort langsam und gedehnt aus, als handelte es sich um ein Fremdwort.

»Wie lange muss ich noch auf mein Geld warten?«

»Ich weiß es nicht, Kurt.« Plötzlich klang sie verzweifelt, niedergeschlagen. »Ich weiß doch auch nicht, wie es weitergehen soll.«

Ruth schluckte. Es stand schlecht um den Salon, das wusste sie natürlich, aber *wie* schlecht, wurde nun deutlich.

»Vielleicht sollten wir doch darüber nachdenken, den Salon zu verpachten.«

Ruth war verblüfft, dass ausgerechnet Marianne es war, die den Vorschlag machte. Normalerweise mischte sie sich nie ein, hielt sich grundsätzlich zurück und vor allem aus Streitereien zwischen den Geschwistern heraus.

Gisela sah sie fassungslos an. »Und dann, Marianne? Willst du anderswo arbeiten?«

»Warum nicht?«

»Und ich? Was ist mit mir?«

»Du könntest auch woanders arbeiten, Mama«, sagte Marianne sanft.

»Vielleicht als Sekretärin.« Kurt schnaubte, schnappte sich seine Jacke und verließ grußlos den Salon.

Die drei Frauen blieben mit betretener Miene zurück.

»Geld, Geld, immer geht's nur ums Geld«, murmelte Gisela.

»Aber von irgendwas müssen wir leben«, sagte Ruth mit leiser Stimme.

Gisela funkelte sie an. »Wer musste denn unbedingt eine eigene Wohnung haben? Und den Führerschein machen?«

»Willst du damit sagen, ich hätte wieder zu dir und Marianne ziehen sollen, nachdem Dietmar …?«, setzte Ruth an und verstummte wieder.

Gisela winkte ab. »Lass gut sein, Ruth.«

»Hältst du mir wirklich vor, dass ich den Führerschein mache? Das Geld habe ich jahrelang eisern zusammengespart.« Wieso rechtfertigte sie sich überhaupt? »Wenn andere tanzen oder ins Kino gegangen sind, bin ich zu Hause geblieben. Ich hab immer davon geträumt, selbst Auto fahren zu können.«

»Schon gut, Ruthchen«, raunte Marianne und legte die Hand auf ihren Arm.

Doch für Ruth war es nicht gut. »Du kannst mir doch nicht vorwerfen, dass ich nicht wieder zu euch gezogen bin, Gisela. Ich dachte, du bist froh, wenn du dich um dich selbst und um Marianne kümmern kannst. Ich dachte …« Sie holte tief Luft und schüttelte den Kopf. »Es ist egal, wie ich's mache, nicht wahr? Falsch ist es auf jeden Fall.« Sie ging zur Garderobe, hängte ihren Kittel auf und nahm ihren Mantel.

Ohne ein Wort verließ auch sie den Salon.

7.

Endlich war der Winter vorbei, und an diesem Morgen lag zum ersten Mal so etwas wie Frühling in der Luft.

Ruth war sehr früh aufgestanden, hatte den Fensterflügel geöffnet und die klare, frische Luft eingeatmet. So wie es aussah, würde es ein schöner Tag werden, bestes Wetter für eine Fahrstunde.

Pünktlich auf die Minute hielt Fahrlehrer Justus Kornau wenig später vor dem Haus und drückte einmal kurz auf die Hupe.

Ruths Wohnung lag nur wenige Straßen vom Salon entfernt, sie war damals froh gewesen, jeden Morgen zu Fuß gehen zu können. Dafür hatte sie in Kauf genommen, dass es nur ein Zimmer mit einer Kochnische war und mit einem Bad, das so winzig war, dass man ständig irgendwo anstieß. Aber es war ihre eigene Wohnung, die sie mit niemandem teilen musste. Sie konnte kommen und gehen, wann sie wollte, ohne das Gefühl zu haben, Gisela Bescheid geben zu müssen.

Sie verließ das Haus, begrüßte den herrlichen Morgen mit einem raschen Blick in den Himmel, und stieg in den hellblauen VW Käfer. »Morgen, Herr Kornau. Der Frühling ist da.«

»Morgen, Fräulein Fellbach, Sie sagen es.« Er hatte bereits auf dem Beifahrersitz Platz genommen.

Ruth stellte Sitz und Rückspiegel ein und drehte den Zündschlüssel. Ein Blick in den Rückspiegel, ein weiterer über die Schulter, und los.

Am Ende der Fahrstunde fuhr Ruth wie mit Kornau besprochen nach Schwachhausen, wo ihre Freundin Rosemie wohnte.

Er stieg aus und hielt ihr die Fahrertür auf. »Das war doch schon sehr schön, Fräulein Fellbach. Dann sehen wir uns heute in einer Woche.« Er schüttelte ihr die Hand, stieg ein und fuhr weiter.

Ruth war aufgekratzt wie nach jeder Fahrstunde. Beschwingt öffnete sie die schmiedeeiserne Pforte der Villa.

Als sie und Rosemie sich vor vier Jahren angefreundet hatten, hatte Gisela gemeint: »Ob das gut geht? Eine Tochter aus so wohlhabendem Haus und eine Friseurtochter?«

»Hast du etwa einen Dünkel? Warum sollte das nicht gut gehen? Wir verstehen und mögen uns. Mehr ist doch gar nicht wichtig«, hatte Ruth verständnislos erwidert.

Rosemie stammte zwar aus einer alteingesessenen Kaufmannsfamilie, aber sie hatte keinerlei Dünkel oder Allüren. Sie war herzlich und uneigennützig und das genaue Gegenteil von verzogen und eingebildet.

Ruth betätigte den Messingtürklopfer und schaute in den

Himmel. Das Wetter war angenehm mild, sie könnten im Bürgerpark spazieren gehen.

Die Haushälterin öffnete die Tür. »Fräulein Ruth, wie schön, Sie zu sehen. Fräulein Rosemarie erwartet Sie.« Sie trat beiseite, und Ruth schlüpfte an ihr vorbei.

Rosemie erschien oben an der breiten, geschwungenen Treppe. »Ruthchen! Komm!« Sie hatte einen rosafarbenen Frotteeturban auf dem Kopf.

Ruth lief zu ihr, und sie begrüßten sich mit einer Umarmung und einem Kuss auf die Wange.

»Gut siehst du wieder aus.« Rosemie hielt sie etwas von sich. »Die Fahrstunde hat Spaß gemacht, nehme ich an.«

»Und ob. Und du siehst aus, als wartest du sehnsüchtig darauf, dass ich dir die Haare mache.«

Rosemie lachte. »Wie gut du mich kennst. Komm, wir gehen in mein Zimmer.«

Das hatte einen entzückenden Balkon mit einem ebenfalls schmiedeeisernen verzierten Geländer und einem beneidenswerten Ausblick auf den Bürgerpark. Bei schönem Wetter hielten sich die beiden meistens dort auf. Rosemie hatte ein Händchen für Blumen, und im Sommer, wenn alles blühte, wimmelte es von Bienen und Hummeln.

Ruth stellte sich ans Fenster und seufzte sehnsüchtig. »Du bist wirklich zu beneiden, Rosi. Wenn doch bloß schon Sommer wäre.«

»Hoffentlich blüht mein Husarenknöpfchen auch dieses Jahr wieder so schön. Erinnerst du dich?«

Ruth nickte, auch wenn sie nicht die geringste Ahnung hatte, wie das Husarenknöpfchen ausgesehen hatte. Sie konnte gerade eine Nelke von einer Rose unterscheiden, aber sie liebte Blumen und deren Düfte.

Rosemie nahm das Handtuch vom Kopf und fuhr sich durchs feuchte Haar. »Drehst du mir die Haare auf, Ruthchen?«

»Wie viele Fahrstunden brauchst du noch, was meinst du?«, fragte Rosemie wenig später, als sie auf dem Hocker vor Ruth saß und ihr einen Wickler reichte.

»Herr Kornau ist schon ganz zufrieden, aber ein paar werden es wohl noch sein müssen. Es macht so viel Spaß, durch die Stadt zu brausen, Rosi, vor allem bei diesem herrlichen Wetter. Und ich glaube, ich stelle mich gar nicht so blöd an. Wenn nur die vielen Verkehrsschilder nicht wären!«

Rosemie lachte. »Mein Vater schimpft auch immer, dass es viel zu viele davon gibt.«

Eine Zeit lang schwiegen sie, nur das Rascheln der Wickler und Klemmen war zu hören. Sie plauderten nie unablässig, wenn sie zusammen waren. Ruth musste im Salon viel reden, und ihrer Freundin ging es als Schulsekretärin nicht anders.

Sie genossen es, wenn sie einfach mal nur schweigen durften.

Nach einer ganzen Weile, Ruth kam es wie eine Stunde vor, streckte Rosemie sich und gähnte herzhaft. »Wollen wir durch den Bürgerpark bummeln?«

Die beiden Freundinnen schlenderten durch den Park, vorbei am Emmasee, und setzten sich auf eine der Bänke. Um lange sitzen zu bleiben, war es noch zu kühl, aber es war herrlich, den lauen Wind im Gesicht zu spüren und das feuchte Gras zu riechen. Das angenehme und trockene Wetter hatte halb Bremen nach draußen gelockt.

Ruth hob das Gesicht und schaute blinzelnd in den Himmel. »Wie geht's Manfred?«

»Gut.«

»Du bist doch sonst nicht so einsilbig.« Ruth knuffte sie in die Seite.

Sie war seit einem halben Jahr mit Manfred liiert, und ihre Eltern hofften auf eine baldige Verlobung. »Darauf können sie lange warten. Ich denke ja gar nicht daran, mich jetzt schon zu verloben«, hatte sie Ruth anvertraut. »Wir müssen doch erst mal wissen, ob wir wirklich zusammenpassen.«

»Ach, ich weiß auch nicht …«, sagte sie nun mit einem Seufzen. »Er ist so … langweilig.«

Ruth unterdrückte ein Lachen. Langweilig traf es recht gut.

»Es ist ja nicht so, dass ich ihn nicht mag. Aber was ist mit Liebe? Verliebtheit? Mögen reicht doch nicht, oder?«

»Mir musst du das nicht sagen.«

»Meine Eltern machen ganz schön Dampf, das sag ich dir. ›Du bist jetzt fast siebenundzwanzig, Rosemie, und die Männer, die noch nicht verheiratet sind, liegen nicht auf der Straße. Willst du etwa als alte Jungfer enden?‹ Als müsse man als Jungfer enden, bloß weil man nicht heiraten will. Ich denke manchmal darüber nach, ob ich die Verlobung wieder lösen soll.« Sie verzog das Gesicht. »Aber wenn ich das tue, wird mein Vater mich enterben.«

»Das glaubst du doch selbst nicht, Rosi.«

»Nein, so schlimm wird es wohl nicht werden, aber meine Eltern verstehen das nicht. Sie glauben, es genügt, wenn man sich sympathisch ist und mag. Ich will meinen zukünftigen Ehemann aber nicht nur ein bisschen mögen.« Rosemie verschränkte die Arme im Nacken. »Ich will fürchterlich verliebt sein. Ich will verrückt vor Sehnsucht sein, wenn ich nicht bei ihm sein kann. Und ich will jede Minute an ihn denken.«

Ruth lächelte, sagte jedoch nichts. Ihr ging es genauso, nur hatte sie mit dem Thema Liebe möglicherweise bereits abgeschlossen. So recht wusste sie es selbst nicht. Die meisten Frauen in ihrem Alter waren längst verheiratet und hatten Kinder. Sie hatte schlicht und ergreifend den Anschluss verpasst – und es war ihr nicht mal aufgefallen.

Zwei Frauen mit Kinderwagen spazierten an ihnen vorbei, und beide blickten ihnen nach.

Rosemie schlug die Beine übereinander. »Weißt du, was ich mir manchmal vorstelle? Wie es sein würde, wenn wir verheiratet sind. Manfred und ich, meine ich. Ich stelle mir dann vor, wie wir morgens zusammen am Frühstückstisch sitzen und uns anschweigen. Vielleicht sind wir froh, wenn das Radio läuft, damit die Stille nicht so schrecklich ist.« Sie seufzte wieder. Dann setzte sie sich auf. »Mensch, Ruthchen, apropos Radio. Das hätte ich ja beinahe vergessen! Ich hab ein Radio für dich. Du wolltest doch eins für den Salon.«

»Ich möchte schon, aber das erlaubt Gisela nie.«

»Brauchst du etwa ihre Erlaubnis?« Rosemie stupste sie an und hob die Augenbrauen.

»Du hast ja recht.«

»Manfred wollte seinen Eltern eins schenken, aber sein Vater hatte schon eins gekauft. Willst du es haben?«

Ruth überlegte, aber nur kurz. »Na, und ob!«

»Weißt du was? Wenn wir zwei keinen Mann mehr abkriegen, gründen wir einen Club. Den Club der Übriggebliebenen.«

8.

Gisela hatte wie erwartet reagiert, als Ruth mit dem Radio angekommen war. »Du willst nicht wirklich den ganzen Tag dieses Gedudel haben.«

»Das Gedudel, wie du es nennst, ist Musik, Gisela.«

»Und wenn die Kunden sich beschweren?«

»Werde ich's wieder wegbringen, versprochen.«

So waren sie verblieben.

Doch niemand beschwerte sich, im Gegenteil. Das Radio lief den ganzen Tag, und bei einem Schlager, den Ruth besonders gern mochte, lief sie hin und stellte lauter. Sie war schlagerverrückt, wie Marianne es nannte.

Kurt hatte sich den Nachmittag freigenommen. Er wollte mit Heidelinde einen neuen Wohnzimmerschrank kaufen. Wenige Tage zuvor hatten sie wieder gestritten, und Kurt hatte fürchterlich über Heidelinde geschimpft. Inzwischen bezweifelte Ruth, dass es eine Hochzeit geben würde. Die beiden waren wohl doch zu verschieden. Vielleicht lag es auch einfach daran, dass Kurt Einzelgänger und eingefleischter Junggeselle war. So hatte er sich selbst bezeichnet, ehe Heidelinde in sein Leben getreten war.

An diesem Nachmittag blätterte Ruth in einer neuen Illustrierten. Sie hatte erst in einer Stunde wieder eine Kundin.

Marianne ging zum Radio, als Nancy Sinatra lief, und tanzte durch den Raum. Es waren niemand außer ihr und Ruth da. »Ist das nicht ein schönes Lied? Gehst du eigentlich zum Beatles-Konzert?«

»Nein, außerdem ist es bestimmt längst ausverkauft.«

Sie und Rosemie hatten kurz überlegt, hinzugehen, sich dann aber umentschieden, nachdem sie gehört hatten, dass auf einem Beatles-Konzert so laut gekreischt wurde, dass von der Musik kaum etwas zu verstehen war.

Marianne stieß mit der Hüfte an ihre. »Komm, tanz mit, Ruthchen.«

»Lieber nicht. Wenn Gisela uns sieht, muss ich mir wieder den Rest des Tages ihr Gemecker anhören. Sie hasst das Radio sowieso schon.«

Seit Rosemie mit Manfred ging, waren ihre gemeinsamen Samstage im Tanzclub leider immer seltener geworden. Ob sie das, was sie vor Jahren in der Tanzschule gelernt hatte, überhaupt noch konnte? Den Cha-Cha-Cha zum Beispiel, den sie so liebte?

Die Türglocke erklang.

»Kundschaft!« Sie stellte das Radio leiser.

»Ich geh' schon.« Marianne lief nach vorn, und Ruth hörte sie mit einer Frau sprechen, deren Stimme ihr entfernt bekannt vorkam.

Als sie mit Frau Schneider um die Ecke kam, die schon eine ganze Weile nicht mehr bei ihnen gewesen war, lächelte Ruth erfreut. »Frau Schneider! Wie schön, Sie hier zu sehen.«

»Ich dachte, ich komme mal wieder vorbei, Fräulein Fellbach.«

Ob sie in der Zwischenzeit zu Dollmann gegangen war? Nun, Ruth konnte sie schlecht fragen.

Marianne bat sie, am ersten Waschbecken Platz zu nehmen, und Ruth ging mit der Illustrierten nach vorn zum Tresen und blätterte dort weiter darin.

Kurt kam herein, und sie hob verwundert den Kopf. »Ich dachte, du hast frei.«

»Ich habe mein Portemonnaie in meiner Jacke vergessen. Und die hängt hier.« Er zeigte zur Garderobe.

»Frau Schneider ist gerade gekommen«, flüsterte sie, während er seine Jackentaschen durchsuchte und »Ah ja« murmelte, als er die Geldbörse in der Innentasche fand.

»Frau Schneider?« Er drehte sich zu ihr um. »Die war ja ewig nicht mehr hier. Ich dachte, sie geht jetzt zu Dollmann.« Er räusperte sich. »Ähm, ich weiß nicht, ob du's schon gehört hast, aber da macht jetzt ein Salon am Wall auf.«

»Was?«

Er zuckte mit den Schultern. »Ich weiß es von Herrn Sievers, und der weiß es von …« Er winkte ab. »Ist ja auch egal.«

»Und wo genau am Wall?«

»Gleich neben dem Modegeschäft.«

»Weißt du, wann sie eröffnen?«

»Du stellst Fragen, Ruth.«

»Findest du das nicht wichtig, Kurt? Immerhin bedeutet ein neuer Salon weitere Konkurrenz.«

Er seufzte anstelle einer Antwort, nickte ihr zu und verließ den Salon.

Wenn man sich doch nur ein einziges Mal vernünftig mit ihm austauschen könnte, dachte Ruth verstimmt. Aber er tat immer so, als ginge ihn das alles nichts an. Dabei war es doch auch sein Salon.

Vielleicht sollte sie sich eine neue Stelle suchen. Ab und an hatte sie bereits darüber nachgedacht, es aber jedes Mal wieder verworfen. Sogar geschämt hatte sie sich allein für die Überlegung. Sie konnte ihre Geschwister doch nicht im Stich lassen.

Auf der anderen Seite aber wäre es vielleicht sogar gut, wenn sie ginge. Weil sie und Gisela dann nicht mehr Tag für Tag zusammen wären. Möglicherweise würde das ihrer Beziehung guttun, und sie hätten die Chance, sich wieder einander anzunähern.

Außerdem wusste Gisela seit einiger Zeit kaum, wie sie alle bezahlen sollte. Sie selbst lebte von ihrer Witwenrente.

Ruth blätterte weiter in der Illustrierten, während ihre Gedanken nun bei dem neuen Salon waren, von dem Kurt erzählt hatte.

Am Wall war eine schöne Gegend mit lauter hübschen Geschäften. Es war klug und sehr geschickt, dort einen Frisiersalon zu eröffnen.

Dann erregte ein Artikel ihre Aufmerksamkeit. Es ging um einen britischen Friseur, der einen neuen, den geometrischen Haarschnitt erfunden hatte. Unkompliziert und praktisch sollte der sein. Schluss mit Nächten auf Lockenwicklern.

Der Friseur hatte den klassischen Bob, der völlig zu Unrecht in Vergessenheit geraten war, zu neuem Leben erweckt.

Ruth erinnerte sich kaum, wann sie zuletzt einen geschnitten hatte.

Sie drehte sich zu dem Spiegel um, der hinter ihr hing, und betrachtete ihr Spiegelbild. Ihr Haar war kinnlang nachgewachsen, sie hatte lediglich den Pony nachschneiden lassen.

Ein Bob. Das wäre doch was für mich.

Er musste nur regelmäßig nachgeschnitten werden, mehr Pflege benötigte er nicht. Sogar Frauen mit lockigem Haar konnten ihn tragen.

Ruth nahm die Illustrierte und steckte sie in ihre Handtasche, um zu Hause in Ruhe weiterzulesen.

Sie hier im Salon auszulegen war überflüssig. Wer sollte sie lesen?

»Ein Bob?« Marianne sah Ruth überrascht an, nachdem sie ihr von dem Friseur und ihrer Idee erzählt hatte.

»Kein ständiges Aufdrehen, kein Toupieren mehr, klare Formen, gerade Schnitte. Ich träume schon lange von unkomplizierteren Frisuren, bei denen man ruhig den Kopf bewegen darf, du etwa nicht?«

Als Marianne nickte, redete sie weiter. »Ich wette, wenn ich einen Bob habe, wollen die Kundinnen auch einen.«

Eine Stunde später betrachtete Ruth sich zufrieden im Spiegel.

»Genauso hab ich mir das vorgestellt. Ich werde den Pony nachwachsen lassen, dann ist es perfekt.«

Marianne nickte. »Er steht dir wirklich gut.«

»Ich glaube, jeder Frau steht ein Bob. Keine Lockenwickler, kein Glätteisen, man braucht nicht mal Haarspray. Herrlich! Ach, ich hab dir noch gar nicht von dem Salon erzählt, der am Wall eröffnet wird.«

Marianne verzog das Gesicht. »Ach herrje, noch mehr Konkurrenz.«

Elfriede Zimmermann war die erste Kundin, die ebenfalls einen Bob wollte. Die anderen Kundinnen waren verhaltener, was vermutlich daran lag, dass sie sich zu alt, zu gediegen dafür fühlten.

Dabei wurde Ruth nicht müde, zu betonen, dass auch ältere Damen einen Bob tragen konnten.

Bis Gisela sich einschaltete. Es war Abend, kurz nach Salonschließung, und Ruth und Marianne waren damit beschäftigt, die Waschbecken zu putzen. »Ruth? Auf ein Wort?« Sie nahm Ruth beiseite. »Ich habe mir das jetzt lange genug angehört.«

»Wovon sprichst du?«

»Von deinem Bob-Gequassel.«

Ruth verstand immer noch nicht recht. Sie sah, wie Kurt zu ihnen herüberblickte und eine Grimasse zog. Dann drehte er ihnen den Rücken zu und säuberte Pinsel und Kämme.

Gisela verschränkte die Arme. »Du gehst unseren Kundinnen auf die Nerven.«

»Hat sich jemand beschwert?«

»Das nicht, aber ich habe Augen im Kopf.«

»Ich versuche nur, unserem Salon ein bisschen auf die

Beine zu helfen. Das kannst du mir nun wirklich nicht vorhalten.«

»Wieso klingt das für mich schon wieder so, als würde ich dir dauernd irgendwas vorwerfen?«

»Warum sagst du mir nicht einfach, was dir an mir nicht passt, Gisela?« Sie sagte es sanft und ohne jeglichen Vorwurf.

Bevor Gisela etwas erwidern konnte, schob Kurt sich an ihnen vorbei und murmelte: »Schönen Feierabend.«

»Was soll die Frage, Ruth?« Gisela sah sie verständnislos an.

Als wäre das, was sie gesagt hatte, völlig hanebüchen.

Sie überlegte noch, wie sie es formulieren sollte, als Marianne sich zu ihnen gesellte. »Ruth will wirklich nur helfen, Mama.«

Gisela seufzte. »Marianne. Es war zu erwarten, dass du dich auf ihre Seite schlägst.«

»Hast du dir mal überlegt, dass Ruth sich auch eine neue Stelle suchen könnte? Aber das tut sie nicht, stattdessen versucht sie, hier alles …« Sie schien nach passenden Worten zu suchen.

»Tue ich das nicht?«, fragte Gisela mit auffällig hoher Stimme. So klang es, wenn sie ungehalten war und jeden Augenblick laut und wütend werden würde.

»Das hab ich nicht gesagt, Mama. Ich meinte nur, dass wir froh und auch dankbar sein sollten, dass Ruth sich so viel Mühe gibt.«

Es war ungewöhnlich, dass sie sich überhaupt einmischte, und noch ungewöhnlicher war, dass sie es so auf den Punkt brachte. Ruth jedoch wäre es lieber gewesen, wenn sie den Mund gehalten hätte. Nun stand sie genau zwischen den beiden, was Ruth immer unbedingt hatte vermeiden wollen.

Gisela schien ebenfalls überrascht zu sein. »Auch ich tue mein Bestes.«

»Das weiß ich«, sagte Ruth. »Das wissen wir alle. Aber ich finde, du könntest ein bisschen offener für Veränderungen sein. Wir müssen mit der Zeit gehen.«

»Wir sind ein Traditionssalon«, erwiderte Gisela, und Ruth seufzte innerlich, weil sie genau damit gerechnet hatte.

»Unser Vater hat ihn mir überschrieben, weil er wusste, dass ich ihn in seinem Sinne weiterführen werde.«

»Aber die Zeiten ändern sich. Uns sind nur die Stammkunden geblieben«, sagte Ruth mit einem Anflug von Verzweiflung.

»Kann es sein, dass du neidisch bist, weil du den Salon nicht führen darfst?«

»Was?« Ruth schluckte. Sie war noch keine Sekunde auf diesen Gedanken gekommen, im Gegenteil, sie war froh gewesen, die Verantwortung und Belastung nicht tragen zu müssen.

»Mama, also wirklich!« Marianne schnaubte.

»Es steht dir frei, dir eine neue Stelle zu suchen, Ruth.«

Sie starrte ihre Schwester fassungslos an. Ehe sie die Beherrschung verlieren würde – und sie konnte nicht ausschließen, dass es passieren würde –, ließ sie Gisela stehen und ging zum Eingangstresen. Ihre Hand zitterte, als sie ihre Handtasche nahm. Sie war aufgebracht, wütend – und maßlos enttäuscht.

Gisela war ihr gefolgt. »Ich werde dir keine Steine in den Weg legen.«

Ohne ein weiteres Wort ging Ruth zur Tür, den Kiefer aufeinandergepresst, die Handtasche umklammert. Heftiger als nötig ließ sie die Tür hinter sich zufallen.

9.

Ruth war am Samstagmorgen die Stellenanzeigen durchgegangen, aber kein Salon war auf der Suche nach einer Friseuse. Dabei war sie fest entschlossen, so entschlossen wie nie zuvor. Gisela hatte sehr deutlich gemacht, dass sie wunderbar ohne sie auskäme.

»Lass uns heute Abend ins Kino gehen«, schlug Marianne vor, als sie nach Salonschluss den Fußboden fegten. »Es läuft *Doktor Schiwago.*«

»Den hab ich bestimmt schon …« Ruth winkte ab. » … ein halbes Dutzend Mal gesehen. Ich glaube, ich kann die Dialoge inzwischen mitsprechen. Du doch auch.«

»Ich hätte trotzdem Lust. Komm schon. Oder hast du was anderes vor?«

»Was sollte ich denn vorhaben?« Ruth seufzte. *Außer in meiner winzigen Wohnung zu sitzen und von einer größeren zu träumen.* Aber wovon sollte sie die bezahlen? Sie hatte lausig verdient in den letzten Jahren, und jeder Groschen, den sie irgendwie irgendwo abzwacken konnte, hatte sie für den Führerschein auf die Seite gelegt. Vielleicht war es vollkommen verrückt, dass sie unbedingt selbst Auto fahren wollte. Aber sie hatte es sich schon vor der Volljährigkeit in den Kopf gesetzt.

»Und vorher machen wir einen Bummel zum Wall und sehen uns den neuen Salon an«, sagte Marianne.

Am Nachmittag spazierten die beiden durch die Wallanlagen. Marianne hatte sich bei Ruth eingehakt. Sie trug ein niedliches Schulmädchenkleid mit großem, weißem Kragen und Manschetten, dazu hohe Stiefel, das lange blonde Haar fiel offen und glatt über ihre Schultern.

Ruth hatte sie bewundernd angeschaut, als sie sie abgeholt hatte. Wie hübsch sie aussah!

Sie blieben stehen, als eine Entenfamilie über den Weg watschelte. Eine nach der anderen sprang mit einem »Platsch« ins Wasser, und Ruth lachte. »Elf Küken. Stell dir vor, du hättest elf Kinder.«

»Um Himmels willen. Ich kann mir schon eins nicht vorstellen.«

Ruth wäre gern Mutter, sie hatte sich immer Kinder gewünscht. Ihr fehlte nur der richtige Mann dazu.

Nur. Sie seufzte verhalten. Als wäre es ein Klacks, den Mann fürs Leben zu finden.

Marianne zog sie weiter. »Wie gut erinnerst du dich eigentlich noch an deine Mutter?«

»Nicht sehr gut.« Die Erinnerung verblasste mehr und mehr. Manchmal schreckte sie nachts aus einem Traum hoch, in dem ihre Mutter vorgekommen war. Je mehr sie versuchte, sich ihr Gesicht, ihren Geruch, ihre Stimme vorzustellen, desto verschwommener, vager wurde der Traum.

Ruth besaß ein paar wenige Fotos, und wann immer sie sie anschaute, überkam sie das Angst einflößende, beklemmende Gefühl, sich schon bald gar nicht mehr erinnern zu können.

Bei ihrem Vater war es anders, er war viele Jahre nach ihrer Mutter gestorben und hatte noch eine Stimme und eine Präsenz. Nur wie lange noch?

Früher hatte Gisela ihr viel von den Eltern erzählt, kleine Anekdoten und Familiengeschichten. Sie wusste noch viel, Ruth beneidete sie um ihre Erinnerungen.

»Tut mir leid«, sagte Marianne leise. »Ich wollte dich nicht traurig machen.«

»Ist schon gut.« Ruth tätschelte ihren Arm. »Komm, wir wollen mal sehen, was den neuen Salon so besonders macht.«

Kurz darauf standen sie vor einem der zwei Schaufenster. Beide waren nicht verhängt, und so konnte Ruth die schicken Waschbecken und die modernen Spiegel bewundern, den großen Raum, der offenbar nur für weibliche Kundschaft bestimmt war. Die männliche hatte einen Raum für sich, auf der anderen Seite des Eingangs.

»Sieh dir das an«, raunte sie. »Ist das nicht eine Wucht?«

Marianne ging weiter zum zweiten Schaufenster, und sie folgte ihr. Ein Mann stand mit dem Rücken zu ihnen. Er unterhielt sich mit einer Frau, gestikulierte, und die Frau lächelte.

»Ob das die Inhaber sind?«, flüsterte Marianne.

»Ich weiß nicht. Möglich.« Ruth warf einen Blick auf das dunkelgrüne Schild über der Eingangstür: *Salon Kronewinkel.*

Neben der Tür war ein kleines Schild angebracht, darauf der Name des Inhabers Rainer Kronewinkel und die Öffnungszeiten.

»Schick, oder?« Marianne hakte sie unter.

Ruth nickte. »Das kannst du laut sagen.«

»Sprich's aus, Ruthchen.«

»Was meinst du?«

»Hier müsste man arbeiten. Das hast du doch gerade gedacht, oder?« Marianne schien keine Antwort zu benötigen.

Während sie in Richtung Viertel schlenderten, dachte Ruth darüber nach, wann und vor allem warum Gisela und sie sich entfremdet hatten. Wann hatte sie etwas Falsches gesagt, wann sich falsch verhalten? Wie oft schon hatte es ein Missverständnis zwischen ihnen gegeben, das sie nicht aus dem Weg geräumt hatten?

Sie empfand Mitleid, Mitgefühl für ihre Schwester. Es war nicht leicht, so jung Witwe zu werden. Wenn Gisela doch nur darüber sprechen, wenn sie sich trösten lassen würde!

Stattdessen war sie in sich gekehrt und ungerecht geworden.

Besonders Ruth behandelte sie unfair, und das ganz offenbar mit voller Absicht. Als wollte sie sie etwas büßen lassen. Aber warum? Und wofür?

»Wollen wir nach dem Kino noch irgendwo was trinken gehen?«, riss Marianne sie aus ihren Gedanken.

»Hast du nichts Aufregenderes vor, als mit deiner Tante auszugehen?«

»Nein.«

»Dann sage ich Ja.«

Als sie aus dem Kino kamen und auf der Straße standen, hoben beide den Kopf und betrachteten den Himmel, der mit unzähligen Sternen wie mit kleinen Lichtern betupft war. Es war überwältigend.

»Schön, oder?«, flüsterte Marianne.

»Himmlisch!«

»Du findest immer die richtigen Worte.« Marianne zeigte nach rechts. »Wollen wir in die Lila Eule? Jack ist heute Abend an der Bar. Er macht die besten Cocktails der ganzen Stadt.«

»Stellst du dir auch manchmal vor, wie es wäre, wenn du ein völlig anderes Leben führen würdest?« Marianne zog die grüne Olive vom Stäbchen und kaute darauf herum.

»Natürlich, das macht doch jeder hin und wieder.« Ruth hatte ein Glas Weißwein bestellt, nachdem sie einen Dirty Martini getrunken hatte und sich davon ein wenig beschwipst fühlte. »Wie sähe dein Leben denn aus?«, fragte sie.

Marianne zog den Glasrand mit dem Zeigefinger nach. »Ich weiß nicht, anders.«

»Anders?« Sie lachte. »Eine sehr klare Vorstellung scheinst du nicht zu haben. Wie soll man sein Leben ändern, wenn man gar nicht weiß, wie es aussehen soll?«

Sie nahm eine kleine Handvoll gesalzene Nüsse aus dem Schälchen vor ihnen.

Marianne ließ wieder den Finger über den Glasrand kreisen. »Mir fehlt Papa. Oft denke ich, er sitzt auf der Couch, wenn ich heimkomme. Oder morgens am Frühstückstisch. Er sitzt da, die Zeitung neben ihm und die Tasse Kaffee, die schon wieder kalt geworden ist, weil ein Artikel ihn so gefesselt hat.« Sie verzog das Gesicht zu einem traurigen Lächeln. »Ich kann mir in diesen Momenten gar nicht vorstellen, dass er nicht mehr da ist, dass er nie mehr da sein wird. Es fühlt sich … grässlich an.«

Ruth strich über ihren Arm. »Ich weiß. Gisela kommt auch nicht darüber hinweg, aber immer, wenn ich sie trösten will, schiebt sie mich weg.«

»Sie schiebt jeden weg. Sie kann nicht anders, Ruth. Ich wünschte, sie würde wenigstens mit mir darüber sprechen, aber selbst das tut sie nicht. Sie igelt sich ein und schließt alle anderen aus. Auch mich. Dabei fehlt er mir doch auch.«

Es war voll im Club, aber die Musik war noch nicht ganz so laut, wie sie später noch werden würde. Dann würden die Bässe so dröhnen, dass einem das Zwerchfell wehtat.

Einige tanzten auf der viel zu kleinen Tanzfläche in der Mitte, andere saßen an Tischen oder an der langen Theke, hinter der drei junge Männer damit beschäftigt waren, Cocktails zu mixen und Wein, Bier und Schnaps auszuschenken.

Ruth überlegte, ob sie Marianne erzählen sollte, dass sie ernsthaft darüber nachdachte, sich eine neue Stelle zu suchen. War das das richtige Thema für einen ungezwungenen Abend?

»Ich kann mir übrigens vorstellen, mir was Neues zu suchen«, setzte sie an und wartete Mariannes Reaktion ab.

Doch die sagte nichts, machte nicht mal einen überraschten Eindruck, und so redete sie weiter: »Ich glaube, es wäre gut, wenn Gisela und ich nicht mehr tagtäglich zusammenglucken. Ich glaube, wenn wir ein bisschen Abstand hätten … Vielleicht kommen wir uns dann wieder etwas näher.«

»Ich wundere mich, dass du nicht schon längst gekündigt hast.«

»Ich dachte, ich kann sie nicht im Stich lassen, aber sie hat sehr deutlich gemacht, dass sie nicht auf mich angewiesen ist.«

»Das bereut sie bestimmt schon wieder.«

Ein junges Paar stürmte an ihnen vorbei zur Tanzfläche. Die Frau riss Ruth dabei fast vom Stuhl und entschuldigte sich nicht mal. Ruths Handtasche war zu Boden gefallen, und sie kniete sich hin, um alles wieder einzusammeln. Dabei entdeckte sie den Lippenstift, den sie schon gesucht hatte.

»Weißt du, was mir manchmal durch den Kopf geht?«, sagte Marianne, als sie wieder hochkam. »Dass es vielleicht nur mal eine Gelegenheit, einen Moment geben muss …« Sie verstummte, und Ruth schaute sie fragend an.

»Und?«

»Und dann bin auch ich weg.«

Ruth musste lachen. »Moment, noch bin *ich* nicht weg.«

»Ich sehne mich nach einem neuen Leben, einem anderen.«

»Das verstehe ich gut, aber könntest du das? All das hier hinter dir lassen?«

Marianne sah sie nachdenklich an, dann sprang sie plötzlich auf und zog Ruth mit sich. »Komm, lass uns tanzen!«

Sie tanzten ausgelassen mehrere Stücke hindurch. Als ein langsames Lied kam, kehrten sie zum Tisch zurück.

»Hast du den Mann mit den längeren dunklen Haaren gesehen?«, fragte Marianne und stieß sie an. »Er sieht gut aus.«

»Welcher Mann? Hier gibt's viele Männer mit dunklen Haaren.«

»Na, der, der dich die ganze Zeit anstarrt.«

Ruth wollte sich umdrehen, aber Marianne hielt sie zurück. »Nicht hingucken! Er starrt immer noch.« Sie legte den Kopf schief. »Aber er sieht wirklich gut aus.«

In diesem Moment kam ein Mann mit Schnauzbart und dunklem Haar an ihren Tisch und sah Ruth an. »Haben Sie Lust zu tanzen?«

Sie blinzelte, wollte eine Ausrede erfinden, doch er sah so freundlich aus, dass sie nickte und aufstand.

Auf der Tanzfläche versuchte er, ihren Namen herauszufinden, was schwierig war, weil sie ganz in der Nähe der großen Boxen tanzten.

»'tschuldigung, wie heißen Sie, sagten Sie?«, brüllte er.

»Ruth.«

Er tippte sich an die Brust. »Helmut!«

Plötzlich ging die Musik aus, und beide schauten sich verdutzt an. Ob es einen Kurzschluss gegeben hatte?

Oder eine Polizeirazzia? Marianne hatte einmal eine miterlebt. Ruths Tanzpartner zuckte die Schultern und begleitete sie zurück zum Tisch. »Danke für den Tanz, Ruth.« Er lächelte sie an und ging wieder.

»Enttäuscht?«, fragte Marianne, die noch etwas zu trinken für sie beide bestellt hatte.

»Wieso sollte ich enttäuscht sein?«

»Weil er wieder gegangen ist.«

»Nein.«

»Habt ihr euch nett unterhalten?«

»Na, und ob. Es ist schön, sich auf der Tanzfläche anbrüllen zu müssen. Den Schnauzbart hast du übrigens unterschlagen.«

»Wieso? Ach, ich verstehe. Das war nicht der Mann, der dich angestarrt hatte. Sieht so aus, als hättest du mindestens zwei Verehrer hier.« Marianne spähte an ihr vorbei. »Aber ich kann ihn nicht mehr sehen.«

»Dann wohl doch nur ein Verehrer. Na, besser als nichts.«

»Du magst doch eh blonde Männer viel lieber, oder?«

Ruth lächelte anstatt einer Antwort.

»Woran denkst du gerade?«

»Jedenfalls weder an blonde noch an dunkelhaarige Männer.«

Marianne wurde mit einem Mal ernst. »Ich verstehe gut, dass du dich nach einer neuen Stelle sehnst, Ruthchen. Aber ehrlich gesagt graust es mir allein bei dem Gedanken, dass ich allein mit Mama und Onkel Kurt zurückbleibe.«

Ruth hätte gern behauptet, darüber müsse sie sich keine Gedanken machen, doch das wäre gelogen. Die Wahrheit war: Sie würde künftig jede Woche die Stellenanzeigen studieren und hoffen, dass etwas dabei war. Und dann darauf vertrauen, dass sich zwischen Gisela und ihr alles wieder einrenkte.

10.

Doch es verging Woche um Woche, ohne dass eine Friseuse gesucht wurde. Ruth würde die Hoffnung nicht aufgeben, das war nicht ihre Art, aber ihre Zuversicht schwand mit jeder weiteren Woche. Bis sie schließlich begann, sich damit zu arrangieren, vorerst im elterlichen Salon zu bleiben.

Wer weiß, wofür es gut war? Auch das war einer ihrer Leitsätze, der sie bisher durchs Leben getragen hatte.

Eines Nachts träumte sie, sie säße in einem roten Ford Taunus und brauste durch die Straßen, das Seitenfenster heruntergekurbelt, während im Radio Peggy March ›Mit siebzehn hat man noch Träume‹ sang.

Als sie an einer Ampel halten musste, war plötzlich das Bremspedal verschwunden. Weg, es war einfach weg! Wie konnte das sein? Ihr Fuß trat ins Leere, und sie umklammerte mit beiden Händen das Lenkrad, während der Wagen auf die Bäckerei an der Ecke zusteuerte. Sie schrie auf, als eine Frau aus dem Geschäft kam und die Augen vor Schreck aufriss.

Sie versuchte gegenzusteuern, doch es funktionierte

nicht. Auch das Lenkrad ließ sich plötzlich nicht mehr bewegen.

Als der Taunus näher und näher auf die Frau vor der Bäckerei zufuhr, erkannte Ruth sie. Es war ihre Schwester.

Mit einem spitzen Schrei fuhr sie aus dem Bett hoch. Nur ein Traum, Gott sei Dank! Um ein Haar hätte sie Gisela umgefahren.

Erleichtert sank sie zurück aufs Kissen, setzte sich aber gleich wieder auf, als ihr einfiel, dass heute ihre Fahrprüfung war.

Ruth schwang die Beine aus dem Bett, spritzte sich am Waschbecken eiskaltes Wasser ins Gesicht, um wach zu werden, und betrachtete sich im Spiegel. »Du schaffst das, Ruth Fellbach«, sagte sie laut. »Du wirst die Prüfung bestehen. Und mach dir keine Sorgen, der Wagen wird drei funktionierende Pedale haben.«

Fahrlehrer Kornau saß wie immer auf dem Beifahrersitz, der Prüfer, ein älterer Herr mit Ziegenbart und mürrischem Gesichtsausdruck, auf dem Rücksitz. »Guten Morgen, junges Fräulein«, begrüßte er sie und nickte ihr zu, bevor er den Blick auf das Klemmbrett auf seinem Schoß richtete.

Auch Kornau nickte ihr zu und schenkte ihr ein aufmunterndes Lächeln.

Ruth atmete tief durch, stellte Sitz und Spiegel ein und fuhr los.

Die ersten Minuten lief alles wie am Schnürchen, und ihr Fahrlehrer sah sehr zufrieden aus.

»Und jetzt fahren wir auf den Osterdeich, Fräulein Fellbach«, wies er sie an.

Sie setzte den Blinker. *Schulterblick nicht vergessen!*

In Höhe des Weserstadions musste sie scharf bremsen, weil eine alte Dame die Straße überquerte, ohne nach rechts und links zu schauen. Fahrlehrer und Fahrprüfer wurden nach vorn gedrückt, das Klemmbrett fiel unter den Beifahrersitz.

»Gut gemacht«, raunte Kornau ihr zu, während der Fahrprüfer nach dem Klemmbrett fischte.

Ruth hatte nicht mal den Motor abgewürgt, sondern geistesgegenwärtig auf die Kupplung getreten. Aber sie war sehr erschrocken, ihr Herz klopfte bis zum Hals.

Nur noch ein paar Straßen, gleich hast du's geschafft.

Sie sah, wie ein Radfahrer einen Mann mit einem Hund an der Leine überholen wollte, der auf der Weserseite spazieren ging. Sie war wachsam, Radfahrer machten häufig einen großen Bogen und fuhren dabei halb auf die Straße.

In diesem Augenblick riss der Hund sich los und sprang auf die Fahrbahn. Im selben Moment trat sie auf die Bremse, und ein weiteres Mal wurden Fahrlehrer und Fahrprüfer erst nach vorn und dann wieder zurückgeworfen. Das Klemmbrett landete erneut unter dem Sitz.

Der Wagen stand, Ruths Knie zitterten. »Hab ich ihn überfahren?«

»Nein, ich glaube nicht.« Kornau stieg aus und sprach mit dem Mann, der mit seinem Hund schimpfte. Offenbar war der quicklebendig.

»Donnerwetter«, sagte der Fahrprüfer hinter ihr. »Das hab

ich nicht kommen sehen, Sie aber offenbar schon. Sehr schön, junges Fräulein.« Er hatte das Klemmbrett wieder auf dem Schoß und schrieb etwas.

Ruth bemerkte, wie der Mann zu ihr herübersah. Er machte einen zerknirschten Eindruck. Ob sie aussteigen und sich erkundigen sollte, ob dem Hund auch wirklich nichts passiert war? Oder wäre sie dann durchgefallen, weil sie den Wagen nicht verlassen durfte? Immerhin stand sie auf der Straße, auch wenn sie ein wenig nach rechts gefahren war. Sie war selbst ganz verblüfft, wie umsichtig und schnell sie reagiert hatte.

Der Hundebesitzer kam zu ihr und klopfte an die Scheibe.

Ruth kurbelte sie herunter. »Geht es Ihrem Hund gut?«

Er nickte. »Tut mir sehr leid, er hat sich einfach losgerissen. Ihnen ist doch hoffentlich nichts passiert?«

»Nein, nein, ich habe mich nur erschrocken.«

Er hob die Augenbrauen. »Sind Sie nicht Cornelia Froboess?«

Ruth schüttelte den Kopf. Es war nicht das erste Mal, dass sie für die Schauspielerin und Sängerin gehalten wurde. Sie selbst konnte keine große Ähnlichkeit entdecken.

»Dann bitte ich um Verzeihung. Aber Sie sehen ihr erstaunlich ähnlich.« Der Mann entschuldigte sich ein weiteres Mal, nahm seinen Hund auf den Arm und überquerte die Straße.

Kornau war wieder eingestiegen und sah Ruth fragend an. »Alles in Ordnung, Fräulein Fellbach?«

»Ja, alles gut.«

»Können Sie weiterfahren?«

Sie nickte, auch wenn sie nicht sicher war, ob sie es konnte.

»Sie dürfen sich entspannen, junges Fräulein«, sagte der Fahrprüfer und beugte sich zu ihr vor. »Sie haben bestanden.«

Als sie wenig später in den Salon kam, hörte sie Marianne rufen: »Ist Onkel Kurt schon da? Herr Klingeling wartet!«

Sie blieb stehen, eine Hand auf dem Mund, weil sie um ein Haar laut losgelacht hätte. Schnell zog sie ihren Mantel aus und schlüpfte in ihren Kittel.

Herr Meierdierks saß im Wartesessel, die Tageszeitung auf dem Schoß und grinste übers ganze Gesicht. »So nennt ihr mich hier also.«

Nach dem ersten Streik der Türklingel hatte er sich angewöhnt, beim Eintreten laut »Klingeling!« zu rufen, und Ruth hatte ihm den Spitznamen Herr Klingeling gegeben.

»Tut mir leid, Herr … ähm … Meierdierks«, stammelte Marianne mit hochrotem Gesicht. »Es ist mir so rausgerutscht.«

Der alte Herr hatte einen Riesenspaß, das war ihm anzusehen. Vergnügt rieb er sich die Hände und schlug die Seite mit dem Kreuzworträtsel auf. »Musst dich nicht entschuldigen, Mädchen. Alles gut.«

Marianne kam zu Ruth gelaufen. »Und?«

»Bestanden!«

»Gratuliere!«

Ruth begrüßte den alten Herrn. »Moin, Herrn Meierdierks. Brauchen Sie noch eine Kopfbedeckung mit drei Buchstaben?«

Er schaute auf und grinste. »Sie sind mir eine. Aber sagen Sie mir doch mal eine Kopfbedeckung mit fünf Buchstaben.«

»Kappe?«

»Kappe geht auch. Was ich aber meinte, ist Haare.«

»Na, darauf hätte ich auch kommen können.«

Aus dem Augenwinkel sah Ruth Gisela hereinkommen. Und sie sah alles andere als fröhlich aus. »Marianne?« Sie winkte ihre Tochter zu sich.

»Autsch«, raunte Ruth und hörte, wie Gisela auf Marianne einredete.

Die stand wie ein begossener Pudel da, ihr Gesicht glühte.

Herr Meierdierks hatte sich zu den beiden umgedreht. Die Situation schien ihm unangenehm zu sein. »Frau König!«, rief er Gisela zu. »Nicht schimpfen, dafür gibt's keinen Grund!« Er sah ganz bestürzt aus.

Gisela verzog das Gesicht zu einem flüchtigen Lächeln und sprach weiter mit Marianne.

Herr Meierdierks widmete sich wieder seinem Kreuzworträtsel, und seine Frau, die soeben zur Tür hereinkam, rief ihm zu, er solle den anderen Kunden auch noch etwas übrig lassen. »In Wahrheit willst du doch nur zeigen, wie schlau du bist«, neckte sie ihn, und er hob den Kopf und zwinkerte ihr zu.

Kurt kam um die Ecke, murmelte eine Begrüßung und bat Herrn Meierdierks ans Waschbecken.

Gleich hinter ihm kam Frau Zimmermann. »Guten Morgen zusammen! Warum sehen Sie mich so überrascht an, Fräulein Ruth?«

»Haben Sie einen Termin?«

»Aber natürlich.«

»Verzeihung.« Ruth schüttelte den Kopf. »Ich fürchte, ich war gerade … etwas abgelenkt.«

»Ist was passiert?«

»Nein, nein. Nehmen Sie doch schon mal Platz.«

Ihre Kundin setzte sich ans mittlere Waschbecken, stellte die Handtasche zu ihren Füßen ab und blickte sich im Salon um.

»Schlechte Stimmung?«, fragte sie dann leise.

»Nur ein kleines Missverständnis.« Ruth legte ihr den Umhang an. »Wie immer, Frau Zimmermann?«

Ihre Kundin nickte.

Ruth reichte ihr einen Waschlappen und wartete, bis die richtige Wassertemperatur erreicht war. Heute schien es besonders lange zu dauern. »Meine Güte, das dauert ja wieder.« Sie seufzte verhalten.

»Haben Sie schon gehört? Ihr schrecklicher Nachbar will die Stadt verklagen, weil der Müll nicht rechtzeitig abgeholt wurde.«

Ruth verdrehte die Augen. Hermann Plön, der drei Häuser weiter wohnte, war pensionierter Beamter und litt unter notorischer Langeweile. Um sich die Zeit zu vertreiben, verbrachte er den Großteil des Tages damit, im Fenster auf der Lauer zu liegen und Verstöße gegen weiß der Teufel was aufzuschreiben und anzuzeigen. Kurt hatte bereits zwei Anzeigen kassiert, weil er angeblich mit dem Auto die Mülltonne umgefahren und sich aus dem Staub gemacht hatte. Plön wollte ihn eindeutig erkannt haben. Andere wurden angezeigt, wenn sie ihr Fahrzeug falsch abstellten – falsch seiner Ansicht nach –, und Nachbarn bekamen Ärger, wenn ihre Kinder zu laut waren. Spielten die Kinder auf der Straße, kam er aus dem Haus gestürmt und verscheuchte sie. Hermann Plön war ein äußerst unangenehmer Zeitgenosse.

»Er behauptet, er wäre über etwas gestolpert, das aus einer vollen Mülltonne gefallen war. Na, mir scheint, er ist wohl schon zu oft hingefallen und hat sich am Kopf verletzt.«

Ruth gluckste. »Sie sprechen das aus, was hier wohl viele denken.«

»Verklagt die Stadt, ist das zu fassen.«

»Damit wird er nicht durchkommen«, meinte Ruth. »Stellen Sie sich vor, jeder würde die Stadt verklagen, wenn ihm etwas nicht passt. Da hätten die Anwälte viel zu tun.«

»Da sagen Sie was. Ach, bevor ich's vergesse: Wir haben bildschöne Miniröcke aus Wildleder hereinbekommen. Das wäre doch bestimmt was für Sie. Und wissen Sie, welche Farben man im Sommer tragen wird? Bonbonfarben.«

II.

Das feste Vorhaben, sich eine neue Stelle zu suchen, hatte Ruth vorerst auf Eis gelegt. Zwischen ihr und Gisela lief es wieder besser, was nicht bedeutete, dass es durchweg harmonisch zuging. Gelegentlich kam es zu Situationen, bei denen Ruth sich sehr zurückhalten musste. Wenn Gisela ihr wieder mal über den Mund gefahren war, zum Beispiel, oder wenn einer ihrer latenten Vorwürfe in der Luft hing und Ruth sich angesprochen fühlte. Aber sie hatte sich angewöhnt, stets einzulenken und für Frieden zu sorgen.

An diesem Vormittag stand sie am Tresen und hatte soeben erfreut festgestellt, dass sich Frau Bohnekamp angemeldet hatte. Wie schön, dann war ihr Besuch doch keine Eintagsfliege gewesen.

Ruth blickte auf, als Vertreter Peter Konrad schwungvoll hereinkam. Wie meistens sah er abgehetzt aus. Er stand eigentlich ständig unter Zeitdruck. »Guten Morgen, Fräulein Fellbach. Ist das nicht ein Wetter wie Speck?«

»Oh ja.« Sie war bereits von Sonnenstrahlen geweckt worden, die sie durch einen Gardinenspalt geblendet und in der Nase gekitzelt hatten. Wer wurde nicht gern so geweckt?

»Ist Ihre Schwester da? Ich möchte ihr eine neue Haarpflegeserie vorstellen.«

Schon wieder eine neue, dachte Ruth. Ihre fast durchgehend ältere Kundschaft würden sie damit vermutlich nicht beglücken können.

»Tut mir leid, sie hat einen Termin bei der Bank.« Es ging um einen kleinen Kredit, sehr hoffnungsvoll war Gisela aber nicht gewesen.

Konrad runzelte die Stirn. »Tja, dann muss ich wohl morgen oder übermorgen wiederkommen.«

»Oder Sie nehmen mit mir vorlieb.«

»Vorliebnehmen wäre die falsche Bezeichnung, Fräulein Fellbach.« Er schenkte ihr ein Lächeln, öffnete seinen Koffer und stellte drei Fläschchen und eine Tube vor sie hin.

»Speziell für angegriffenes Haar. Das Shampoo reinigt besonders mild, und das hier«, er zeigte auf eine braune Flasche, »benutzt man zwischen Shampoo und Festiger. Es handelt sich um eine Spülung.«

Ruth hob interessiert die Augenbrauen. Für die Kunden wäre das wohl nichts, aber für sie.

»Erst das Shampoo – und das ist neu: Sie müssen nur einmal shampoonieren –, dann die Spülung«, sprach Konrad weiter. »Sie wird leicht einmassiert und wieder ausgespült, und dann der Festiger.«

»Interessant.« Sie nahm jedes Fläschchen abwechselnd in die Hand. Dann deutete sie auf die Tube. »Und was ist das?«

»Eine Haarcreme.«

»Also für die Herren. Dann sollte ich vielleicht meinen Bruder dazuholen.«

»Nicht nur für die Herren, Fräulein Fellbach. Das ist der Clou an der neuen Serie. Die Haarcreme ist auch für die Damen. Sie ersetzt oder unterstützt den Festiger.«

»Oh, tatsächlich?«

Konrad hatte den Bestellschein bereits in der Hand. »Wie viel darf ich aufschreiben?«

»Ich weiß nicht … Ich würde gern meine Schwester …«

»Ich mache Ihnen ein unschlagbares Angebot, Fräulein Fellbach.«

»Na schön, dann nehme ich von jedem Fläschchen drei.«

»Und drei Haarcremes?«

Sie nickte. »Wir können ja mehr nachbestellen, wenn es nötig sein sollte.«

Konrad hob den Kopf und sah sie an. Dann seufzte er mitfühlend. »Die Konkurrenz ist groß, ich weiß.«

»Ja, jetzt, wo auch am Wall noch ein neuer Salon aufgemacht hat.«

Er notierte ihre Bestellung und gab ihr den Bestellschein zum Quittieren. Anschließend räumte er Fläschchen und Tube wieder ein und klappte seine Tasche zu. »Dann bis zum nächsten Mal. Und Grüße an Frau König.«

Als Ruth in den Frisierbereich kam, hörte sie Marianne und Erna Jansen miteinander sprechen. Ihre Nachbarin sah ganz erhitzt aus, dabei war sie noch gar nicht unter der Trockenhaube gewesen. Sie reichte Marianne einen Wickler. »Das stell sich mal einer vor: Da wohnen Männer und Frauen zusammen, ohne dass irgendwer mit irgendwem verheiratet ist. Wie es da zugeht, kann ich mir lebhaft vorstellen. Wie bei Hempels unterm Sofa, ich sag's dir, Marianne. Freie Liebe nennen sie das. Pah! Jeder steigt zu jedem ins Bett, was hat das bitte schön mit Liebe zu tun?«

»Mit Liebe wohl nicht, nur mit Geschlechtsverkehr.«

Sie lief puterrot an. »Also, wie du das so sagst, Marianne …«

»Die Kommune Eins lebt das, was sich wahrscheinlich viele wünschen, aber nie trauen würden, Frau Jansen.«

»Willst du damit etwa sagen, dass es … schick ist, mit jedem … du weißt schon?«

Marianne nahm den nächsten Wickler entgegen. »Sie leben einfach das, was sie wollen, ohne sich um die Meinung der anderen zu scheren. Sie tun, was sie wollen. Verwerflich finde ich das nicht.«

Erna Jansen musterte sie im Spiegel. »Sag bloß, für dich wäre das auch was.«

Sie lachte. »Das habe ich nicht gesagt.«

»Diese jungen Leute heutzutage … Wenn man uns damals gesagt hätte, zieht doch in eine Wohnung mit anderen und sucht euch aus, zu wem ihr ins Bett steigen wollt … Na, für mich wäre das nichts gewesen.«

»Sie sind eben monogam, Frau Jansen. Geben Sie mir noch einen Wickler, bitte?«

»Monowas?«

»Monogam. So nennt man Menschen, die nur mit einem Geschlechtspartner leben.«

»Geschlechtspartner«, wiederholte sie erschüttert. »Zeiten sind das.«

»Moderne, Frau Jansen.«

Am Abend wischte Ruth das letzte Waschbecken trocken und zog danach die neueste Illustrierte aus ihrer Handtasche. Sie zeigte auf das Titelbild. »Schon wieder Twiggy. Aber sie ist wirklich süß, oder?«

»Und superschlank.«

»Also ich finde sie zu dünn. Als würde sie jeden Moment in der Mitte durchbrechen.« Ruth zwickte Marianne in die Seite. »Und du bist doch nun wirklich auch sehr schlank.«

Sie steckten die Köpfe zusammen, und Ruth blätterte langsam weiter. Nach wie vor war der Minirock sehr angesagt, und die Oberteile waren ebenfalls figurbetont und trugen auffällige Ziernähte.

Ruth deutete auf ein Mannequin mit Krawatte. »Sieh dir das an. Die Männer verfluchen ihre Krawatten, und die Frauen tragen sie freiwillig.« Sie blätterte um. »Frau Zimmermann hat erzählt, dass sie schicke Miniröcke aus Wildleder bekommen haben. Ich glaube, ich gehe nächste Woche mal hin. Komm doch mit.«

»Mal sehen.«

Ruth kam auf das Gespräch zwischen Marianne und Erna Jansen zurück, das sie ungeniert belauscht hatte. »Du findest die freie Liebe also zeitgemäß.«

Marianne holte den Besen und stützte sich auf den Stiel. »Ja, wieso auch nicht? Ich war ehrlich gesagt etwas in Sorge, dass Frau Jansens Kopf platzt, so rot ist sie geworden.« Sie begann zu fegen. »Ich kann verstehen, dass es Menschen gibt, die so leben wollen.«

»Und du? Würdest du auch so leben wollen?«

»Darüber habe ich noch nicht nachgedacht. Du?«

Ruth musste lachen. »Nein.«

»Ich glaube, ich bin eine ziemlich treue Seele.« Marianne holte Handfeger und Kehrblech.

»Ziemlich?«, hakte Ruth nach.

»Ach, du weißt doch, dass ich bisher überhaupt keine Erfahrungen mit so was habe.«

Auch Ruths Erfahrungen mit Männern waren bislang sehr überschaubar. Sie hatte natürlich dann und wann einen Freund gehabt, und einmal war sie fast verlobt gewesen, doch nachdem sie zwei-, dreimal bei Günther übernachtet hatte, hatte sie der Mut verlassen, eine Ehe mit ihm einzugehen. »Wenn ich noch daran denke, wie es damals mit Günther war …«

Marianne sah sie interessiert an. »Und wie war es?«

»Er war so einfallslos und langweilig.«

»Du meinst im Bett?«

Ruth errötete und ärgerte sich darüber. Sie konnte einfach nicht so locker wie Marianne über diese Dinge sprechen. »Ähm, ja.«

»Mehr willst du nicht verraten? Ach, komm schon, Ruth, ich will ein paar Einzelheiten.«

Ruths Gesicht glühte. »Er hat das Licht immer gleich ausgemacht.« Was ihr sehr angenehm gewesen war, aber das musste Marianne nicht wissen.

»Aber du wirst ihn doch nackt gesehen haben, oder?«

»Ja, schon. Als ich das erste Mal bei ihm übernachtet habe, hatte mein Unterrock ein Loch, außerdem passten Schlüpfer und BH nicht zusammen.«

Marianne lachte, was sie anstachelte, doch mehr preiszugeben. »Seine Küsse waren immer wie feuchte Umschläge.«

Marianne bog sich vor Lachen.

Gisela kam aus ihrem Büro. Wie erwartet, hatte die Bank den Kredit nicht gewährt. »Was ist denn so lustig?«

»Wir sprachen gerade über kaputte Unterröcke und falsche Schlüpfer«, sagte Ruth. »Und über feuchte Umschläge.«

»Feuchte Umschläge?«

»Na ja, beim Küssen.«

Gisela grinste. »Ach, du liebe Güte.« Sie sah Ruth an, als wäre ihr soeben etwas eingefallen. »War heute nicht deine Fahrprüfung?«

»Gestern.«

»Und?«

»Ich hab bestanden.«

Und dann lagen sie sich plötzlich zu dritt in den Armen, herzten und küssten sich auf die Wangen. Als wären sie ein eingeschworenes Dreigespann, ein unzertrennliches Kleeblatt.

Im Hintergrund lief leise das Radio.

Ruth lauschte. »Oh, hört nur! Sie spielen Conny Francis!« Sie lief hin und stellte lauter. »Dein Lieblingslied, Gisela!« Sie umfasste die Handgelenke der Schwester und tanzte mit ihr durch den Salon. Bis das Lied zu Ende war.

Dann begann Drafi Deutscher zu singen, und Gisela erstarrte.

»Weine nicht, wenn der Regen fällt – dam-dam – dam-dam …«

Ruth wollte rasch ausstellen, doch da war Gisela schon aus dem Salon gelaufen.

»Ach je«, sagte sie traurig. »So schnell kann es gehen. Eben noch tanzen wir, und dann …«

Marianne ging zum Radio und stellte es aus. » … hat uns das Leben wieder.«

12.

Gisela

Im stickigen Büro war es kaum auszuhalten. Sie hatte das Fenster geöffnet und war hinausgegangen. Sie rauchte zu viel, sie sollte es sich endlich abgewöhnen. Aber wie oft hatte sie es schon versucht? Zusammen mit Dietmar und auch allein, wenn er wieder schwach geworden war.

Gisela ging zum Tresen und schlug den Terminkalender auf. Was unnötig war, sie wusste auch so, dass es nur drei Anmeldungen für diesen Tag gab.

Sie blickte überrascht auf, als ihre Freundin Hannelore hereinkam. Die beiden hatten sich eine Weile nicht gesehen. Sie kannten sich seit der Schulzeit, waren beide in Bremen geblieben, hatten geheiratet und sich nie aus den Augen verloren.

Hannelore hatte ein gestreiftes Kopftuch umgebunden, das sie nun losmachte und abnahm, nachdem sie Gisela begrüßt hatte. »Ich traue mich kaum noch unter Leute. Hast du Zeit, mir die Haare zu machen?«

»Ich?« Gisela verzog das Gesicht. »Besser, das macht Marianne. Aber sie ist gerade beschäftigt. Und danach hat sie noch eine Kundin, die schon wartet.« Es hörte sich an, als wäre der Salon belebt, so wie früher, viel früher. Doch es war reiner Zufall, dass Marianne zwei Kundinnen hintereinander hatte.

Hannelore winkte ab. »Dann frage ich Ruth.« Sie sah Gisela prüfend an. So sah sie sie an, seit Dietmar nicht mehr da war. »Wie geht es dir, Gisela?«

»Gut. Danke. Und dir?«

»Schwindelst du auch nicht?«

»Nein, ich würde dich nie anschwindeln.«

»Würdest du doch. Damit ich mich besser fühle und mir keine Vorwürfe mache, dass ich mich nicht genug um dich kümmere.«

»Unsinn.«

»Du weißt, dass es so ist.« Hannelore schaute sich das Regal an und nahm eins der Fläschchen in die Hand. »Ist das für trockenes Haar?«

Gisela nickte, zuckte dann aber die Schultern. »Wenn es draufsteht …« Beide neigten dazu, sich gegenseitig vorzuspielen, dass ihre Welt in Ordnung war. Dabei war nicht nur Giselas Welt aus den Fugen geraten, auch Hannelore hatte es nicht leicht. Ihr Mann betrog sie mit seiner Sekretärin und gab sich nicht mal die Mühe, es zu leugnen.

»Da fällt mir ein, Ruth hat einen Zahnarzttermin, aber danach sollte sie Zeit haben. Nur waschen und legen? Oder möchtest du auch einen neuen Schnitt?«

»Und ob. Und bitte auch nachfärben. Wilfried soll doch eine ansprechende Gattin haben, nicht wahr?« Ihre Stimme troff vor Sarkasmus. »Damit seine Arbeitskollegen beim nächsten Geschäftsessen, das bei uns stattfindet, wieder sagen, wie gut er es doch hat.«

Gisela hatte Wilfried noch nie sonderlich gemocht. Er war ein Aufschneider und Schürzenjäger vor dem Herrn.

Sie folgte ihrer Freundin in den Frisierbereich.

Dort winkte Hannelore Marianne zu. »Du siehst fantastisch aus, Schätzchen.«

»Du auch, Tante Lore.« Marianne nannte sie von jeher so.

»Schmeichlerin.«

Gisela ahnte, was sie gerade dachte, wie gern sie noch mal jung wäre, jung wie Marianne und das ganze Leben noch vor sich. Sie würde alles anders machen, einen anderen Mann heiraten, Mutter werden. Wilfried wollte keine Kinder, und sie hatte sich einige Jahre belogen, dass es ihr nichts ausmache. Er verdiente sehr gut, und das war vermutlich der einzige Grund, warum sie überhaupt noch bei ihm war.

»Ich setze mich einfach hierher und warte, bis Ruth wieder da ist«, sagte sie und nahm in einem der Wartesessel Platz. »Und vertreibe mir die Zeit mit Klatsch und Tratsch.«

»Tu das.« Giselas Blick fiel auf Kurt, der dabei war, die Rasierer und Pinsel zu säubern. Er sah so gelangweilt aus, wie er sich vermutlich auch fühlte.

Was nur mit ihm war? Sie fragte sich das nicht zum ersten Mal. Früher, vor vielen Jahren, waren sie und Kurt ein Herz und eine Seele gewesen, sie waren ja auch nur ein Jahr auseinander. Doch mit den Jahren war er immer mundfauler geworden und ließ sie nicht mehr an seinem Leben teilhaben. Aber was war mit ihr? Ließ sie ihn noch in ihr Leben?

»Kann ich dir einen Kaffee bringen, Lore?« Sie musste sich räuspern, weil ihre Stimme plötzlich ganz belegt war.

Ihre Freundin blätterte in einer Illustrierten. »Lieb von dir, danke. Aber besser nicht. Ich vertrage im Moment nur Tee.«

»Ich kann dir auch einen Tee machen.«

»Nicht nötig. Geh nur.« Hannelore scheuchte sie mit einer übertriebenen Handbewegung fort. »Du hast sicher Wichtigeres zu tun, als mich bei Laune zu halten.«

Wenn es mal so wäre, dachte Gisela bekümmert. *Ich wünschte, hier würde mal wieder so richtig Trubel herrschen.*

»Sehen wir uns Sonntag?«, fragte sie betont heiter.

Sie hatten sich angewöhnt, zusammen *Raumschiff Orion* im Fernsehen zu schauen.

»Aber sicher. Wilfried macht sich ohnehin nichts aus dem ›Blödsinn‹, wie er es nennt.«

»Er weiß eben nicht, was gut ist.«

»Wie recht du hast«, erwiderte ihre Freundin trocken.

Kurz darauf kam Ruth mit eiligen Schritten herein. »Tut mir leid, ich weiß, ich bin spät. Aber Doktor Klement ist immer so schrecklich pingelig.« Sie zog ihren Mantel aus und schlüpfte in den Kittel. »Ist Kundschaft da?« Es klang hoffnungsvoll.

»Hannelore wartet auf dich.«

»Auf mich?«, fragte sie überrascht.

»Marianne hat gleich noch Frau Langenberg, und ich dachte … Na, du hast doch heute niemanden mehr.«

»Überarbeitet bin ich jedenfalls nicht, wenn du das meinst.«

»Nun sei doch nicht gleich so angefasst.«

»Wieso angefasst?« Ruth schaute sie irritiert an. »Ich habe nur gesagt, dass ich nicht überarbeitet bin. Und das stimmt nun mal. Es verirrt sich ja kaum noch jemand hierher.«

»Du vergisst unsere treuen Kunden, liebe Ruth.«

»Nein, die vergesse ich ganz bestimmt nicht. Sie …« Ruth winkte ab. »Schon gut. Ich kümmere mich um Hannelore.«

Gisela blieb gedankenverloren stehen und trommelte mit ihren langen, rot lackierten Nägeln auf dem Tresen.

Marianne kam mit ihrer Kundin und half ihr in den Mantel. »Bis nächstes Mal, Frau Herwig.« Sie wartete, bis die Kundin bezahlt hatte und gegangen war, dann sagte sie: »Alles in Ordnung, Mama? Du bist ganz blass.«

»Blass?«

»Schau in den Spiegel.«

Gisela drehte sich um und erschrak vor ihrem eigenen Spiegelbild. Grundgütiger! Sie sah aus wie eine alte, vergrämte Frau, dabei war sie erst einundvierzig.

»Mir geht's gut, Marianne«, versicherte sie. »Musst du dich nicht um Frau Langenberg kümmern?«

»Bin schon weg.«

Gisela lehnte sich an den Tresen und rieb sich die Stirn. Wann war sie das letzte Mal fröhlich und beschwingt gewesen, unbefangen und unbeschwert? Sie erinnerte sich nicht.

Sie schaffte es einfach nicht, mit Dietmars Tod abzuschließen und weiterzumachen. Und das Seltsame war: Sie wusste nicht mal, ob sie das überhaupt wollte.

Nach Feierabend drehte sie das Schild in der Tür um, als Kurt zu ihr kam. Schmächtig und eingefallen sah er mit einem Mal aus, dabei war er ein Baum von einem Mann. »Was ist mit dir? Du läufst mit einem Gesicht herum …«

»Das sagst ausgerechnet du?« Er klang müde.

»Was soll das jetzt wieder heißen?« Sie funkelte ihn an. »Reiß dich wenigstens vor der Kundschaft zusammen.«

»Als würde ich das nicht tun, Gisela. Keine Sorge, die sieht mich nur strahlend und bester Laune.« Es klang hämisch.

»Ach ja?«, fragte sie genauso hämisch. »Ach, Kurt …«, sagte sie dann.

Früher hatte er seine Gedanken mitgeteilt, sie mit einbezogen, auch mal um Rat gefragt – und sogar auf sie gehört. Früher. Gott, war dieses Früher lange her! Ein ganzes Leben, so kam es ihr vor.

Er legte sein Trinkgeld – genau fünfundvierzig Pfennig – auf den Tisch und zog seinen Kittel aus. Mit unbewegter Miene nahm er den Mantel von der Garderobe, den Rücken ihr zugewandt. »Ich hab übrigens die Verlobung gelöst«, sagte er wie nebenher.

»Wie bitte? Mit Heidelinde?«

»Nein, ich war nebenbei noch mit zwei anderen Frauen verlobt. Natürlich mit Heidelinde.«

Ihr fiel das Geldstück aus der Hand, das sie ins Sparschwein stecken wollte. Und weil ihre Hand zitterte, stieß sie gegen das Schweinchen, das auf die Erde fiel und in ein gutes Dutzend Teile zerbrach. »Was werden die Leute jetzt sagen? Sie haben sich sowieso schon das Maul zerrissen, weil Heidelinde bei dir übernachtet hat, obwohl ihr nicht verheiratet seid.«

»Ach ja? Davon ist mir nichts zu Ohren gekommen.«

»Mir schon. Und jetzt das. Weißt du, wie ich deinen Lebenswandel finde, Kurt?«

Er drehte sich zu ihr um. »Nein, aber es interessiert mich brennend, Gisela.«

»Liederlich.«

Seinem Gesichtsausdruck nach zu urteilen, war er nicht überrascht.

»Ständig hast du neue Freundinnen, mit keiner hältst du's lange aus. Oder ist es umgekehrt, Kurt?«

Er verschränkte die Arme vor der Brust und schaute sie herausfordernd an. »Ich weiß gar nicht, wieso ich mir das anhöre.«

Sie spürte heftige Wut aufsteigen, und sie glaubte, sich nicht mehr lange beherrschen zu können. Was sie jedoch verwirrte, war die Tatsache, dass sie eine unbändige Lust hatte, mit ihm zu streiten. Sie *wollte* ihm Dinge an den Kopf werfen, die sie später sehr wahrscheinlich bereuen würde. Sie erschrak über sich selbst. Das war doch nicht sie!

Kurt bückte sich, um die Scherben einzusammeln.

»Nicht anfassen!« Ihre Stimme war schrill. »Ich mache das schon.« Mit zittrigen Händen fegte sie die Scherben zusammen. »Manchmal muss man sich zusammenraufen, Kurt. Glaubst du etwa, bei Dietmar und mir war immer alles eitel Sonnenschein? Aber wir haben uns zusammengerissen, uns umeinander bemüht, jedes Mal wieder.« Und ihr war es nie schwergefallen.

»Vielleicht will ich mich ja gar nicht zusammenreißen.«

»Was willst du dann?«, fragte sie ihn verständnislos.

»Mich mit einer Frau wohlfühlen.«

»Wohlfühlen, auch so ein neumodischer Tinnef. Weißt du, was unsere Mutter gesagt hat? ›Erst, wenn man zusammen durch den Scheuersack gegangen ist, weiß man, was man an dem anderen hat.‹«

Kurt sah sie mit eigenartigem Blick an.

Verstört, dachte sie, während sie die Scherben in den Mülleimer unter dem Tresen schüttete. *Er sieht verstört aus. Meinetwegen?*

Mit einem Mal fühlte sie sich ganz elend. Manchmal ertrug sie sich selbst nicht, sie verstand nicht, was in ihr vorging. War sie traurig oder wütend? Aufgebracht oder fassungslos? Enttäuscht oder einfach nur schrecklich traurig und niedergeschlagen? Sie fand keine Worte für das, was sie fühlte. Sie fühlte so vieles – und alle Empfindungen, Emotionen strömten gleichzeitig auf sie ein.

»Geh nach Hause, Kurt.« Um ein Haar hätte sie geweint, laut aufgeschluchzt. »Lass mich allein, ja?«

Er war so schnell aus der Tür, dass sie ihn nicht mal mehr um Verzeihung bitten konnte.

13.

Marianne

Es war ein schwülheißer Tag gewesen, und sie hatte sich am Abend so oft umgezogen, dass ihr der Schweiß ausgebrochen war. Jedes einzelne Kleidungsstück war ihr zu wenig sommerlich, sie brauchte dringend ein paar neue Teile. Ärmellose Blusen, luftige Röcke, dünne Strumpfhosen, weil sie nicht gern mit nackten Beinen unterwegs war.

Schließlich war sie in ein kurzes tiefrotes Trägerkleid mit weißem Kragen geschlüpft, darunter eine dünne Strumpfhose, eine Nuance heller als das Kleid. Beides war perfekt aufeinander abgestimmt.

Um sieben am Abend hatte sie Doris abgeholt, und sie hatten in einem Lokal im Steintor einen Cocktail getrunken. Die anderen würden in der Lila Eule, einem Tanzclub, zu ihnen stoßen. Zumindest hatten sie es so vereinbart. Häufig aber gingen die Männer ihre eigenen Wege und taten hinterher so, als hätten sie die Vereinbarung vollkommen vergessen.

Marianne war an diesem Abend aufgekratzt, als hätte sie

einen Schwips, dabei hatte sie bisher nur den einen Cocktail getrunken. Ein sehr angenehmes Hochgefühl vibrierte in ihr, und sie genoss die bewundernden Blicke der jungen Männer, während sie ausgelassen tanzte.

Sie flirtete gern, warum auch nicht? Sie war nicht auf der Suche nach einem festen Freund, dazu schätzte sie ihre Freiheit und Unabhängigkeit zu sehr. Ein fester Freund bedeutete immer Eifersucht, Rechtfertigung und Erklärung bis hin zu Notlügen.

Am Rand der Tanzfläche stand ein gut aussehender Mann mit einem Glas in der Hand. Er trug einen modischen Rollkragenpullover, dazu eine helle Hose, das braune Haar lang und an einer Seite hinters Ohr geschoben, die Koteletten ebenfalls lang.

Er war ihr schon aufgefallen, als sie auf die Tanzfläche gegangen war. Wo Doris war, wusste sie nicht. Wahrscheinlich saß sie an irgendeinem Tisch und diskutierte mit Leuten, die sie gerade erst kennengelernt hatte.

Marianne tanzte mit fliegendem Haar an dem Mann vorbei.

Er grinste und hob sein Glas.

›No milk today‹ wurde aufgelegt, und sie warf die Arme in die Luft und drehte sich im Kreis. Der Mann beobachtete sie, das spürte sie. Sie richtete es so ein, dass ihr Haar ihn berührte, als sie an ihm vorbeitanzte. Er lächelte, und sie lächelte zurück.

Dann hob er plötzlich die Hand und winkte sie zu sich.

Sie war etwas erschrocken, Blickkontakt und ein harmloser Flirt waren das eine, mit ihm zu reden das andere.

Schüchtern ging sie zu ihm.

»Hi. Du tanzt wirklich super.« Er sprach mit englischem Akzent.

»Danke.«

»Ich bin Anthony. Und du?«

»Marianne.«

»Bist du von hier?«

Sie nickte und überlegte, einfach wieder zu gehen.

»Wie alt bist du?«

»Fast zweiundzwanzig.«

»Ich komme aus London«, sagte er laut. »Ich bin Fotograf.« Er griff in seine Hosentasche und zog ein Kärtchen hervor. »Hier, meine Visitenkarte.«

Marianne wusste nicht, was das sollte. »Ja, und?«

»Du hast ein sehr hübsches Gesicht und eine besondere Ausstrahlung. Ich sehe dich auf dem Titelbild einer Illustrierten.«

Sie lachte. »Ja, sicher. Wieso sprichst du überhaupt so gut Deutsch?«

»Meine Mutter ist Deutsche. Ich mein's ernst, Mary-Ann.«

Mary-Ann. Sie musste wieder lachen.

Er legte den Kopf schief, nahm ihre Hand und zog sie mit sich.

Sie sträubte sich. »Was fällt dir ein! Lass das gefälligst!«

»Hey, ganz ruhig.« Er blieb stehen und sah sie ernst an. »Ich habe nicht vor, dich zu entführen und dir irgendwas anzutun. Vertrau mir.«

»Wieso sollte ich dir vertrauen? Ich kenne dich doch gar nicht.«

»Wenn du wütend bist, siehst du auch verflucht hübsch aus. Ich wünschte, ich könnte dir zeigen, was ich in dir sehe.«

»Und deshalb versuchst du, mich irgendwohin zu zerren?«

»Ich wollte dir im Spiegel zeigen, wer du bist.«

Seine Worte berührten etwas in ihr, und ihr Ärger legte sich ein wenig. »Wer bin ich denn deiner Meinung nach?«

»*Das* zukünftige Mannequin.«

Marianne lachte wieder. »Mannequin?«

»Du könntest so berühmt werden wie Twiggy. Die wirst du doch kennen, oder?«

»Natürlich. Jeder kennt sie.«

Anthony nickte. »Genau. Und jeder würde auch dich bald kennen.«

Eine Weile sagte sie nichts, weil sie viel zu verwirrt war. »Ruf die untere Nummer auf meiner Karte an«, schlug er schließlich vor. »Das ist die von Judy, meiner Agentin. Sie wird dir bestätigen, dass ich kein Gauner bin. Ich bin noch bis morgen Nachmittag in Bremen, dann fliege ich zurück nach London.« Als sie immer noch nichts sagte, sprach er weiter. »Du hast genau die richtige Größe, die richtige Figur, und dein Gesicht …« Er lächelte. »… ist wunderschön. Du könntest Karriere machen, Mary-Ann. Wenn du willst.«

»Und was …« Sie musste sich räuspern. »Und was müsste ich dafür tun?«

»Mit nach London kommen.«

»London.« Sie schluckte.

»Denk drüber nach, aber nicht zu lange. Und dann ruf mich an.«

In ihrem Kopf arbeitete es, sie konnte keinen klaren Gedanken fassen. London! Aber sie konnte doch nicht einfach alles stehen und liegen lassen. Oder doch? Was, wenn sich ihr gerade eine Chance bot, die sie unbedingt ergreifen sollte? Weil es nur diese eine Chance geben würde?

Anthony wollte gehen, und sie hielt ihn am Arm fest. »Warte! Was, wenn ich Ja sage?«

»Dann würde ich in London alles in die Wege leiten, der Agentur Bescheid geben, die dich unter Vertrag nimmt, ein Apartment mieten …«

»Moment. Die Agentur, die mich unter Vertrag nimmt?« Ihr Herz pochte wild vor Aufregung. Plötzlich wurde einiges klarer, verständlicher. Anthony schien es wirklich ernst zu meinen.

»Okay, ich erklär's dir genauer. Hätte ich vielleicht früher tun sollen. Ich war nur so … baff, dass ich ausgerechnet in diesem Schuppen *das* Gesicht entdecke. Hör zu, Mary-Ann, ich bin Fotograf, aber ich bin auch ein Scout. Schon mal gehört?«

Sie schüttelte den Kopf.

»Ein Scout ist immer auf der Suche nach etwas Besonderem, in meinem Fall sind das besondere Gesichter. Und wenn mir eins auffällt, spreche ich das Mädchen an. Und wenn sie einwilligt, empfehle ich sie der Agentur, die sich dann um alles Weitere kümmert.« Er machte eine Pause und betrachtete sie. »Wirst du darüber nachdenken?«

Sie nickte zögernd.

»Gut. Okay.« Er stupste sie freundschaftlich an. »Und du rufst mich an?«

Wieder nickte sie. Sie war wie berauscht, plötzlich fügte sich alles zusammen, und sie sah sich bereits auf einem Laufsteg gehen. Sie hatte insgeheim immer gehofft, dass sie eines Tages die Gelegenheit bekommen würde, entweder in einem schicken Frisiersalon oder vielleicht doch in einem Modegeschäft arbeiten zu können. Sie hätte es ihrer Mutter erklärt, die hätte es bestenfalls verstanden, und sie hätte Salon Fellbach den Rücken gekehrt. Nun vor einem Fotografen aus London zu stehen, der in ihr etwas sah, das sie selbst noch nie in sich gesehen hatte und wohl auch nie gesehen hätte, war sehr wahrscheinlich das, was man Schicksal nannte.

»Ja, ich rufe dich an, Anthony«, bekräftigte sie und fühlte sich mit einem Mal älter, reifer, erwachsener. Sie würde etwas tun, was sie sich nie zuvor zugetraut hätte.

Er deutete auf die Visitenkarte. »Judy, die Agentin, spricht übrigens ein bisschen Deutsch.« Er nickte ihr zu, lächelte und verschwand.

Marianne starrte auf die Karte in ihrer Hand. Hätte sie gleich zusagen sollen? Hätte sie einfach ihren Bauch entscheiden lassen sollen, etwas, was sie noch nie getan hatte? Sie war immer so zögerlich und träge gewesen.

»Was hast du denn da?« Doris stand plötzlich neben ihr und nahm ihr die Karte aus der Hand. »Fotograf? Was soll das, Marianne?«

»Er hat mich angesprochen. Er will mich mit nach London nehmen.«

Doris lachte lauthals. »Der will Nacktfotos machen, was denn sonst? Sei doch nicht so doof und glaub dem auch nur ein Wort.«

»Er sagt, ich kann als Mannequin arbeiten. Es gibt sogar eine Agentur, die mich unter Vertrag nimmt.« Es auszusprechen fühlte sich nur noch halb so verrückt an.

Doris grinste. »Na klar sagt er das. Du bist ihm auf den Leim gegangen, Marianne. Menschenskind, du bist doch sonst nicht so gutgläubig.«

Marianne drehte sich um und ging in Richtung Garderobe. Handtasche und Häkeljacke hatte sie dort abgegeben.

»Wo willst du denn jetzt hin?« Doris kam hinter ihr her.

»Ich muss mit jemandem reden, der mich nicht für doof hält.«

»Jetzt sei doch nicht sauer, meine Güte. Komm, ich spendier' dir was zu trinken, und dann erzählst du mir alles ganz in Ruhe.«

Sie hätte wirklich einfach gehen sollen, doch sie hatte Doris' Drängen nachgegeben. »Und du glaubst, er ist kein Betrüger oder so was?«, sagte ihre Freundin, als sie alles haarklein berichtet hatte.

»Anfangs schon. Ich werde diese Judy anrufen, seine Agentin. Sie soll mir bestätigen, dass er ein … anständiger Kerl ist.«

»Anständig.« Doris kicherte. »Sehr anständig finde ich es nicht, dass er durch die Gegend zieht und junge Mädchen nach London verschleppen will. Und Mannequin …« Sie schnaubte. »Kannst du dir wirklich vorstellen, in einem komischen Fummel über einen Laufsteg zu stolzieren?«

»Das sind keine Fummel, Doris, das ist Mode.«

Ihr ging durch den Kopf, dass sie früher davon geträumt

hatte, schicke Kleidung zu verkaufen. Und nun bekäme sie die Chance, sie zu tragen und vorzuführen. »Und ja, ich kann es mir vorstellen«, sagte sie schließlich mehr zu sich selbst.

Doris starrte sie an, als hätte sie gesagt, sie würde auch splitternackt über den Laufsteg gehen.

Eine Weile schwiegen sie, bis Doris seufzte. »London ist ganz schön weit weg.«

»Ich glaube, es ist eine große Chance. Die bekommt man vielleicht nur einmal im Leben. Und ich wäre blöd, wenn ich sie nicht ergreifen würde.«

»Du hast dich also entschieden?«

»Ich glaub schon.« Marianne stand auf und küsste sie auf die Wange.

»Rufst du mich an?«

Sie musste lachen. »Wie oft ich das heute Abend schon gehört habe … Bis dann, Doris.«

Als die schwere Tür hinter ihr zufiel und sie auf der Straße stand, hob sie das Gesicht in den dunklen Himmel, an dem nur eine Handvoll Sterne funkelten.

War das der berühmte Startschuss in ein neues Leben? War das der Moment, auf den sie insgeheim zwar gewartet, vor dem sie aber auch Angst gehabt hatte? Weil sie eine Entscheidung treffen müsste, die ihr ganzes Leben verändern würde?

Marianne schlüpfte in ihre lange Häkeljacke und machte sich auf den Weg zu Ruth. Sie musste unbedingt mit jemandem reden, der sie verstand.

14.

Ruth

Sie hatte von einem gut aussehenden Mann geträumt, mit dem sie an der Weser spazieren gegangen war, Hand in Hand. Das Gefühl, das sie dabei gespürt hatte, wirkte noch nach, als sie von einem lauten Geräusch wach wurde. Was war das?

Sie setzte sich schlaftrunken auf und tastete nach dem kleinen Wecker neben dem Bett. Kurz nach eins.

Sie seufzte, wollte sich wieder hinlegen, als sie erneut ein Klopfen hörte. Und eine Stimme.

Sie stand auf und lief zur Tür. Vielleicht war im Haus etwas passiert, und einer der Nachbarn brauchte Hilfe. Vielleicht die alte Frau Bending von obendrüber.

»Ruth? Mach bitte auf, ich muss unbedingt mit dir reden.« Marianne?

Ruth machte die Tür einen Spaltbreit auf. »Es ist mitten in der Nacht«, flüsterte sie. »Was machst du hier?«

»Lass mich rein, ja?«

Kurz darauf saßen sie nebeneinander auf der Couch, beide unter einer karierten Decke, die Füße auf dem Tisch.

Marianne hatte von einem Fotografen aus London erzählt, aber Ruth war nicht sicher, ob sie alles richtig verstanden hatte.

»Wie bist du überhaupt ins Haus gekommen?«

»Der Mann, der neben dir wohnt, kam gerade aus dem Haus und hat mich reingelassen. Andernfalls hätte ich Steine an dein Fenster geworfen.«

»Gut, dann noch mal von vorn, Marianne. Ich fürchte, ich bekomme gerade nicht alles zusammen.«

»Anthony, so heißt der Fotograf, will, dass ich mit ihm nach London gehe. Ich soll dort als Mannequin arbeiten.«

»Aha.«

»Mehr hast du dazu nicht zu sagen?«

Ruth war viel zu verwirrt. »Er kann dich doch nicht einfach mit nach London nehmen«, meinte sie nach einer längeren Pause und schob eine Haarsträhne hinters Ohr. »Woher willst du wissen, dass er kein … gesuchter Mörder oder so was ist? Jeder kann behaupten, er wäre Fotograf.«

Marianne legte wortlos eine Visitenkarte auf den Tisch, und Ruth nahm sie. Im Halbdunkel des Zimmers konnte sie nicht genug erkennen, also stand sie auf und knipste die Stehlampe hinter der Couch an. *Anthony Gerard, Fotograf, London, St. George Street.* »So was kann jeder drucken lassen. Da sind zwei verschiedene Telefonnummern drauf, eine ist von Hand geschrieben.«

»Die ist vom Hotel, in dem er gerade wohnt. Die andere ist die seiner Agentur.«

»Judy Dexter«, las Ruth und machte »hmm«. Sie kuschelte sich unter die Decke und wackelte mit den kalten Zehen. »Ich weiß nicht, Marianne … Für mich klingt das alles … etwas überstürzt.«

»Und wenn er recht hat? Wenn es eine Chance ist, Ruth, *meine* Chance?«

»Eigentlich ist es viel zu verrückt, um wahr zu sein. Aber wenn es stimmt, ist es auf jeden Fall die Chance deines Lebens.« Ruth stand auf. »Du schläfst hier, und morgen rufen wir bei dieser Judy an.«

»Ich werde bestimmt kein Auge zukriegen.«

Ruth zeigte auf die Couch. »Ich hole dir noch ein Kissen.«

Am nächsten Morgen saßen sie nebeneinander auf dem Sofa – Ruth noch im Nachthemd und Marianne in Unterwäsche – und starrten auf das Telefon, das Ruth auf den Tisch gestellt hatte.

»Also gut.« Marianne räusperte sich, nahm den Hörer ab und wählte die Nummer auf der Visitenkarte.

Es dauerte nicht lange, bis sich jemand meldete.

Ruth hörte zu, wie sie sich mit der Frau am anderen Ende unterhielt, sah, wie sie lächelte und nickte.

Schließlich legte sie auf und sah Ruth an. »Er hat nicht gelogen. Er arbeitet für diese Judy Dexter, und sie sagt, er sei einer der besten Fotografen, die sie kennt.«

In diesem Moment begriff Ruth. Marianne hatte die vermutlich einmalige Chance, nach London zu gehen und Mannequin zu werden.

»Und jetzt rufe ich Anthony an.« Marianne wählte wieder, wartete eine Weile und meldete sich dann mit »Mary-Ann«.

Sie lachte, wickelte eine Haarsträhne um den Finger, lachte wieder, sagte etwas, stellte ein, zwei Fragen, hörte weiter zu. »Leicht wird es nicht, aber ich bin erwachsen, oder?«, dann legte sie auf.

Ruth hatte sie noch nie so mutig, energisch, entschlossen und selbstbewusst erlebt. Es war, als säße eine vollkommen andere Marianne hier neben ihr.

»Und?«

»Ich mache es, Ruthchen, ich werde nach London gehen. So eine Gelegenheit, so eine Chance bekomme ich nie wieder, davon bin ich überzeugt.« Sie strahlte, leuchtete geradezu von innen, auch wenn sie müde aussah. Wahrscheinlich hatte sie wirklich kein Auge zubekommen. »Du sagst ja gar nichts.«

»Ich weiß nicht, was.« Ruth tastete nach ihrer Hand und drückte sie. »Aber ich glaube, ich finde es großartig. Und ja, es ist eine einmalige Chance.«

»Mama wird das nicht so sehen. Es wird verflucht schwer werden, sie davon zu überzeugen.«

»Wie geht es jetzt weiter?«

»Anthony wird alles arrangieren und mir einen Flug buchen, wenn ich hier alles erledigt habe.« Mit einem Mal schien sie nicht mehr so entschlossen. »Ich kriege das hin, ich schaffe das«, sagte sie mehr zu sich selbst.

»Aber natürlich schaffst du das«, versicherte Ruth. »So eine Chance lässt man sich nicht entgehen. Wie viele junge Frauen träumen davon, und du kannst diesen Traum leben.«

Sie umarmte ihre Nichte fest. »Ich freue mich für dich. Auch wenn du mir furchtbar fehlen wirst.«

»Vielleicht kann ich etwas Unterstützung gebrauchen.«

»Bei deiner Mutter, meinst du? Ausgerechnet von mir? Ich weiß nicht, Marianne …« Sollte sie Gisela noch mehr gegen sich aufbringen? Es war so schon nicht einfach zwischen ihnen.

»Bitte, Ruthchen. Vielleicht wirft sie sich vor die Tür oder bindet mich irgendwo fest.«

Ruth musste lachen. »So weit wird es schon nicht kommen.«

15.

Gisela

In der Nacht war sie aufgestanden und hatte sich einen Cognac eingeschenkt, um einschlafen zu können. Sie war unruhig gewesen und durch die Wohnung gelaufen. Im Flur hatte sie das Telefon angestarrt, als würde es jeden Moment klingeln. Nach dem zweiten Cognac war sie wieder ins Bett gegangen und endlich eingeschlafen.

Als sie wach wurde, war es bereits hell, und sie setzte sich verwirrt auf. Beim Blick auf den Wecker stellte sie fest, dass es schon fast elf war. Mit einem Satz war sie aus dem Bett, zog ihren gesteppten Morgenmantel über und öffnete leise Mariannes Zimmertür. Das Zimmer war leer, das Bett unbenutzt. Vor Schreck blieb ihr fast das Herz stehen, und sie musste sich an der Klinke festhalten. Marianne war nicht nach Hause gekommen. Sie hatte bisher immer Bescheid gesagt, wenn sie bei Doris übernachten wollte.

Ob sie einen Freund hat? Ich weiß kaum noch was von ihr.

Gisela ging zum Telefon und nahm den Hörer ab. Ruth wusste bestimmt, wo Marianne war. Sie ignorierte den Stachel der Eifersucht, der in ihrem Herz steckte, und als sie die Nummer ihrer Schwester gewählt hatte, hörte sie unten im Hausflur Schritte. Sie kannte die Schritte, das Klackern der Absätze von Mariannes kniehohen Stiefeln.

Gisela lief zur Tür und riss sie auf. »Marianne!«

Ihre Tochter stand vor ihr, den Schlüssel in der Hand. »Hast du mich erschreckt!«

»Wo warst du denn? Ich hab mir Sorgen gemacht.«

»Ich hab bei Ruth geschlafen.« Marianne ging an ihr vorbei, zog die Häkeljacke aus, schlüpfte aus den Stiefeln und ließ sie achtlos im Flur liegen.

Gisela stellte sie ordentlich ins Regal und folgte ihrer Tochter in ihr Zimmer.

Marianne setzte sich aufs Bett und klopfte neben sich. »Ich muss dir was sagen, Mama.«

Oh Gott, sie ist schwanger und will es mir beichten! Und ich wusste nicht mal, dass sie einen Freund hat.

Ein Lächeln umspielte Mariannes Lippen. »Mir ist was Verrücktes passiert.«

Gisela setzte sich neben sie. »Raus mit der Sprache.«

Hoffentlich will sie nicht mit dem Burschen durchbrennen. Nein, wenn sie schwanger ist, wird sie …

»Ich werde nach London gehen, Mama.«

Gisela stutzte. Sie musste sich verhört haben, sie hatte doch tatsächlich verstanden, Marianne wolle nach London gehen.

»Ich habe einen Fotografen in der Lila Eule getroffen. Er heißt Anthony, und er meint, ich könnte als Mannequin groß rauskommen. Als Mannequin, Mama, stell dir das vor!«

Gisela schluckte. Sie hatte sich nicht verhört. Dennoch begriff sie nichts von dem, was Marianne sagte. Es passte vorn und hinten nicht. »Ich verstehe nicht …«

»Ich wollte Bedenkzeit, aber ich hab schon zugesagt. So eine Chance kriege ich nie wieder. Ich wäre blöd, wenn ich …«

»Du kannst doch nicht einfach nach London gehen.« Gisela schaute sie an. »Das ist furchtbar weit weg, Marianne. Und du kommst dort allein doch gar nicht zurecht. Ein fremdes Land, eine fremde Sprache … Du sprichst doch kaum Englisch. Und dann als Mannequin. Marianne! Wie stellst du dir das vor?«

»Furchtbar aufregend.« Ihre Tochter stand auf. »Ich brauche einen starken Kaffee. Du auch?«

Gisela folgte ihr wortlos in die Küche, setzte sich an den Tisch und sah zu, wie sie Geschirr hinstellte, Butter, Marmelade und Brot und dann Wasser für Kaffee aufsetzte.

Gisela fühlte sich wie vor den Kopf geschlagen. »London …« Sie schüttelte den Kopf. »Du kannst doch nicht einfach nach London gehen.«

»Doch, Mama.« Es klang fröhlich, aufgekratzt. »Und ich werde es tun, ich bin fest entschlossen. Ich hab immer abgewartet, worauf, weiß ich nicht mal. Ich hab einfach gewartet und zugeschaut, wie alle um mich herum leben. Verstehst du, was ich meine?«

»Nein.« Gisela schüttelte den Kopf. »Nein, das verstehe ich nicht.«

»Ich war träge, hab meine Zeit damit vertrödelt, auf irgendwas zu warten. Ich will endlich leben! Ich will was ausprobieren, auch wenn ich auf die Nase falle. Ich will mir was beweisen, mich Aufgaben stellen, mich dem Leben stellen.«

»Aber das kannst du doch auch hier in Bremen.«

»Hier?« Sie schüttelte energisch den Kopf. »Nein, das kann ich nicht, sonst hätte ich's ja getan. Ich brauchte diesen Schubs, und Anthony hat ihn mir gegeben.«

»Aber … du kennst diesen Mann doch gar nicht.«

»Ich will ihn ja auch nicht heiraten.« Marianne lachte.

»Und wenn er … nur Nacktfotos von dir machen will? Wie kannst du so naiv sein?«

»Ich habe mit seiner Agentin telefoniert, Mama. Ich bin nicht so dumm, wie du offenbar glaubst. Ich weiß, worauf ich mich einlasse.«

»Nein, weißt du nicht.«

»Nein, das weiß ich wahrscheinlich wirklich nicht. Aber so ist das eben. Das nennt man ›neue Erfahrung‹, Mama. Wolltest du nie neue Erfahrungen machen?«

Gisela antwortete nicht. In Gedanken sah sie sich und Marianne am Flughafen stehen, sie sah, wie ihre Tochter ins Flugzeug stieg und es über die Startbahn rollte und schließlich abhob. Und sie sah sich einsam und verlassen dastehen, weinend.

In ihrer Kehle war es eng geworden. Allein. Sie würde allein zurückbleiben.

Eine Klaue umfasste ihr Herz und drückte es zusammen. »Das werde ich nicht zulassen.«

»Mama, bitte … Mach mir jetzt bloß keine Szene. Warum freust du dich nicht für mich?«

»Du kannst nicht einfach gehen und mich allein lassen«,

flüsterte Gisela. »Wir müssen doch zusammenhalten, Marianne. Uns gegenseitig Halt geben.«

»So plötzlich? Du wolltest allein für dich trauern, kein Wort hast du über Papa verloren, über deinen Kummer, deinen Schmerz. Aber was ist mit mir, Mama?« Marianne war laut geworden. »Hast du dich mal gefragt, wie es mir geht? Ist dir klar, dass auch ich trauere? Ich habe meinen Vater verloren, meinen Papa!« Sie sank auf einen Stuhl und atmete heftig aus. »Und dann dieser ständige Streit zwischen dir und Ruth. Wegen jeder Kleinigkeit giftest du sie an, nichts kann sie dir recht machen.«

»Was soll denn das jetzt, Marianne? Jetzt gehst du aber wirklich zu weit.«

»Nein, ich hätte dir das längst sagen sollen, aber ich hab lieber meinen Mund gehalten. Weil es bequemer war. Aber ich will das alles nicht mehr, Mama, ich will nicht mehr so sein!«

Sie schniefte und wischte sich über die Nase.

Gisela fühlte sich, als liefe sie durch dichten Nebel und sähe nicht mal ihre Füße. Blind tappte sie umher, selbst ihre eigene Stimme kam ihr fremd vor, unwirklich.

Ich muss träumen, dachte sie. *Das alles passiert nicht wirklich. Das kann nicht sein.*

»Geh nicht, Marianne, lass mich nicht allein.«

»Ich muss gehen, Mama, versteh mich doch.«

Eine Träne lief Gisela über die Wange bis in den Kragen ihres Bademantels. »Wann?«, fragte sie leise und mit rauer Stimme.

»In einer Woche. Bis dahin sollte ich alle Formalitäten …«

Gisela stand ruckartig auf, der Stuhl kippte um und landete polternd auf dem Linoleumboden.

»Mama, bitte!«

Doch sie hörte nicht hin, sie hörte gar nichts mehr.

16.

Es dauerte gut zwei Wochen, bis Marianne alle Formulare zusammenhatte und in London alles in die Wege geleitet war.

Gisela hatte in dieser Zeit meistens stumm in ihrem Büro gesessen und genauso stumm an den Mahlzeiten teilgenommen. Es gab nichts mehr zu sagen, sie hatte alles gesagt.

Ihre Tochter würde gehen, sie verlassen. Was gab es da noch zu bereden?

Marianne war aufgekratzt und voller Vorfreude, packte zwei große Koffer mit Kleidung, Büchern und Schallplatten voll.

Gisela sah ihr auch dabei stumm zu, lehnte im Türrahmen und glaubte zu träumen. Und ganz offenbar nicht aufwachen zu können.

Ruth kam, um mit Gisela zu sprechen. »Es ist eine Riesenchance, siehst du das denn nicht? Begreifst du es nicht?«

Nein, sie begriff es nicht. Marianne sollte eines Tages den Salon übernehmen, so hätte es ihr Großvater auch gewollt.

Und nun verließ sie den Salon, Bremen und ihre Familie. Und Ruth fand, darüber sollte Gisela sich auch noch freuen.

»Lass gut sein, Ruth, woher willst du auch wissen, wie es sich anfühlt, wenn man ein Kind verliert?«

»Du verlierst Marianne nicht, sie geht nur nach London.«

»Was fast dasselbe ist.«

»Unsinn.«

»Lass gut sein«, sagte Gisela wieder. »Und tu mir und dir den Gefallen und lass mich in Ruhe.« Sie ging ohne ein weiteres Wort hinaus.

Kurz vor der Abreise kam Ruth ein letztes Mal, um ihr ins Gewissen zu reden. Die kleine Schwester, die sie wie eine Mutter großgezogen, der sie ein Zuhause gegeben hatte, wollte ihr ins Gewissen reden.

»Warum versuchst du, mich davon zu überzeugen, wie schön es ist, dass Marianne fortgeht?« Ihre Stimme war in den vergangenen Tagen brüchig geworden.

»Sei doch vernünftig, Gisela, du tust ja so, als richte sich Mariannes Fortgang gegen dich.«

So war es ja auch. Das wiederum schien ihre Schwester nicht zu begreifen.

»Rede du mir nicht von Vernunft«, brauste sie auf. »Ausgerechnet du!«

»Was soll das heißen – ausgerechnet ich?«

»Ach, lass mich in Ruhe, Ruth, verschwinde.« Gisela wollte sie zur Tür hinausschieben, doch sie blieb stehen wie ein störrischer Esel. »Mir war klar, dass du mir in den Rücken fallen wirst.«

»Gott noch mal, Gisela! Was hat das damit zu tun? Ich falle dir doch nicht in den Rücken.«

Mit einem Mal sah Gisela wieder das zarte siebenjährige Mädchen vor sich, dessen Mutter gerade gestorben war.

Und sie sah wieder ihren verzweifelten, hilflosen Vater vor sich. »Du musst sie zu dir nehmen, Gisela, ich schaffe das nicht.«

Ganz verloren hatte Ruth im Hausflur gestanden, ihren kleinen Koffer zu Füßen, unterm Arm Plüschhase Anton, dem ein Ohr fehlte. Gisela war vor Rührung und Traurigkeit sprachlos gewesen, hatte sie nur in die Arme genommen und gehalten. »Du bleibst jetzt bei mir, bei uns.«

Ruth hatte den Kopf gehoben und sie mit großen Augen angeschaut. »Darf Anton auch bleiben?«

»Natürlich darf er. Auch deine Puppen und Bücher ziehen bei uns ein. Komm, ich zeige dir dein Zimmer.«

»Nun weine doch nicht, Gisela.« Ruth wollte sie an sich ziehen, aber sie schob sie weg.

Und dann war Marianne von einem Tag auf den anderen nicht mehr da. Das Waschbecken im Frisiersalon, an dem sie immer gestanden hatte, blieb unbenutzt, weil Ruth lieber ein anderes nahm, ihre Kämme und Wickler, die Scheren, alles lag ordentlich und sauber in der Ablage im Regal, die Trockenhaube, über die sie immer geschimpft hatte, sie wäre so laut wie ein Traktor, stand in der Ecke, und ihr Kittel hing am Haken. Ein trostloser Anblick.

Als am vierten Tag nach ihrer Abreise im Radio ein Lied von den Monkeys gespielt wurde, das sie so mochte, atmete Gisela heftig aus und ging zu Ruth, die den Fußboden fegte. »Ich habe dir was zu sagen.«

»Nur noch ein paar Minuten, ich bin gleich fertig.« Ihre Schwester lächelte sie an, als wäre nichts passiert.

Gisela wartete, bis sie den Besen weggestellt hatte. »Es ist besser, wenn du dir eine andere Stelle suchst, Ruth.«

»Was?«

»Ich kann dich doch sowieso nicht mehr bezahlen.« Sie hatte sich ausgemalt, wie das Gespräch verlaufen würde. Am Abend zuvor hatte sie überlegt, was sie sagen sollte. Ob sie eine förmliche Kündigung aussprechen, freundlich oder kurz angebunden sein sollte.

»Du wirfst mich raus?«

»Rauswerfen? Nenn es, wie du willst, Ruth.« Sie schluckte, ehe sie weitersprach. »Ich kann es nicht mehr ertragen, dass wir hier Tag für Tag zusammen sind. Ich ...« Sie spürte, dass sie weinen musste. Bloß nicht! Ruth würde das sofort zu ihrem Vorteil nutzen. »Du findest bestimmt schnell was Neues.«

Ruth sagte kein Wort, starrte sie nur fassungslos an.

»Du wolltest doch sowieso in einem schicken, großen Salon arbeiten, oder etwa nicht?«

Ihre Schwester wurde blass. »Wie kommst du darauf?«

»Ich hab gehört, wie du dich mit Marianne darüber unterhalten hast.« Genauer gesagt, hatte sie gelauscht.

»Weiß Kurt davon? Hast du ihm gesagt, dass du mich rauswirfst?«

»Ich werfe dich nicht raus, Ruth. Ich bitte dich, dir was Neues zu suchen.«

»Und wie soll es hier weitergehen, Gisela?« Ruth blickte sich im Salon um. »Willst du eine Friseuse einstellen? Oder willst du etwa selbst frisieren?«

»Wir kommen schon zurecht.«

Natürlich hatte sie sich Gedanken gemacht, wie es ohne Ruth weitergehen sollte. Vorerst würde sie wieder im Salon mitarbeiten, die Buchhaltung war in ein paar Stunden in der Woche zu schaffen.

»Ich will den Grund wissen, Gisela. Den wahren Grund«, verlangte Ruth mit ungewohnt harter, schroffer Stimme.

»Den kennst du.«

»Nein, tue ich nicht.«

»Du hättest mir nicht in den Rücken fallen sollen. Du hättest Marianne nicht zureden sollen. Du weißt, dass sie immer auf dich gehört hat. Ich kann dir das nicht verzeihen.«

Einen Moment lang starrte Ruth sie unverwandt an, dann wandte sie sich ab, packte ihre Kämme, Bürsten und Scheren zusammen, steckte sie in einen Stoffbeutel, zog ihren Kittel aus und nahm ihren Mantel von der Garderobe. »Ich weiß nicht, was ich dir getan habe, Gisela … Das mit Marianne kann kaum der Grund für dein … für deine Haltung mir gegenüber sein.« Ihr war anzusehen, wie sie mit sich kämpfte, wie sie um Fassung rang.

»Pass auf dich auf«, sagte sie leise und ging mit ihren Sachen zur Tür.

Gisela blickte ihr nach, bis die Tür hinter ihr zufiel.

Dann ging sie langsam ins Büro, schloss die Tür, setzte sich und legte den Kopf auf die Tischplatte. Da liefen ihr die ersten Tränen bereits übers Gesicht.

17.

»Du hast *was*?« Kurt stand vor Gisela am Tresen, eine Hand in der Kitteltasche.

»Ich hab sie gebeten, sich eine neue Stelle zu suchen.« Jetzt, wo sie es aussprach, fühlte es sich vollkommen falsch an. Was hatte sie sich nur dabei gedacht? Sie konnte doch nicht einfach ihre Schwester hinauswerfen! Was würde ihr Vater dazu sagen?

»Bist du völlig übergeschnappt?« Kurt schnaubte und schüttelte den Kopf. »Du kannst doch nicht einfach unsere Schwester vor die Tür setzen!« Er war verärgert, richtig verärgert.

Gisela hatte ihn noch nie so erlebt, und sie war überrascht, dass er so aus sich herausging.

»Erklärst du mir auch, wieso?«

»Sie wollte doch eh immer viel lieber in einem schicken Salon arbeiten«, wich sie aus.

»Das ist keine Antwort auf meine Frage«, brummte er und schüttelte wieder den Kopf. »Mensch, Gisela, du warst wie eine Mutter für sie, hast du das etwa vergessen? Sie war ein kleines Mädchen, als sie zu euch kam, und jetzt wirfst du sie raus?«

Ich kann nicht mehr zurück. Oh Gott, was hab ich getan?

Gisela musste sich am Tresen festhalten, weil der Boden unter ihren Füßen plötzlich schwankte. Was war nur in sie gefahren? »Ich … ich kann ihr einfach nicht verzeihen, Kurt.« Mühsam unterdrückte sie ein Schluchzen.

Er blinzelte. »Versteh ich nicht. Wovon sprichst du?«

»Sie hat Marianne zugeredet. Bestimmt wäre sie geblieben, aber Ruth hat gemeint …« Sie musste erneut mehrmals schlucken. »Sie kann mir doch nicht so in den Rücken fallen.«

Ihr Bruder starrte sie an, schien immer noch nicht zu begreifen. Aber er war ja auch kein Vater, wie sollte er verstehen, was in ihr vorging? »Was ist bloß mit euch los, Gisela? Ihr seid doch Schwestern, meine Güte, du hast sie sogar großgezogen. Ich versteh's einfach nicht, ich versteh's nicht. Und wie soll es jetzt hier weitergehen? Ohne Ruth? Und ohne deine Tochter?«

»Ich werde wieder als Friseuse arbeiten. So wie früher.«

»Wie früher? Du hast nur kurze Zeit im Salon mitgearbeitet, Gisela, dann hast du dich mit wehenden Fahnen in deinem Büro verschanzt. Das Frisieren ist doch überhaupt nichts für dich, das hast du uns oft genug gesagt.«

Sie unterdrückte ein Seufzen. Er hatte recht mit allem, was er gesagt hatte, jedes einzelne Wort stimmte. »So übel war ich als Friseuse gar nicht. Das wird schon. Eine neue Friseuse könnten wir uns gar nicht leisten.«

»Ach nee«, sagte er spöttisch und drehte sich kopfschüttelnd um.

In diesem Moment kam Heidelinde herein.

»Morgen, Heidelinde.« Gisela hatte sich räuspern müssen. »Ein seltener Gast.«

»Ich komme nicht als Kundin«, stellte Heidelinde sofort klar. »Ich will nur meine Schallplatten abholen.«

Sie war flott gekleidet, trug ein elegantes, tailliertes Kostüm, darunter eine cremefarbene Bluse und eine Perlenkette. Gisela fragte sich, ob Kurt sie ihr geschenkt hatte.

Er stand stocksteif da, den Rücken ihnen zugewandt. »Du hast ja noch einen Schlüssel«, sagte er. »Deine Platten sind im Karton auf dem Flur.«

»Vielen Dank, dass du sie nicht auf die Straße gestellt hast«, sagte sie schnippisch.

»Dazu hätte ich sie die Treppe runtertragen müssen«, gab er trocken zurück. »Das fehlte noch.«

Heidelinde schnappte nach Luft. »Du hast mich rausgeworfen, schon vergessen?«

»Ach ja? Du hattest mich satt, Heide, hast *du das* vergessen?«

»Hört auf, euch im Salon zu streiten«, sagte Gisela müde.

»Keine Sorge, ich hole nur meine Schallplatten, dann seht ihr mich nie wieder.«

»Hoffentlich hat dein Herbert auch einen Plattenspieler.« Kurt drehte sich um und funkelte sie an.

»Er heißt Hermann, und er geht dich nicht das Geringste an«, fauchte sie.

»Ich sagte, ich will keinen Streit im Salon!«, mischte Gisela sich wieder ein.

Heidelinde blickte sich vielsagend um. »Oh, entschuldige,

Gisela, wie ich sehe, quillt er über vor Kundschaft, die zuhören könnte.«

Diesmal schnappte Gisela nach Luft, doch sie sagte nichts.

Kurt schaute sie verblüfft an, vielleicht hatte er gehofft, dass sie Heidelinde die Leviten lesen würde. »Dein Hermann interessiert mich nicht die Bohne, Heide, das kannst du mir gerne glauben.«

Sie machte einen Schritt auf ihn zu und pikte ihm mit dem Zeigefinger in die Brust. »Dir glaube ich überhaupt nichts mehr, Kurt Fellbach! Weil du nämlich lügst, wenn du nur den Mund aufmachst!«

»Es reicht«, sagte Gisela scharf. »Streitet woanders. Ich sage es kein weiteres Mal.«

Beide starrten nun sie an, dann stürmte Heidelinde mit wehendem Schultertuch aus der Tür.

»Das darf ja wohl nicht wahr sein«, murmelte Gisela.

Kurt eilte in den Frisierbereich, und sie folgte ihm.

Er stand beim Waschbecken und hantierte lautstark mit den Pinseln und Rasierern.

»Ich will nicht, dass im Salon gestritten wird, Kurt, das weißt du doch.«

Er fuhr zu ihr herum. »Richtig, du streitest ja eh nie, weil du lieber alles in dich reinfrisst.«

»Wie bitte?«

Er stampfte mit dem Fuß auf und warf einen der Pinsel ins Waschbecken. »Stimmt das etwa nicht? Was ist nur aus dir geworden? Früher warst du nicht so …« Er verstummte schlagartig, wurde blass und drehte ihr den Rücken zu.

»Was aus mir geworden ist? Eine Witwe, Kurt. Und eine Mutter, die von ihrem einzigen Kind verlassen wurde.«

»Vergiss Ruth nicht. Die hat dich auch verlassen. Ach nein, du hast sie ja rausgeworfen.« Es klang ungewohnt boshaft.

Gisela starrte auf seinen Rücken, wollte noch etwas sagen, doch sie wandte sich ab.

»Wirfst du mich jetzt auch raus, Gisela?«, rief er ihr nach. Sie blieb die Antwort schuldig.

An diesem Abend betrank Gisela sich das erste Mal in ihrem Leben. Dann und wann hatte sie schon mal einen kleinen Schwips gehabt, diesmal aber trank sie rasch hintereinander eine halbe Flasche Weißwein, einen Piccolo-Sekt und zwei Cognac.

Einmal alles hinter sich lassen, nicht grübeln, ob man als Mutter und auch als Schwester versagt hatte, einmal nicht an früher denken und sich die Zeit wieder herbeisehnen.

Irgendwann musste sie eingenickt sein, denn als sie mitten in der Nacht wach wurde, lag sie unter dem Couchtisch, ein Kissen und die Decke halb auf ihr. Es roch nach Rauch, und sie versuchte sich aufzurappeln. Dabei stieß sie sich den Kopf am Tisch, und eine Flasche darauf fiel klirrend und polternd um und kullerte herunter.

Gisela sah dabei zu, unfähig, sich zu bewegen oder auch nur die Hand danach auszustrecken. Nach einer Weile versuchte sie es erneut, stützte sich auf die Handflächen und starrte ihren Ehering an. Sie würde ihn nie abnehmen. Niemals! Dietmar war nicht mehr bei ihr, aber sie würde bis an ihr Lebensende mit ihm verheiratet bleiben.

Mühsam zog sie sich am Tisch hoch, der so ins Wanken geriet, dass sie schon befürchtete, ihn umzuwerfen und mit allem, was darauf stand, zu Boden zu gehen.

Der Aschenbecher quoll über, daher der Gestank nach Rauch.

Endlich stand sie und blickte an sich hinab. Sie war in Unterrock und Strumpfhose. Welcher Tag war heute? Wieso war sie nicht angezogen? Und warum zum Teufel hämmerte es in ihren Schläfen, als sei ihr Kopf in einen Schraubstock gespannt?

Sie taumelte aus dem Zimmer, stieß sich die Hüfte am Türrahmen, und als sie an Mariannes verschlossener Zimmertür vorbeikam, bremste sie abrupt ab. War Marianne nach Hause gekommen?

Gisela lief hin und öffnete. Das Zimmer war leer und sah so ordentlich und aufgeräumt aus, dass es ihr in diesem Moment wieder einfiel. Ein gequältes Schluchzen kam aus ihrer Kehle, ein Laut, der sie selbst erschreckte.

Ich bin betrunken, dachte sie von sich selbst erschüttert. *Hoffnungslos betrunken.*

Gisela wischte sich über die Augen und stolperte ins Schlafzimmer. Sie würde sich ausschlafen und nie wieder so viel trinken.

18.

Ruth

Seitdem Gisela sie vor die Tür gesetzt hatte – und für Ruth fühlte es sich genauso an –, war sie Morgen für Morgen die Stellenanzeigen durchgegangen. Einmal hatte sie sich in einem Salon am Brill vorgestellt, aber der Inhaber hatte sie so merkwürdig angesehen, dass sie rasch wieder gegangen war. Außer ihm hatte niemand dort gearbeitet, und das war ihr seltsam vorgekommen.

Mit ihrer Schwester hatte sie seit dem verhängnisvollen Abend vor mehr als drei Wochen nicht mehr gesprochen. Ein paar Tage lang hatte sie gehofft, vielleicht sogar erwartet, Gisela würde anrufen oder vorbeikommen. »Entschuldige, Ruthchen, mir sind die Nerven durchgegangen. Ich hab's nicht so gemeint. Kommst du morgen wieder?«

Aber das war nicht geschehen.

Ruth hatte sich geschworen, Gisela nicht zu bitten, ob sie zurückkommen dürfe. Ihre Schwester hatte eine Grenze überschritten, eine Grenze, an der sie beide sich bereits etliche Male befunden hatten. Doch es war nie zu diesem Übertritt gekommen, irgendwie hatten sie jedes Mal die Kurve bekommen.

Auch an diesem Morgen saß Ruth am Frühstückstisch, die aufgeschlagene Zeitung mit den Stellenanzeigen vor sich.

Eine Anzeige sprang ihr gleich ins Auge: Salon Kronewinkel suchte eine Friseuse.

Ruth stand auf und ging zum Fenster.

Kronewinkel am Wall, das wäre etwas, dachte sie und spürte, wie ihr Herz vor Aufregung pochte. Sollte sie gleich anrufen?

Unten vor dem Haus spielten zwei Mädchen kichernd Gummitwist.

Sie lächelte. Marianne und sie hatten damals auch gern Gummitwist gespielt, und Gisela hatte einmal gemeint, dass sie in Zukunft wohl mit ausgeleierten Schlüpfern herumlaufen müssten, weil sie dauernd neues Gummiband bräuchten. Oft hatte sie ihnen zugesehen und sogar mitgemacht.

Ruth ging vom Fenster weg. Es tat zu sehr weh, an alte Zeiten zu denken. Gisela war so liebevoll und fürsorglich gewesen. Und verständnisvoll, als Ruth ihren ersten Liebeskummer hatte und sich die Augen aus dem Kopf heulte. Gisela hatte sich zu ihr ans Bett gesetzt und sie in die Arme genommen. »In ein paar Jahren wirst du darüber lachen, Ruthchen. Du wirst dich in einen gut aussehenden Mann verlieben, und ihr werdet heiraten und glücklich werden.«

»Wie du und Dietmar?«, hatte Ruth gefragt, und sie hatte genickt und ihr übers Haar gestrichen.

Ruth spürte, wie ihr die Tränen kamen, und sie räusperte sich energisch. Sollte sie bei Kronewinkel anrufen?

Nein, beschloss sie dann, sie würde direkt hingehen und sich vorstellen.

Sie wählte ein hellgraues Kostüm, das sie ewig nicht getragen hatte. Nach einem kurzen Blick in den Spiegel zog sie es wieder aus. Sie sah bieder darin aus. *Wie Gisela.*

Schließlich nahm sie ein eng geschnittenes Kleid in Sonnengelb vom Bügel, das ihr laut Rosemie gut stand, frisierte ihren Bob und benutzte Wimperntusche und dunkelblauen Lidschatten.

Dann lächelte sie sich im Spiegel aufmunternd an, wünschte sich Glück und verließ die Wohnung.

Eine junge Frau mit beneidenswert glänzendem, fast pechschwarzem Haar begrüßte Ruth wenig später. »Haben Sie einen Termin?«

»Nein, ich möchte mich vorstellen. Ich habe in der Zeitung gelesen, dass Sie eine Friseuse suchen.«

»Warten Sie, ich hole Herrn Kronewinkel.«

Ruth erinnerte sich, wie sie vor dem großen Schaufenster gestanden und in den Salon gespäht hatte. Sie nutzte die Zeit und schaute sich um. An den Spiegeln waren kleine Lämpchen befestigt, und Regale in verschiedenen Größen standen herum, bunte, schrille Bilder hingen an den Wänden und Fotos von berühmten Mannequins und Models, die Ruth aus der *Brigitte* kannte.

Es war bestimmt nur noch eine Frage der Zeit, bis Marianne sie von einem Titelbild anlächelte.

»Guten Tag«, sagte jemand hinter ihr, und sie fuhr herum.

Vor ihr stand ein Mann, der ihr bekannt vorkam. »Rainer Kronewinkel. Ich hörte, Sie wollen sich vorstellen?«

Sie nickte. Woher kannte sie ihn nur?

In diesem Augenblick sagte er: »Kennen wir uns nicht?«

Zögernd nickte sie.

»Jetzt fällt es mir wieder ein.« Er lächelte. »Rudi ist Ihnen vors Auto gelaufen. Auf dem Osterdeich, wissen Sie noch? Und ich hab Sie für Conny Froboess gehalten.«

»Und ob ich das noch weiß. Ich hatte an dem Tag Fahrprüfung.«

»Sie sind aber doch hoffentlich nicht seinetwegen durchgefallen?«

»Im Gegenteil. Ich glaube, ich habe auch seinetwegen bestanden.«

»Umso besser. Sie möchten sich also vorstellen …« Er streckte die Hand aus, und Ruth nahm sie.

»Ruth Fellbach.«

»Freut mich sehr, Fräulein … oder Frau Fellbach?«

»Fräulein, bitte.«

Er runzelte die Stirn und schien nachzudenken. »Fellbach, Fellbach … Der Name kommt mir bekannt vor.« Er dachte noch kurz nach. »Sie haben nicht zufällig was mit Salon Fellbach zu tun?«

»Mein Vater hat ihn gegründet.«

»Dann arbeiten Sie nicht dort?«

»Nicht mehr.« Hoffentlich würde er nicht weiter nachhaken, denn dann würde sie wohl flunkern und eine Ausrede erfinden müssen.

Doch er sagte nur: »Darf ich Sie herumführen, Fräulein Fellbach?«

»Sehr gerne.«

»Wir nennen uns beim Vornamen«, erklärte er Ruth, während sie durch den Salon gingen und ihre Augen größer und größer wurden. »Ich hoffe, das stört Sie nicht.«

»Nein, nein. Es ist nur … ungewohnt.« Sie zeigte auf eine der Trockenhauben und ging näher heran. »Oh, das ist aber eine moderne Haube.«

»Sie sind wesentlich leiser«, meinte eine der Friseusen, die an einem der Waschbecken standen. »Man kann sich sogar beim Trocknen unterhalten.« Es war die Frau, die Ruth gesehen hatte, als sie vor dem Schaufenster stand.

»Darf ich vorstellen: Das ist Brigitte«, sagte Kronewinkel.

»Wie die Zeitschrift«, fügte sie hinzu.

Er stellte ihr auch die beiden anderen Friseusen vor. »Brigitte und Elfie arbeiten ganztags, Hella kommt nur vormittags, wenn ihre Tochter im Kindergarten ist.«

Kronewinkel ging weiter und zeigte auf einen Raum, der durch einen Vorhang abgeteilt war. »Hier stehen die restlichen Hauben, außerdem sind hier die Haartrockner, Wickler, frische Handtücher und alles, was man sonst noch so braucht.«

Ruths Herz hüpfte. Der Salon gefiel ihr, er war so erfrischend anders als der elterliche. *Wenn Marianne all das sehen könnte*, dachte sie. *Nein, es wird sie kaum noch interessieren. Sie hat jetzt ein ganz anderes Leben.*

Ruth ging zu einem Regal und warf einen Blick hinein.

»Darf ich?« Sie nahm einen blauen Wickler heraus. »Das ist ein ganz neues Modell.«

»Sie halten besser und schützen das Haar. Wir arbeiten nach der Sassoon-Methode. Das ist Ihnen sicher ein Begriff.«

Sie hatte davon gelesen, selbst gearbeitet hatte sie damit noch nicht. »Ja, natürlich. Darf ich Sie etwas fragen, Herr Kronewinkel? Arbeiten Sie hier auch als Friseur?«

»Hin und wieder. Wir haben hauptsächlich weibliche Kundschaft, und die lässt sich lieber von Frauen bedienen. Ich kümmere mich in erster Linie um die Termine und den ganzen Finanzkram. Wann könnten Sie anfangen?«

Morgen, dachte sie, sagte jedoch: »Jederzeit.«

»Wie wäre es mit dem nächsten Ersten?«

»Perfekt.«

Sie lächelten sich an, und Ruths Magen zog sich zusammen. Sie sollte dringend eine Kleinigkeit essen.

»Prima, dann begrüße ich Sie im Salon Kronewinkel, Fräulein Fellbach. Ruth.«

»Möchten Sie gar kein Zeugnis sehen?«

Gisela hatte ihr noch keins ausgestellt, würde das aber bestimmt tun, selbst wenn sie nicht im Guten auseinandergegangen waren.

»Wozu?« Kronewinkel zuckte mit den Schultern. »Ich glaube, Sie passen sehr gut zu uns.«

»Ich könnte in Wahrheit … Bäckerin oder Verkäuferin sein.«

»Das könnten Sie.« Er nickte grinsend. »Aber wären Ihnen dann die neuen Wickler aufgefallen?«

Sie musste lachen. »Nein, Sie haben recht. Ich freue mich, Herr Kronewinkel.«

»Rainer, bitte. Und ich … wir freuen uns auch.«

Beschwingt und aufgewühlt verließ Ruth den Salon. Sie hatte eine neue Stelle! Sie war bald Friseuse im Salon Kronewinkel!

Nun war es endgültig, sie hatte dem Familiensalon den Rücken gekehrt. Jetzt gab es kein Zurück mehr.

Ein Anflug von schlechtem Gewissen überkam sie. Hatte sie richtig gehandelt? Hätte sie ihrer Schwester nicht doch die Hand ausstrecken sollen, müssen? Hätte sie nicht ein weiteres Mal über ihren Schatten springen müssen?

19.

London

Marianne

Seit fast vier Monaten war sie nun hier in dieser aufregenden, überwältigend großen Stadt, von der sie bislang kaum etwas gesehen hatte. Einmal, ganz zu Anfang, hatte sie sich wie eine Touristin in einem der Doppeldeckerbusse durch die Stadt kutschieren lassen. Hatte sich Piccadilly Circus, Trafalgar Square, Westminster Abbey und die Tower Bridge angesehen. Und natürlich Buckingham Palace. »Die Queen ist da«, hatte es geheißen, und Marianne hatte sich vorgestellt, wie sie mit ihr Tee trank und ein Sandwich aß.

Aufgekratzt und fröhlich war sie heimgekommen.

Das kleine Apartment, das sie sich mit Mary teilte, die als Fotomodell arbeitete, war schick und modern eingerichtet, mit einer kleinen Kochnische, die niemand von ihnen benutzte. Wann auch?

In der Mitte des Wohnraumes stand eine halbrunde dunkelgrüne Couch, davor ein Glastisch. Hinter der Couch befand sich eine Musiktruhe mit Radio und Schallplattenspieler. Hatte sie je eine Platte aufgelegt, seit sie hier war? Dann und wann stellte sie morgens das Radio an, um etwas in Schwung zu kommen.

Ein klimpernder Perlenvorhang trennte die Kochnische vom Wohnraum.

In Soho, dem Stadtteil, in dem sie wohnte, verlief sie sich noch immer regelmäßig. Wenn sie denn überhaupt dazu kam, einen Fuß vor die Tür zu setzen, um sich ein bisschen umzusehen. Ihr Alltag bestand nämlich im Grunde nur daraus, dass sie sehr früh aufstehen musste, ins Taxi hastete und für Probeaufnahmen ins Fotostudio fuhr. Oder sie verbrachte einen elend langen Tag damit, auf einem Laufsteg hin und her zu gehen, umringt von Fotografen und Designern, die dauernd irgendetwas auszusetzen hatten.

Immer wieder, hin und her, vor und zurück, bis jeder Schritt, jede Bewegung, jedes Lächeln saß.

»Kopf hoch, Mädchen! Lächeln nicht vergessen! Trägst du Bergarbeiterstiefel, Hilary? Heb die Füße! Carol, wenn du noch einmal stolperst, brumme ich dir Extrastunden auf!«

So ging das tagein, tagaus. Bis alle es sogar im Schlaf beherrschten.

Allein die Kleideranproben raubten Marianne den letzten Nerv. Kleid, Rock, Bluse oder Mantel anziehen, warten, bis die Schneiderin jedes Teil an allen Stellen so festgesteckt hatte, dass es wie angegossen saß, dann das nächste. Weiter mit Schuhen, Stiefeln, Make-up, Frisuren. Kopf hoch, Rücken gerade, aufrechte Haltung. Lächeln, drehen und weiter.

Meistens war sie hinterher so ausgelaugt, so müde, dass

sie über ihre eigenen Füße stolperte. Sie verschwendete nicht mal einen Gedanken daran, abends noch auszugehen oder wenigstens irgendwo eine Kleinigkeit zu essen.

Und dann das Reisen, das vor ein paar Wochen begonnen hatte: nach Paris, Mailand, Rom. Es lohnte sich nicht mehr, den Koffer auszupacken, wenn sie zurück war. Sie tauschte nur das eine oder andere Kleidungsstück aus.

In der ersten Zeit in London war Anthony manchmal gekommen, um sie abzuholen oder Termine mit ihr abzusprechen. Er hatte ihr auch gleich vorgeschlagen, sich in Mary-Ann umzubenennen. »Oder warum nicht einfach nur Ann? Marianne klingt zu deutsch und zu …«

»Spießig?«, hatte sie ergänzt. »Das wolltest du doch sagen, oder?«

Inzwischen rief er nur noch hin und wieder an und erkundigte sich, wie es ihr ging. Wahrscheinlich interessierte es ihn herzlich wenig. Er hatte seine Pflicht und Schuldigkeit getan, indem er sie »entdeckt« und hergebracht hatte. Sein Job war erfüllt.

Nach diesen wenigen Monaten fühlte Marianne sich bereits, als würde man nach und nach, aber sehr beharrlich, alle Kraft und jegliche Energie aus ihr heraussaugen.

So hatte sie es sich nicht vorgestellt, nicht in ihren kühnsten Träumen, die sie ab und an heimgesucht hatten. Dann, wenn sie sich leise gefragt hatte, ob sie sich vielleicht etwas vorgemacht hatte. Ob der Traum, Mannequin zu sein, nicht doch in Wahrheit mehr ein Albtraum war. Manchmal fragte sie sich auch, ob es womöglich einfach nur an ihr lag. War sie nicht für so ein Leben gemacht? So viele andere junge Mädchen würden alles dafür geben.

Oder war sie undankbar, wie ihre Mutter früher gelegentlich gemeint hatte? »Erfreu dich an dem, was du hast, und schau nicht nach dem, was andere sind oder haben.« Wie oft hatte sie sich das anhören müssen. Sie war es leid gewesen, Tag für Tag im Salon zu stehen und älteren Damen die Haare aufzudrehen. Jeder Tag war gleich gewesen, und sie hatte sich nach einem anderen, einem aufregenderen Leben gesehnt.

Das hatte sie nun. Also biss sie die Zähne zusammen. Sie würde sich nicht beschweren, sondern weitermachen und sich an dieses neue Leben gewöhnen. Und sich in der neuen, so anderen und noch immer fremden Stadt einleben.

In den wenigen Briefen an ihre Mutter und Ruth schrieb sie kein einziges Wort darüber, wie es ihr wirklich ging.

Bald war Weihnachten, das erste ohne ihre Familie. Anthony gab jedes Jahr zu Weihnachten eine große Party, auf der sich alles traf, was in dieser Branche in irgendeiner Weise von Bedeutung war. Nicht hinzugehen war keine Option. »Wenn dir deine Karriere völlig egal ist …«, hätte es geheißen. Sie hatte nicht mal die Zeit gehabt, für ihre Familie Geschenke zu kaufen. Sie würde es bei einer kitschigen Karte belassen und sich und den anderen versprechen, dass im nächsten Jahr alles anders wäre.

20.

Gisela

Gisela hatte nach Feierabend noch Rechnungen überwiesen, dann war sie in die Wohnung hochgegangen und hatte eine ganze Weile am Fenster gestanden. Wie lange, wurde ihr erst klar, als sie auf die Küchenuhr schaute: über eine halbe Stunde.

Sie schaute erneut hin und überlegte, ob sie sich vertan hatte. Nein, sie hatte sage und schreibe fast vierzig Minuten dagestanden und ins Nirgendwo gestarrt.

Die Uhr tickte leise, das einzige Geräusch, das außer ihrem Atmen zu hören war. Unheimlich.

Auf einmal fröstelte sie, und sie schlang die Arme um den Oberkörper. Wieder lag ein elend langes und trostloses Wochenende vor ihr. Sie würde sich die Zeit mit Aufräumen, Putzen, Stricken und Fernsehen vertreiben, und Sonntagabend – so war es immer – würde sie hellwach im Bett liegen und sich fragen, wie lange das so weitergehen würde.

Seit Wochen stand sie nun im Salon und frisierte, fegte

abends den Boden, räumte auf und ging anschließend ins Büro.

Seit Ruth nicht mehr da war, kamen noch weniger Kundinnen. Wahrscheinlich gingen sie mittlerweile zu Kronewinkel.

Unter ihnen auch Elfriede Zimmermann. Nachdem Gisela sie frisiert hatte und sie zur Kasse gegangen waren, hatte sie die Hand ausgestreckt. »Das heute war mein letzter Besuch, Frau König.«

»Ach, dann ziehen Sie weg aus Bremen?«

»Nein, ich werde von nun an zu Kronewinkel gehen. Es tut mir wirklich leid, ich hoffe, Sie nehmen es mir nicht übel.«

Gisela war sprachlos gewesen.

»Ich hätte natürlich klammheimlich wegbleiben können, aber das ist einfach nicht meine Art. Alles Gute, für Sie und den Salon. Und frohe Weihnachten, Frau König.«

Es war wie ein Schlag in die Magengrube. Gisela wäre es lieber gewesen, sie wäre wirklich klammheimlich weggeblieben, anstatt es ihr ins Gesicht zu sagen.

Noch immer herrschte Funkstille zwischen ihr und Ruth. Sie sollte, sie müsste sogar den ersten Schritt machen, aber sie konnte einfach nicht. Sie fühlte sich von ihrer Schwester verraten.

Immerhin war sie auf ihre Tochter zugegangen, hatte ihr einen langen Brief geschrieben und sich zu erklären versucht. Wahrscheinlich hatte sie wieder nicht die richtigen Worte gefunden, es fiel ihr so entsetzlich schwer, Schuld zuzugeben und Einsicht zu zeigen.

Marianne war innerhalb kurzer Zeit bereits recht erfolgreich geworden, hatte sich einen Namen gemacht: Ann, das strahlend schöne blonde Mädchen aus Deutschland mit den hinreißenden Grübchen.

Gisela war stolz, und doch war sie noch immer tief im Inneren verletzt. Weil Marianne so leichten Herzens gegangen war.

Nicht mal zu Weihnachten käme sie nach Haus. Sie hatte zu viel zu tun. Verpflichtungen, hatte sie geschrieben.

Gisela ging zum Kühlschrank und goss sich ein Glas Weißwein ein. Sie hatte die Flasche vor zwei Abenden aufgemacht, oder war es erst am vorherigen Abend gewesen?

Sie hielt die Flasche gegen das Licht. Hatte sie schon so viel getrunken?

Das Glas war in zwei großen Zügen leer, und sie goss sich den Rest aus der Flasche ein. »Ach, Dietmar. Wenn du mir jetzt zusiehst, wirst du den Kopf schütteln. Es ist erst Nachmittag, und ich trinke Wein. Du hast ja recht.« Sie trank das Glas aus und stellte es in die Spüle.

Ein feiner, äußerst wohltuender Nebel hüllte ihr Gehirn ein, umschloss ihre Gedanken und hielt sie fest.

Sie überlegte, Hannelore anzurufen. Aber die war neuerdings so weinerlich und konnte stundenlang darüber jammern, dass ihr Mann fremdging. Früher hatte sie das doch auch nicht gestört.

Doch seine Sekretärin schien eine ernst zu nehmende Konkurrentin zu sein, sonst würde Hannelore nicht so einen Wirbel machen. Sie sah ihre Felle davonschwimmen.

Gisela ging ins Schlafzimmer, zog sich bis auf den Unterrock und die Feinstrumpfhose aus und legte sich auf die

Couch, eine neue Schachtel Zigaretten neben sich. Sie blätterte in einer Illustrierten und fragte sich, wann Marianne ihr wohl auf dem Titelbild entgegenlächelte. Und wie sie sich dabei fühlen würde.

Sie zündete sich eine Zigarette an und inhalierte tief.

Hatte sie überhaupt etwas Essbares im Haus? Hatte sie für das Wochenende eingekauft? Sie wusste es beim besten Willen nicht. War sie so vergesslich geworden?

Sie legte die Zeitschrift auf den Tisch und ging mit der Zigarette in der Hand in die Küche, um nachzusehen.

Viel war nicht im Kühlschrank, nur Butter, zwei Joghurts, etwas Magerquark, ein Stück Käse – wie alt mochte er sein? – und eine Büchsenmilch. Daraus ließ sich kaum etwas Genießbares zaubern.

Gisela hockte sich hin und schaute im Vorratsschrank nach.

Auch hier war nicht viel zu finden, offensichtlich hatte sie vergessen, einzukaufen. Und sie hatte vergessen, dass sie es nicht getan hatte.

Aber möglicherweise war noch etwas Brauchbares im Tiefkühler. Sie öffnete ihn und rümpfte die Nase. Sie sollte ihn mal wieder abtauen und auswischen.

Früher hätte sie eine Medaille als Hausfrau des Jahres bekommen. Früher. Sie seufzte lang anhaltend.

Gott, war dieses Früher lange her, eine Ewigkeit.

Montagabend, nach einem wieder nicht enden wollenden Wochenende, lag Gisela auf der Couch und rauchte.

Einerseits war sie froh, dass das Wochenende vorbei war, andererseits grauste es ihr vor der neuen Arbeitswoche.

Im Fernsehen lief die erste Folge einer Sendung, in der es um ungeklärte Verbrechen ging, und sie setzte sich auf und zog die Decke über die Beine. Sie überlegte, umzuschalten. Das, was ihr wie ein brutaler Krimi vorkam, war Realität, erschreckende Realität. Die Welt wurde immer verrückter und die Menschen mit ihr.

Gisela streifte Asche ab und seufzte kopfschüttelnd.

Schließlich stellte sie den Ton aus und schenkte sich einen Cognac ein. Den einzigen an diesem Abend, das hatte sie sich geschworen. Wehmütig dachte sie an früher, an die Abende mit Dietmar, wenn sie gemeinsam ferngesehen und dabei etwas geknabbert hatten. Wie geborgen sie sich immer in seiner Nähe gefühlt hatte, als könnte nichts und niemand ihr etwas anhaben.

Gisela trank den Cognac und goss sich einen zweiten ein. Als sie den ersten Schluck nahm, fiel es ihr wieder ein: Sie hatte doch nur das eine Glas trinken wollen!

Das Telefon klingelte, und sie überlegte, nicht abzuheben.

Doch wie meistens war die Neugier größer, und sie lief hin.

»Ich bin's.« Hannelore. Sie schniefte. »Er ist so ein Schuft.«

»Was hat er jetzt wieder angestellt?«

»Außer, dass er mich mit dieser … dieser Schrapnelle betrügt?« Ihre Freundin lachte auf. »Oh, gar nichts, rein gar nichts.«

»Bist du betrunken, Lore?«

»Ich? Du weißt doch, dass ich nichts vertrage.«

»Deswegen frage ich ja.«

»Was machst du gerade?« Sie lallte doch, oder?

»Ich sehe fern.«

»Dann guckst du bestimmt auch diese schreckliche Sendung über die schrecklichen Morde und Überfälle. Schrecklich, oder?«

»Das kannst du laut sagen.«

»Wir sollten mal wieder tanzen gehen. Und uns so richtig amüsieren. Und flirten. Was meinst du?«

Gisela sah, dass ihre Strumpfhose an der Ferse eine Laufmasche hatte. »Ja, vielleicht.«

»Komm schon, wir amüsieren uns mal wieder so richtig.«

»Ja, das machen wir«, sagte sie müde.

Hannelore sagte: »Na, dann fröhliche Weihnachten, Gisela, und guten Rutsch.« Sie legte auf, und Gisela sah verblüfft den Hörer in ihrer Hand an.

Kopfschüttelnd ging sie ins Wohnzimmer zurück, vorbei an Mariannes leerem Zimmer, das sie jeden Tag wieder daran erinnerte, wie still und einsam es in der Wohnung war. Wie sehr ihre Tochter ihr fehlte.

Gisela blieb davor stehen und öffnete die Tür. Das Zimmer sah aus, als käme Marianne jeden Moment heim, würde ihre Kleider auf dem Boden verstreuen, ihre Handtasche auf den Stuhl werfen und sich selbst aufs ungemachte Bett.

Vielleicht wäre sie geblieben, wenn ich liebevoller, toleranter gewesen wäre, dachte Gisela nicht zum ersten Mal. Es war nur schwer auszuhalten, sich vorzustellen, dass sie ihre Tochter vergrault, vertrieben hatte.

Nein, sagte sie sich, ebenfalls nicht zum ersten Mal. Marianne wäre so oder so gegangen, weil sie ein anderes Leben wollte. Weil sie ihres hier in Bremen sattgehabt hatte.

Vielleicht könnte man aus dem Zimmer ein Handarbeitszimmer machen, überlegte sie. Sie könnte die alte Nähmaschine ihrer Mutter wieder aufstellen und sich ein paar Schnittmuster besorgen. Es gab inzwischen so viele hübsche Vorlagen für Kleider, Röcke und Blusen.

Gisela ging zurück ins Wohnzimmer. Gott, sie fühlte sich so kraftlos, so müde. Sie zündete sich eine weitere Zigarette an. Einen letzten kleinen Cognac würde sie sich auch noch genehmigen. Als Schlummertrunk.

Sie schaltete den Fernseher aus und beschloss dann, ein wenig Musik zu hören. Die Musiktruhe hatte Dietmar damals unbedingt haben wollen. »Sieh nur, Gisela, sie hat ein Radio und einen Plattenspieler.« Sie hätte gern gesagt: »Lass uns in Ruhe darüber nachdenken«, doch seine Augen hatten so geleuchtet, dass auch sie Begeisterung geheuchelt hatte.

Seit seinem Tod hatte sie einen Bogen darum gemacht, seine Lieblingslieder hatte sie auch so noch im Ohr. Manchmal träumte sie sogar, wie sie zu einem dieser Lieder tanzten.

Gisela ging zur Musiktruhe und drückte auf den Radioknopf.

Es rauschte kurz, dann sagte eine männliche Stimme: »Und jetzt hören Sie das neue Lied von Graham Bonney. Es heißt ›Siebenmeilenstiefel‹.«

Sie lauschte den ersten Tönen, den Cognac in der Hand. *»Und ich geb dir mein Wort, ich geh nie wieder fort …«*

Oh Gott, was für ein trauriges, niederschmetterndes Lied!

Sie spürte, wie es in ihrem Hals eng wurde und heiße Tränen aufstiegen. Mit zittrigen Fingern stellte sie das Radio wieder aus. Vielleicht sollte sie doch gleich zu Bett gehen und noch etwas lesen.

Nach den ersten Seiten des Romans, den Hannelore ihr geliehen hatte, fielen ihr die Augen zu.

Sie träumte von Dietmar. Sie gingen am Meer spazieren, beide in weiße Kleidung gehüllt, er in einem Anzug mit Weste, sie in einem hübschen ärmellosen Kleid, das sich im Wind bauschte.

Dietmar beugte sich zu ihr, um ihr einen Kuss zu geben. »Ich werde niemals fortgehen, niemals.«

21.

Ruth

Sie hatte sich rasch im neuen Salon eingelebt. Die Arbeit machte ihr großen Spaß, und sie mochte ihre Kolleginnen.

Vieles war noch ungewohnt, zum Beispiel durfte jede Friseuse ihr Trinkgeld behalten. Rainer Kronewinkel kontrollierte auch niemanden, er sagte, wenn er kein Vertrauen zu seinen Mitarbeiterinnen hätte, könnte er den Salon gleich schließen.

Der lebte in erster Linie von Laufkundschaft, aber es gab auch Stammkunden, hauptsächlich junge, moderne Frauen.

Einmal in der Woche saß das Personal bei einem gemütlichen Essen zusammen, und es wurde offen über alles gesprochen. Getratsche konnte ihr Chef nicht leiden, und er war äußerst aufmerksam, wenn er den Eindruck hatte, dass Mitarbeiterinnen Schwierigkeiten miteinander haben könnten. Dann schaltete er sich ein und versuchte zu vermitteln.

Das hatte Elfie Ruth erzählt, die einmal mit Brigitte aneinandergeraten war. »Es war nur eine Kleinigkeit, ein blödes Missverständnis. Du weißt ja, wie das ist; die eine sagt dies, die andere das – und zack, schon ist die eine beleidigt, weil sie die andere missverstanden hat. Dabei hat die das gar nicht so gemeint.«

Ruth hatte genickt. Wie gut sie das kannte. Es machte ihr noch immer zu schaffen, dass sie und Gisela sich nun endgültig entzweit hatten.

Immerhin telefonierten sie miteinander; Gisela erkundigte sich nach ihrer neuen Stelle bei Kronewinkel, und Ruth fragte, wie es im elterlichen Salon lief.

Weihnachten war es nicht anders gewesen. Das Thema Rauswurf umschifften sie jedes Mal, und doch hing es wie ein Damoklesschwert über ihnen.

Ruth mochte auch ihren Chef. Vielleicht zu sehr?

Wann immer sie sich ansahen, musste Ruth rasch wegschauen, weil sie spürte, wie sie errötete. In ihrem Magen flatterten Schmetterlinge, ein schönes Gefühl, berauschend, das ihr aber auch Sorgen bereitete. Durfte sie sich in ihren Chef verlieben? Brachte das nicht nur Probleme mit sich, wie Gisela gern behauptete?

Ruth wurde erst jetzt klar, dass sie noch nie ernsthaft verliebt gewesen war. Die Männer, mit denen sie eine Zeit lang gegangen war, hatte sie gemocht, gerngehabt, aber mehr war da nie gewesen.

Rainer Kronewinkel war freundlich und zuvorkommend, ohne aufgesetzt und verkrampft zu erscheinen, und sein Lächeln hatte dieses Spitzbübische, Jungenhafte, das ihr sehr gefiel. Er war vielseitig interessiert und aufgeschlossen, ging genauso gern ins Theater und Museum wie ins

Kino. Und er war bereit, auch mal Schwächen zu zeigen. Dass er weder verheiratet noch liiert war, wusste sie natürlich auch längst.

Wenn sie morgens in den Salon kam, freute sie sich bereits darauf, ihn zu sehen, mit ihm zu sprechen. Ging er an ihr vorbei, hüpfte ihr Herz und schlug Purzelbäume. Sprach er sie an, wurde ihr heiß und kalt. Sonntags begann sie sich nach ihm zu sehnen und konnte den Dienstag kaum erwarten.

Aber sie wollte auf keinen Fall eine überstürzte und womöglich kurzzeitige Affäre. Wenn, dann wollte sie einen Mann ganz und gar. Mit Haut und Haar, Leib und Seele. All die Jahre hatte sie kaum ernsthaft über eine feste Bindung oder gar Ehe nachgedacht, weil es keinen Mann gegeben hatte, der sie wirklich interessierte.

Doch seit sie Rainer begegnet war, dachte sie immer öfter darüber nach, wie es wohl wäre, wenn sie beide ein Paar wären. Wenn er ihr Freund, ihr Ehemann und vielleicht sogar der Vater ihrer Kinder wäre.

Für den späten Nachmittag war an diesem Tag Elfriede Zimmermann angemeldet. Als sie das erste Mal zu Kronewinkel gekommen war, hatte Ruth sich über ihre Treue gefreut, aber sie hatte auch ein schlechtes Gewissen. Für den elterlichen Salon bedeutete es noch eine Kundin weniger.

Ein paar Minuten zu spät kam Frau Zimmermann hereingeschneit.

Sie hatte sich in ein enges – viel zu enges – dunkelblaues

Kostüm gezwängt. Rock und Jacke spannten genau an den Stellen, an denen Männer gern einen zweiten Blick riskierten.

Ruth rückte einen der bequemen Stühle zurecht, und sie nahm vorsichtig Platz. »Ist das nicht ein herrliches Wetter, Ruth? Was sagen Sie zu meinem Kostüm? Die ganz neue Kollektion. Sie müssen unbedingt vorbeikommen und sie sich anschauen.«

Ihr Mut und ihr Selbstbewusstsein waren beeindruckend. »Schick«, schwindelte Ruth, ohne rot zu werden.

»Finden Sie, dass es mir steht?« Frau Zimmermann sah sie im Spiegel an. »Und bitte seien Sie ehrlich.«

Ruth überlegte kurz, dann entschied sie sich für Aufrichtigkeit. »Ich finde es ehrlich gesagt ein bisschen zu eng.«

»Ich muss zugeben, ich finde es auch etwas … unbequem. Ich habe wohl wieder mal viel zu übereilt gehandelt.« Ein verschämtes Seufzen. »Ich habe mir das Kostüm nämlich gleich auch noch in Hellgrau bestellt.«

Elfie stand am Nachbarwaschbecken und zwinkerte Ruth im Spiegel zu, bevor sie sich umdrehte, um die Trockenhaube zu holen.

»Wie geht's Ihrer Nichte, Ruth?«, fragte Frau Zimmermann.

»Gut. Ich nehme an, dass wir sie bald auf einem Titelbild bestaunen können.« Sie beugte sich zu ihrer Kundin hinunter. »Hier weiß übrigens niemand, dass ich ihre Tante bin, und das soll vorerst auch so bleiben.« Sie wollte nicht, dass zu viel Tamtam darum gemacht wurde. Vielleicht befürchtete sie auch, dass man sie dann anders behandeln würde.

»Ich verstehe«, flüsterte Frau Zimmermann.

Elfie kam zurück. »Hast du zufällig noch einen blauen Wickler in der Tasche?«

Ruth griff in ihre Kitteltasche und zog einen Wickler heraus.

»Danke. Oh, stell doch mal bitte das Radio etwas lauter, ja?«

Das Radio stand im Regal gleich neben Ruth.

»Graham Bonney.« Elfie seufzte. »Mein Lieblingssänger.«

Am Abend, Ruth hatte es sich gerade auf der Couch gemütlich gemacht, rief ihr Bruder an. Er erkundigte sich, wie es ihr gehe, und sagte dann: »Du, ich glaube, du solltest mal nach Gisela sehen.«

»Was ist mit ihr?«

»Ich weiß nicht, sie ist noch stiller geworden und …« Er verstummte.

»Was und?«

»Ich glaube, sie trinkt.«

»Wie bitte?« Ruth wurde ganz übel, und Schuldgefühle zerrissen sie fast. Sie hätte sich kümmern müssen! Sie hätte den ersten Schritt machen müssen, weil Gisela es nicht konnte.

»Neulich hatte sie eine ziemliche Fahne.« Ihr Bruder räusperte sich. »Und sie ist manchmal so fahrig.«

»Hast du mal mit ihr geredet, Kurt?« Sie gab sich die Antwort selbst: Nein, höchstwahrscheinlich hatte er das nicht getan. Weil auch er jemand war, der erst dann den Mund aufmachte, wenn ihm der Kragen platzte. Kurt war wie Gisela:

Beide fraßen alles in sich hinein und explodierten irgendwann – und warfen es sich gegenseitig vor.

»Du kennst sie doch, Ruth«, sagte er, und es war zu hören, wie schwer er sich tat. »Man kommt nicht an sie ran.«

»Ich werde mit ihr reden«, versprach sie. »Gleich Sonntag.«

»Gott sei Dank, Ruthchen, ich bin froh, dass du das sagst.«

Natürlich war er froh, weil er so wieder mal aus dem Schneider war.

22.

Gisela sah nicht nur überrascht aus, als Ruth am Sonntagnachmittag vor ihrer Tür stand, sie war geradezu entgeistert. »Ruth? Was machst du denn hier?«

»Ich finde, wir sollten uns endlich aussprechen, Gisela.«

»Aussprechen?« Ihre Schwester blinzelte, als verstünde sie nicht. Ihr dunkelgrauer Rock war zerknittert, genau wie die Bluse, die aus dem Bund hing. Auch ihr Haar war nicht so gepflegt wie üblich.

»Darf ich reinkommen?«

Zögernd trat sie beiseite. »Natürlich, ich …« Sie verstummte wieder und fuhr sich durchs Haar.

Ruth schnupperte unauffällig, als sie an ihr vorbeiging. Ihr fiel keine Alkoholfahne auf.

»Hast du geschlafen?« Sie blickte sich im Flur um.

An der Garderobe hing Mariannes Häkeljacke. Offenbar hatte sie vergessen, sie mitzunehmen. War Gisela das noch gar nicht aufgefallen, oder hatte sie sie absichtlich hängen lassen?

»Geschlafen, nein? Ich bin nur … Soll ich uns Kaffee machen?«

»Das wäre schön. Ich gehe schon mal ins Wohnzimmer.« Ruth hatte kaum einen Schritt in die Richtung gemacht, als Gisela an ihr vorbeischoss und hektisch begann, die Decke zusammenzulegen, die Kissen aufzuklopfen und mit der Hand über die Tischplatte zu wischen. Mit einem verschämten Lächeln machte sie anschließend das Fenster auf.

Ruth hatte auf einen Blick gesehen, dass der Aschenbecher überquoll – gerochen hatte sie es auch – und ein leeres Cognacglas auf dem Tisch stand.

Gisela verschwand in der Küche, Ruth hörte sie dort mit etwas hantieren. Wasser rauschte, Geschirr klapperte, kurz darauf stand sie wieder in der Tür. Sie hatte ein Tablett dabei, darauf zwei Tassen, ein Milchkännchen und die Zuckerdose ihrer Mutter. Mit einem nervösen Hüsteln deckte sie den Tisch und stellte den vollen Aschenbecher und das Cognacglas aufs Tablett. »Setz dich doch schon mal, Ruthchen.«

Wieder verschwand sie.

Ruth nahm in einem der Sessel Platz. Die Fernsehzeitung lag unter der Couch, und sie bückte sich, um sie aufzuheben. Dabei fand sie auch zwei Fotos; eins von Marianne als kleinem Mädchen, das andere zeigte sie beide beim Gummitwist.

Ruth schluckte. Ihr Mitgefühl für ihre Schwester war überwältigend, und sie hatte das Verlangen, aufzuspringen, zu ihr zu laufen und sie in die Arme zu schließen. »Lass uns alles vergessen, was jemals zwischen uns war, Gisela.« Genau das würde sie sagen. »Lass uns einfach alles *besser* machen.«

Gisela musste furchtbar einsam sein, wahrscheinlich fühlte sie sich auch schuldig, weil sie sie hinausgeworfen hatte. Möglicherweise gab sie sich sogar die Schuld daran, dass Marianne fort war.

Gisela kam herein. »Was tust du da?«

Ruth war erschrocken zusammengezuckt. »Ich hab die Fotos gefunden, ich …«

»Gib her.« Ihre Schwester streckte die Hand aus, wedelte ungeduldig damit.

»Ich wollte sie dir gar nicht wegnehmen, ich wollte nur …«

»Gib schon.«

Ruth reichte sie ihr. »Mir fehlt sie auch, Gisela«, sagte sie leise. Sie räusperte sich und machte ihre Handtasche auf. »Ich hab uns Plätzchen mitgebracht, deine Lieblingsplätzchen.«

Gisela setzte sich ihr gegenüber und schlug die Beine übereinander. »Und? Gefällt es dir immer noch bei Kronewinkel?«

Ich werde jetzt nicht sagen, dass du mich rausgeworfen hast. Kein Wort davon, es ist nicht mehr wichtig. Wichtig ist nur, dass wir uns versöhnen, aussprechen. »Ja. Und wie läuft es bei euch?«

»Ach, Ruth, was soll die Frage? Du weißt doch, wie es im Salon läuft: miserabel. Gut, reden wir darüber«, sagte ihre Schwester plötzlich. »Ich hätte nicht mehr gewusst, wovon ich dich bezahlen soll, deshalb habe ich dich gebeten, dir eine neue Stelle zu suchen. Wenn es sich für dich wie ein Rauswurf angefühlt hat, tut es mir leid.« Es klang aufrichtig, und Ruth war mehr als überrascht.

»Wo wir schon so offen reden«, setzte Ruth an. »Wir sollten auch darüber sprechen, dass du glaubst, ich wäre dir in den Rücken gefallen.«

»Das hast du getan, Ruth.«

»Du hast es so empfunden, das ist was anderes. Aber es tut mir wirklich leid, dass du es so siehst. Es war nie meine Absicht, mich auf Mariannes Seite zu schlagen. Ich wollte nur …«

Gisela stand auf. »Der Kaffee müsste fertig sein.«

»Nun lauf doch nicht gleich wieder weg!«

Sie verließ das Zimmer, und wieder dauerte es eine ganze Weile, bis sie zurückkam. Sie hatte ihr Haar gekämmt und hochgesteckt, sogar Lippenstift hatte sie aufgelegt.

»Jetzt fühle ich mich wieder wie ein Mensch.« Sie lächelte, es sah verkrampft aus, gezwungen. Sie schenkte Kaffee ein und setzte sich wieder. »Sind das diese leckeren Haselnussplätzchen?« Sie schob sich eins in den Mund.

»Gisela«, begann Ruth sanft. »Ich will nicht, dass etwas zwischen uns steht. Du kannst mit mir auch über Dietmar sprechen.« Als es heraus war, ärgerte sie sich. Womöglich war es ein Fehler gewesen. »Ich meine, ich wollte sagen, dass ich dir zuhöre, für dich da bin.«

Gisela starrte sie an, als hätte sie etwas Verbotenes vorgeschlagen. »Ich will nicht mit dir über ihn sprechen«, erklärte sie schmallippig.

»Aber vielleicht … würde es dir guttun.«

»Ich weiß selbst, was mir guttut und was nicht.«

Ruth schluckte. »Gut, in Ordnung, wie du meinst. Ich wollte dich nicht bedrängen.«

Wieder entstand ein längeres Schweigen.

»Hast du mal darüber nachgedacht, Marianne zu besuchen?«, fragte sie schließlich in die Stille hinein.

»Ich steige nicht in ein Flugzeug«, erklärte Gisela bestimmt. »Ich käme um vor Angst. Oder dachtest du an eine Bus- und Schiffsreise?« Es klang spöttisch. »Ich schließe den Salon mal eben für ein, zwei Wochen und besuche meine Tochter in London?«

»Es war nur so ein Gedanke, Gisela.« Ruth unterdrückte ein Seufzen und rührte in ihrer Tasse. Der Kaffee war zu stark.

»Und du? Wirst du sie besuchen?«

»Ich würde gern. Aber ich hab auch Angst vorm Fliegen.«

Gisela lächelte. Das erste echte Lächeln. »Wir zwei Angsthasen, was?«

Ruth erwiderte das Lächeln. »Ja.«

Als sie sich später verabschiedete, hielt sie Giselas Hand lange fest. »Lass uns anfangen, offen darüber zu sprechen, wenn wieder irgendwas zwischen uns steht, ja?«

Gisela nickte.

»Du fehlst mir«, sagte Ruth, einem Impuls folgend. Gedacht hatte sie es oft, ausgesprochen jedoch noch nie. »Du fehlst mir als große Schwester, als Vertraute.«

Gisela war blass geworden. »Ruthchen«, stammelte sie und schluckte mehrmals. Mehr aber sagte sie nicht. Vermutlich konnte sie es nicht.

Ruth umarmte sie und schnupperte an ihrem Haar, dem Blusenkragen. Beides roch nach kaltem Rauch. Aber war da nicht auch ein Hauch von Alkoholgeruch? Cognac? Und wenn, wäre es ein Grund zur Sorge? War es so ungewöhnlich, so besorgniserregend, wenn sie am Abend hin und wieder ein Gläschen trinken würde? Zur Entspannung? Das machte doch jeder ab und an.

»Bis dann, Gisela. Pass auf dich auf, ja?« Ruth drehte sich um und ging die Treppe hinunter.

»Du auch«, sagte ihre Schwester leise hinter ihr.

Während sie heimging, überlegte sie, ob es falsch gewesen war, Gisela zu sagen, wie sehr sie sie als Schwester vermisste. Nein, möglicherweise war es genau richtig und ein Denkanstoß.

In der darauffolgenden Woche besuchte sie ihre Schwester erneut. Sie plauderten, lachten und tauschten Geschichten von früher aus; Geschichten aus dem Salon und kleine Familienanekdoten. Ruth mochte es, wenn Gisela über ihre Eltern sprach, wenn sie von ihrer Mutter erzählte, die immer so gern gesungen und Märchen vorgelesen hatte. Deren Stimme immer sanft und leise gewesen war. »Sogar wenn sie mit uns geschimpft hat, war sie leise.«

Ihr Vater dagegen hatte recht aufbrausend sein können, aber auch er hatte ein großes und auch weiches Herz gehabt.

Endlich schien Gisela sich mit Mariannes Weggang abgefunden zu haben. »Ich zeige dir gleich mein neues Handarbeitszimmer, Ruthchen. Ich hab Mamas alte Nähmaschine aufgestellt.« Sie zog ein Kissen hinter ihrem Rücken hervor. »Sieh mal, das hab ich selbst genäht. Hübsch, oder?«

»Ich wusste gar nicht, dass du eine so geschickte Schneiderin bist.«

»Das wusste ich selbst nicht.« Dann wurde sie plötzlich

ganz nachdenklich. »Weißt du, was ich manchmal denke, Ruth? Ich denke, ich hätte öfter auf dich hören sollen.«

»Was meinst du damit?«

»Ich hätte einverstanden sein sollen, den Salon moderner, attraktiver zu machen. Ich hatte Angst, unsere Kundschaft zu verschrecken. Sieh dir doch unsere Kunden an, die alten Damen, die schon gekommen sind, als unser Vater noch im Salon stand. Ihre Ehemänner, die sich samstags von Kurt rasieren und Nacken und Koteletten nachschneiden lassen. Aber ich glaube inzwischen, du hattest recht, wir hätten neue Kunden gewonnen, jüngere Frauen, vielleicht sogar von weiter her. Erinnerst du dich, du hast oft gesagt: ›Wir müssen den Salon so attraktiv machen, dass die Kunden auch einen etwas weiteren Weg in Kauf nehmen.‹ Aber jetzt ist es zu spät. Wer sollte die neue, junge Kundschaft bedienen? Ich? Ich bin eine gerade mal mittelmäßige Friseuse, das war ich immer. Mir fehlt es an Kniffen, an Ideen, an Elan, an allem. Wenn ich ganz ehrlich bin, fehlt es mir vor allem auch an einem: an Freude. Ich frisiere einfach nicht gern, ich mag es nicht, den alten Damen die Haare zu waschen, ich finde den Geruch von Haarspray grauenvoll, und ich hasse es, abends die Haare zusammenzufegen.« Es war ein unerwartetes Geständnis.

Ruth musste wider Willen lachen. »Du hättest dir wirklich einen anderen Beruf aussuchen sollen.«

»Wie hätte ich das unserem Vater sagen sollen? Er war so froh und so stolz, dass wir alle drei im Salon arbeiten wollten. Dabei bist du die Einzige, die es wirklich gern gemacht hat. Ich hätte viel lieber irgendeine Büroarbeit gemacht. Und

Kurt?« Gisela seufzte. »Ich fürchte, er weiß bis heute nicht, was er lieber getan hätte.«

Ruth sprach offen aus, was ihr durch den Kopf ging. Sie erwartete Aufrichtigkeit von ihrer Schwester, also sollte sie auch selbst aufrichtig sein. »Es tut mir leid, dass du nicht mehr von morgens bis abends in deinem Büro sitzen kannst.«

»Es ist nicht deine Schuld, Ruthchen.«

»Ich weiß. Ich glaube, ich habe inzwischen endlich begriffen, dass mir etwas leidtun kann, ohne dass ich mich schuldig fühlen und ein schlechtes Gewissen haben muss.«

»Das sollte ich auch endlich begreifen«, erwiderte Gisela leise. »Man kann sich nicht jeden Schuh anziehen. Weißt du, wer das gern gesagt hat?«

»Unser Vater?«

»Nein, unsere Mutter.«

»Ich wünschte, ich könnte mich noch gut an sie erinnern. Aber ihr Gesicht, ihre Stimme verblassen mehr und mehr.«

Gisela legte die Hand auf ihre. »Ich kann deine Erinnerung sein, Ruthchen. Wann immer du über sie reden willst.«

Ruth war gerührt und musste ein paarmal schlucken. Dann brachte sie ein raues »Danke« hervor.

23.

Ein paar Abende später, es war ein anstrengender Tag im Salon gewesen, hatte Ruth den Schlafanzug angezogen und sich auf der Couch unter einer Decke zusammengerollt. Sie hatte lange auf einen Fernseher gespart, und als er geliefert worden war, hatte sie andächtig davorgesessen und zugeschaut, wie er aufgestellt und die Antenne ausgerichtet wurde.

Nach einem langen Arbeitstag fernzusehen war herrlich berieselnd und wohltuend. Zum Lesen war sie abends meistens viel zu müde und zum Ausgehen sowieso. Das letzte Mal tanzen war sie mit Marianne in der Lila Eule, es kam ihr wie eine Ewigkeit vor. Seit ihre Nichte in London war, ging sie hin und wieder am Wochenende mit Rosemie ins Kino.

Weil die Fernsehsendung so langweilig war, döste sie ein.

Sie träumte, sie würde auf einem Bein auf der Straße umherhüpfen. Autos fuhren hupend an ihr vorbei. In einem der Autos saß ihre Freundin Rosemie. Es war ein roter Taunus, und Rosi hatte das Seitenfenster heruntergekurbelt und sang laut ein Lied von Graham Bonney.

Ruth winkte ihr zu. »Halt an, Rosi! Ich will mitfahren!«

Doch sie fuhr vorbei, und Ruth blickte an sich hinab und dachte: *Kein Wunder, dass sie mich nicht mitnimmt, ich bin im Schlafanzug.*

Von einem Geräusch schreckte sie hoch und setzte sich auf.

Was war das?

Im Fernsehen war eine hübsche blonde Frau mit einer Ponyfrisur, die irgendetwas erzählte.

Das Telefon klingelte, und sie sprang auf und lief hin.

Ihr Bruder rief, kaum dass sie sich gemeldet hatte: »Du musst kommen, Ruth! Der Salon brennt!«

Im Schlafanzug war sie aus der Wohnung gerannt. Erst im Treppenhaus war ihr aufgefallen, dass sie noch im Schlafanzug war, nicht mal eine Jacke hatte sie dabei.

Blitzschnell hatte sie sich angezogen und im Vorbeigehen ihre Strickjacke von der Garderobe genommen.

Es war stockfinster, der Mond war nicht zu sehen. Doch sie war viel zu aufgewühlt, um sich zu gruseln. Sie lief die Straßen entlang, die Jacke mit beiden Händen zusammenhaltend, weil sie sich nicht die Zeit nahm, sie zuzuknöpfen.

Als Ruth die Ellhornstraße entlangkam, sah sie einen Feuerwehrwagen gegenüber vom Salon stehen. Mehrere Feuerwehrmänner wickelten einen Schlauch auf. Auf und nicht ab.

Sie war verwirrt. Was hatte das zu bedeuten? Gab es doch keinen Brand? Zu sehen war nichts, außer dass ihre Geschwister auf der gegenüberliegenden Straßenseite unter der Straßenlaterne standen. Gisela war in eine karierte Decke gewickelt, sie trug Pantoffeln. Kurt stand wie ein begossener Pudel daneben.

Ein Feuerwehrmann sah Ruth kommen und hob die Hand. »Vorsicht, junge Frau!«

»Ich … Das ist unser Salon, ich meine …«, stammelte sie. »Ich heiße Ruth Fellbach.«

Er nickte und winkte sie durch.

Sie lief zu ihren Geschwistern. »Um Himmels willen, was genau ist denn passiert?«

»Gut, dass du da bist.« Ihr Bruder wirkte mitgenommen, hilflos. »Gisela hat den Brand Gott sei Dank früh genug bemerkt. Zum Glück konnten sie ihn schnell löschen.«

Gisela war kreidebleich, und Ruth legte den Arm um sie. »Ist dir auch nichts passiert?«

Sie schüttelte den Kopf und lehnte sich an sie.

»Ein Kabelbrand.« Ihr Bruder seufzte wieder. »Ein Kurzschluss, genau weiß man das noch nicht.« Er verschränkte die Arme vor der Brust. »Gut, dass unser Vater das nicht mehr miterlebt.«

Eine Weile sahen sie dabei zu, wie die Feuerwehrmänner ihre Gerätschaften einpackten.

»Oh Gott.« Plötzlich begann Gisela zu schluchzen. »Ich hab Rauch gerochen. Und dann bin ich runter und … Überall war Qualm, aber kein Feuer. Überall nur Qualm.«

Ruth zog sie fest an sich. »Was ist mit deiner Wohnung?«

Ein Feuerwehrmann kam zu ihnen, bevor Gisela antworten konnte. »Frau König?« Als sie nickte, sprach er weiter. »Wir konnten den Brand löschen. Gut, dass Sie rechtzeitig aufmerksam wurden. Sie wohnen gleich obendrüber?« Er zeigte auf eins der Fenster, und sie nickte erneut. »Wenn Sie wollen, sehen wir nach, ob alles in Ordnung ist.«

»Danke. Das wäre … bestimmt gut.« Ihre Stimme bebte.

»Können Sie schon sagen, wie es zu dem Brand gekommen ist?«, wollte Kurt wissen.

»Nein, das ist noch zu früh. Er könnte aus einem Schwelbrand entstanden sein.«

»Schwelbrand, aha.« Er kratzte sich am Kinn und runzelte die Stirn.

»Manchmal entsteht so ein Brand aus einer defekten Steckdose oder einem kaputten Stecker.« Der Feuerwehrmann lief zurück zum Haus.

»Was wird denn jetzt aus dem Salon?« Gisela wischte sich mit dem Handrücken übers Gesicht. Dann sagte sie: »Ich brauche jetzt einen Schnaps. Ihr auch?«

Kurz darauf saßen sie zu dritt in ihrem Wohnzimmer. Hier roch es nur leicht nach Qualm. Gisela hatte großes Glück gehabt, dass nicht mehr passiert und es nicht zu einem richtigen Brand gekommen war.

Sie hatte eine Flasche Aquavit aus dem Schrank geholt. »Der ist noch von …« Sie verstummte und schenkte ihnen ein.

Ruth hustete und verzog das Gesicht.

»Danke, dass du gekommen bist, Ruthchen.« Gisela trank ihr Glas in einem Zug leer.

»Ist doch selbstverständlich.«

Kurt sagte kein Wort, er saß nur da, die Arme vor der Brust verschränkt, den Blick auf die Knie gerichtet.

»Wie schlimm ist es, was meinst du?«, fragte Ruth leise.

Gisela zuckte die Schultern. »Ich weiß nicht, vielleicht kann man einiges noch gebrauchen, aber …« Sie brach ab.

Ruth schluckte. »Wollen wir nachsehen?«

»Ich weiß nicht«, sagte sie wieder und schenkte sich erneut ein. »Ihr auch?«

Kurt schüttelte den Kopf, und auch Ruth verneinte. Sie hatte ihren Schnaps noch gar nicht ausgetrunken.

»Diese dämlichen alten Hauben«, sagte ihr Bruder mit einem Mal. »Wahrscheinlich war wieder einer der Stecker kaputt. Diese uralten Mistdinger!«

»Kurt«, raunte Ruth ihm zu. »Lass gut sein, das hilft jetzt auch nicht.«

Gisela hatte sich zurückgelehnt, ihr leeres Glas in der Hand, die Augen geschlossen. »Das war's mit Salon Fellbach.«

»Was? Nein, bestimmt nicht«, sagte Ruth. »Das kann man doch sicher alles wieder …«

Doch ihre Schwester schüttelte den Kopf. Es sah aus, als koste es sie große Anstrengung. »Nein, ich glaube nicht. Das war's. Ende, aus.«

»Jetzt mach aber mal 'nen Punkt, Gisela.« Kurt setzte sich anders hin. Er fühlte sich unbehaglich, das war ihm anzusehen.

Gisela machte die Augen auf und sah ihn an. »Das ist ein Punkt, Kurt. Ein Schlusspunkt. Salon Fellbach gibt's nicht mehr.«

»Mensch, Gisela …«

»Lasst uns morgen im Hellen erst mal alles in Ruhe ansehen«, schlug Ruth vor. Sie würde sich bestimmt einen Tag freinehmen können. Ihr Chef hätte sicher Verständnis.

»Ach, Ruthchen, für dich spielt es eh doch keine Rolle mehr.«

»Wie bitte? Was soll das denn heißen? Es ist der Salon unseres Vaters, Gisela. Ich bin nicht freiwillig gegangen, wenn ich dich daran erinnern darf.« Das hatte sie gar nicht sagen wollen, doch nun war es heraus. Verflucht! Es war eine besondere Situation, und sie alle waren in großer Anspannung. Da sagte man schon mal etwas, was einem hinterher leidtat.

»Das musste jetzt wohl sein, was?« Gisela funkelte sie an.

»Tut mir leid, ich wollte nicht …«

»Lass gut sein.«

Ruth stand auf. »Vielleicht komme ich besser morgen wieder. Wenn wir uns etwas abgekühlt haben.«

Sie ging auf wackligen Beinen zur Tür. Sie hoffte, Gisela würde sie aufhalten, doch das geschah nicht.

Niedergeschlagen machte sie sich auf den Nachhauseweg, lief über den Rosenplatz und überquerte die Ellhornstraße. Im Vorbeigehen trat sie gegen eine Mülltonne an der Straße, die kurz bedrohlich schwankte, aber nicht umkippte.

Sie und ihre Schwester hatten sich gerade wieder angenähert, versöhnt. Gisela schien sich endlich gefangen zu haben – und jetzt das!

24.

Am nächsten Morgen stand Ruth wie gerädert auf. Sie war auf der Couch eingeschlafen, weil sie im Bett keine Ruhe finden konnte. Kurz ging ihr durch den Kopf, ob sie alles vielleicht nur geträumt hatte. Dann jedoch roch sie den kalten Rauch an ihrer Kleidung. Kein Traum, leider.

Als sie angezogen war und eine Kleinigkeit gefrühstückt hatte, rief sie ihre Schwester an. Doch Gisela nahm nicht ab. Bestimmt war sie schon auf den Beinen – wenn sie überhaupt geschlafen hatte – und unten im Salon.

Ruth versuchte es dort, ebenfalls erfolglos.

Auch ihren Bruder erreichte sie nicht. Wahrscheinlich waren beide im Salon und überlegten, wie es weitergehen konnte.

Ob es weitergehen konnte.

Ruth verließ das Haus und lief zum Rosenplatz.

Sie schaute ins Schaufenster und versuchte, etwas zu erkennen.

Alles war voller Ruß, die Regale angesengt oder teilweise verbrannt. Einen Wartesessel hatte es komplett erwischt, wie es um die anderen stand, konnte sie nicht erkennen.

Zu sehen, was der Brand angerichtet hatte, dass vom Salon kaum noch etwas übrig war, traf sie bis ins Mark. Wie musste sich Gisela fühlen!

Ruth klopfte ans Schaufenster. »Seid ihr da? Gisela, Kurt?«

Nichts.

Sie versuchte es an der Tür. Wieder nichts. Sie drückte auf die Klingel zu Giselas Wohnung.

Es blieb still.

»Wo seid ihr denn?«, rief sie laut.

Erna Jansen kam die Straße entlangspaziert. »Fräulein Fellbach. Hab gehört, dass es gebrannt hat.« Sie versuchte, ins Schaufenster zu spähen. »Schlimme Geschichte, ganz schlimm.«

Ruth warf einen Blick auf ihre Armbanduhr. Schon so spät!

Aber ihr Chef hatte bestimmt Verständnis, wenn sie ihm erzählte, was passiert war.

»Frau König hat früh das Haus verlassen, zusammen mit Ihrem Bruder«, sagte Frau Jansen wie nebenbei. »Hab's zufällig gesehen, als ich gefegt hab. Ihnen ist doch nichts passiert, oder?«

»Nein, Gott sei Dank konnte der Brand früh gelöscht werden. Ich muss dann mal wieder, Frau Jansen.«

»Richtig, Sie arbeiten hier ja nicht mehr.«

»Nein.«

»Und wo jetzt, wenn ich fragen darf?«

»Im Salon Kronewinkel.«

Frau Jansen hob die Augenbrauen, sagte jedoch nichts.

»Bis dann.« Ruth hob die Hand und machte, dass sie fortkam, bevor die Nachbarin noch mehr Fragen stellen würde.

Am Abend erreichte sie endlich ihre Schwester. »Ich war heute Morgen da, aber ihr wart nicht im Salon.«

»Wir waren bei der Versicherung, um den Schaden zu melden. Ich wollte erst dort anrufen, aber du weißt ja, wie das ist, bis man sich da verständlich ausgedrückt hat … Also sind wir ins Viertel gefahren, zu Herrn Günther.« Gisela klang abgehetzt, müde. »Sieht nicht gut aus, Ruth«, sagte sie dann leise.

»Aber die Versicherung wird doch zahlen, oder?«

»Schon, aber …« Sie räusperte sich. »Wir … ähm … sind leider unterversichert.«

»Wie kann das sein?«

»Fang du nicht auch an, Ruth. Kurt hat mir schon die Hölle heiß gemacht, das sag ich dir.«

»Aber wie können wir unterversichert sein?« Wir. Als gäbe es dieses Wir noch.

Ihre Schwester antwortete nicht, und ihr ging ein Licht auf.

Gisela hatte versäumt, eine angemessene Versicherung abzuschließen. Vielleicht hatte sie die letzten Raten auch nicht bezahlt, bezahlen können.

»Kann ich irgendwas tun?«, fragte Ruth kläglich und wünschte, Gisela würde sagen: »Ja, bitte komm und sei bei mir.«

Sie überlegte sogar fieberhaft, ob sie finanziell etwas beisteuern könnte. Nein, wusste sie schnell, all ihr Erspartes hatte sie in den Führerschein gesteckt. Nun hatte sie plötzlich doch ein schlechtes Gewissen, ihn überhaupt gemacht zu haben. Das Geld könnten Gisela und Kurt jetzt gut für den Salon gebrauchen.

»Ach, Ruthchen …« Ihre Schwester seufzte. »Ich fürchte, du kannst nichts tun. Das Schicksal scheint es einfach nicht gut mit mir zu meinen. Was hab ich eigentlich verbrochen?«

Kurz darauf hatte Ruth eine heulende Rosemie am Telefon. »Ich hab die Verlobung gelöst.«

»Aber wenn es dich so traurig macht, warum hast du es dann getan?«, wollte Ruth wissen.

»Ich bin nicht traurig, ich bin wütend.«

»Auf wen?«

»Auf Manfred. Du hättest sein Gesicht sehen sollen.« Rosemie putzte sich die Nase und schniefte. »Er hat mich angesehen wie ein Esel, dem man das Heu weggenommen hat. Und dann hat er gesagt: ›Dann mach's mal gut, Rosi.‹« Sie schnaubte. »Dann mach's mal gut, Rosi! Und was heißt das jetzt? Dass es ihm völlig egal ist, dass er vielleicht sogar ganz froh ist?«

»Wie haben deine Eltern es aufgenommen?«

»Wie wohl – sie waren nicht sehr begeistert.« Ihre Freundin holte tief Luft. »Immerhin machen sie mir keine Vorwürfe. Aber sag mal, täusche ich mich oder hörst du dich eigenartig an? Ist was passiert?«

»Allerdings.« Ruth erzählte ihr von dem Brand und auch davon, dass der Salon völlig unterversichert war.

»Und jetzt?«, fragte Rosemie, als sie geendet hatte.

»Gisela sagt, dass sie den Salon wohl vorerst nicht wieder aufmachen können.«

»Ach, du dicke Bertha!«

»Ja, ich wünschte, ich könnte etwas tun.«

»Sie hat dir quasi aufgedrängt, dir eine neue Stelle zu suchen, Ruthchen. Vergiss das nicht.«

»Ich weiß, trotzdem fühle ich mich … lausig.«

»Das ist wieder typisch für dich. Gisela wirft dich raus, und du hast jetzt ein schlechtes Gewissen.« Wie gut Rosemie sie doch kannte.

»Du hast ja recht.«

Als Ruth auflegte, blieb sie noch einen Moment am Telefon stehen und dachte nach. Sie wusste nicht, ob sie wütend auf Gisela sein sollte, weil die sich nicht um eine vernünftige Versicherung gekümmert hatte, oder ob sie sie einfach nur bedauerte, weil düstere Zeiten auf sie zukamen. Schon wieder.

25.

Gisela

Die ganze Nacht hatte sie über den Akten und Versicherungspolicen gesessen und wieder und wieder alles durchgerechnet. Die Zahlen und auch die Fakten änderten sich jedoch leider nicht. So, wie es aussah, würde sie den Salon tatsächlich vorerst nicht wieder aufmachen können. Die Versicherung zahlte nur einen kleinen Teil des Schadens, auf dem Rest bliebe sie sitzen.

Weil ich Schaf damals nicht auf den Rat des Vertreters gehört habe und unbedingt Geld sparen wollte. Ich habe meine, unsere Existenz verspielt.

Gisela klappte den Ordner zu und trommelte nervös mit den Fingern darauf. Was jetzt? Wie sollte es weitergehen?

Das Haus zu verkaufen kam nicht infrage, denn dann gäbe es auch in Zukunft keinen Salon mehr. Nie mehr.

An Verpachten hatte sie bereits vor einiger Zeit gedacht, doch wer wollte schon einen Salon ohne großen Kundenstamm? Noch dazu in einer Lage, die kaum Laufkundschaft bescherte, von der großen Konkurrenz um sie herum ganz zu schweigen.

Gisela stand auf und stellte sich ans Fenster. Sie war todmüde, wusste aber, dass sie nicht schlafen konnte.

Übel war ihr auch, das lag vermutlich daran, dass sie den ganzen Tag kaum etwas gegessen hatte. Nur wieder viel zu viel geraucht. Der Stress, die Ungewissheit, der Ärger, alles schlug ihr auf den Magen.

Draußen wurde es allmählich hell. Sie kippte das Fenster und atmete die kühle Morgenluft ein.

Dann verließ sie das Büro und ging nach oben in die Wohnung, um sich einen Kaffee zu kochen und eine Kleinigkeit zu frühstücken.

Nachdem sie sich frisch gemacht und umgezogen hatte, ging sie wieder nach unten und brütete erneut über den Akten. Vielleicht hatte sie ja doch etwas übersehen, falsch berechnet. Am Nachmittag wollte ein Gutachter von der Versicherung kommen und sich alles ansehen.

Gisela zündete sich eine Zigarette an und inhalierte mit geschlossenen Augen.

Sie war so vertieft in die Unterlagen, dass sie erschrocken hochfuhr, als ihr Bruder hereinkam. »Kurt!«

»Ich hab bestimmt dreimal geklopft.« Er deutete auf die Aktenordner vor ihr. »Die Zahlen werden sich nicht ändern, wenn du sie noch länger anstarrst.«

»Danke, Kurt. Du sorgst gerade dafür, dass ich gar nicht erst auf den Gedanken komme, so etwas wie Hoffnung zu schöpfen.« Die Asche fiel auf den Ordner, und sie wischte sie weg.

Kurt hockte sich auf die Ecke vom Schreibtisch. »Du solltest nicht so viel rauchen.«

»Und du solltest nicht so tun, als wärst du mein Vater.«

»Ich mein's nur gut, Gisela.«

Sie tätschelte seinen Handrücken. »Weiß ich doch. Ohne meine Zigaretten könnte ich das ganze Elend gerade nicht ertragen.«

»Und?« Er nickte in Richtung der Aktenordner.

Sie schüttelte den Kopf. »Sieht nicht gut aus.«

Er räusperte sich. »Ich hab ein bisschen was gespart, vielleicht würde das helfen.«

Sie war so gerührt, dass sie schlucken musste.

»Kurt ...« Sie verstummte rasch, bevor sie womöglich heulen würde.

»Ist nicht viel, aber besser als nichts.« Er zuckte die Schultern.

»Behalte dein Geld, Kurt.« Gisela lehnte sich zurück und inhalierte wieder. Sie blies einen Kringel an die Decke und schaute ihm zu. »Was wir bräuchten, wäre ein Wunder. Und ich glaube nicht an Wunder. Nicht mehr. Aber danke für dein Angebot, das ist wirklich nett von dir.«

Spontan sprach sie eine Einladung aus. »Warum kommst du Sonntagnachmittag nicht mal wieder zum Kaffee?«

Kurt sah sie überrascht an. »Backst du deinen berühmten Apfelkuchen?«

Gisela nickte lächelnd, und er strahlte wie ein kleiner Junge. »Ich werde auch Ruth fragen.«

»Gute Idee. Dann sind wir drei Fellbachs mal wieder vereint.« Es klang ein bisschen wehmütig.

Plötzlich sah sie sich als kleine Kinder am Werdersee. Sie waren ermahnt worden, nicht zu tief hineinzugehen, trotzdem standen beide bis zum Bauchnabel im Wasser, und ihre Mutter hatte erschrocken aufgeschrien. Ihr Vater war angelaufen gekommen, hatte sie gepackt und aus dem See gezogen. Geschimpft hatte er nicht.

Kurt hatte geheult. »Ich kann doch schon fast schwimmen!«

»Fast, Kurtchen, fast«, hatte ihre Mutter erwidert und ihn in ein Handtuch gewickelt. Dann hatte sie Gisela auf ihren Schoß gezogen, trockengerubbelt und aufs Haar geküsst. »Ihr seid doch meine kleinen Schätze, die ich um nichts in der Welt hergeben will.« Sie war immer so liebevoll und nachsichtig gewesen.

Gisela schluckte. In diesen Momenten, die sie immer mal wieder überkamen, fehlten ihre Eltern ihr so sehr, dass sie das Gefühl nur äußerst schwer wieder abschütteln konnte.

»Ich hab einen Container bestellt, und später kommt jemand von der Versicherung«, sagte sie beherrscht und versuchte, sich nicht vorzustellen, wie es bald im Salon aussehen würde. Im Geiste sah sie sich bereits auf der Couch liegen, vor sich ein Glas Cognac. Sie wollte wenigstens einen Abend lang alles vergessen. Sie hatte den Geruch in der Nase und den Geschmack auf der Zunge und wünschte, es wäre schon so weit.

26.

Ruth

Sie hatte einen kleinen Spaziergang machen wollen und sich irgendwann in der Ellhornstraße wiedergefunden. Es war mehr Zufall, sie hatte es nicht geplant, der Anblick des ausgebrannten Salons tat zu weh. Doch ihre Füße hatten ein Eigenleben entwickelt.

Seit dem Brand hatte sie regelmäßig bei ihrer Schwester angerufen, um sich zu erkundigen und ihre Hilfe anzubieten. Gisela hatte sie und Kurt zu einem gemeinsamen Kaffeetrinken eingeladen, aber sie hatte schon etwas vorgehabt.

Am Abend zuvor hatte Gisela dann am Telefon gemeint, es sei aussichtlos. »Von dem, was die Versicherung zahlt, können wir kaum die normalen Reparatur- und Sanierungskosten bezahlen. Der Salon wird geschlossen bleiben. Es sei denn, es geschieht doch noch ein Wunder.« Sie hatte geseufzt. »Woran ich ehrlich gesagt nicht glaube.«

Ruth neigte ebenfalls nicht dazu, Wunder herbeizusehnen. »Ich wünschte, ich könnte etwas tun, irgendwas«, hatte sie zum wiederholten Male gesagt.

Beim Näherkommen entdeckte sie Hermann Plön auf dem Gehweg. Er sah sie auf seine so typische herablassende Art an.

Umso freundlicher war sie jedes Mal, weil sie im Laufe der Jahre herausgefunden hatte, dass es ihn ganz besonders ärgerte, wenn man sich nicht von seiner miesepetrigen Art anstecken ließ. »Guten Morgen, Herr Plön. Ist das nicht ein schöner Tag?«

»Wie man's nimmt.«

Ruth wollte weitergehen, doch er stellte sich ihr in den Weg.

»Weiß man schon, ob's Brandstiftung war?«

»Brandstiftung?« Sie blieb stehen. »Davon kann wohl nicht die Rede sein.«

»Ach ja? Und wieso nicht?«

»Weil … Wer sollte das tun?«

Er legte den Kopf schief und betrachtete sie mit zusammengekniffenen Augen. »Ich will nichts gesagt haben.«

Dann halten Sie gefälligst auch Ihr Lästermaul. »Das haben Sie bereits.« Sie schaute ihn herausfordernd an. »Ich würde gern wissen, wie Sie darauf kommen.«

»Gut laufen die Geschäfte nicht, das weiß wohl jeder hier in der Gegend.«

»Was wollen Sie damit sagen?« Natürlich wusste sie, was er meinte, aber sie wollte es aus seinem eigenen Mund hören.

Er schnaubte und drehte sich weg. »Es gibt Gerüchte.«

»Und was behaupten diese Gerüchte?«

»Sie wissen, was eine warme Sanierung ist?«

Und ob sie das wusste. Das war die Höhe! Aber sie hätte

ahnen müssen, dass man beginnen würde, sich das Maul zu zerreißen und Gott weiß was in den Brand hineinzuinterpretieren.

»Sie wollen also sagen, dass meine Geschwister den Salon in Brand gesteckt haben, um die Versicherungssumme zu kassieren?«, brachte sie es auf den Punkt. Wenn er wüsste, wie erbärmlich niedrig diese Summe war. Vermutlich hätte er dann gar nicht erst von warmer Sanierung angefangen.

Plön funkelte sie an. »*Ich* will gar nichts sagen, Fräulein Fellbach.«

»Dann haben nicht Sie das Gerücht in Umlauf gebracht?«

»Das ist eine schamlose Unterstellung! Eine Verleumdung!«

»Es ist Verleumdung, wenn behauptet wird, meine Geschwister hätten den Salon in Brand gesteckt.« Ruth war ruhig geblieben, auch wenn sie so aufgebracht war, dass sie ihm am liebsten noch mehr an den Kopf geworfen hätte. Aber dann hätte er noch einen Grund mehr, zu lästern.

»Herr Plön.« Sie nickte ihm mit eisigem Blick zu und überquerte die Straße.

»Unerhört«, hörte sie ihn noch murmeln.

Vor dem Salon blieb sie stehen und drückte die Nase ans Schaufenster. Die scheußlichen Gardinen waren nicht mehr zu retten gewesen. Das Schaufenster war nun von innen mit einem Laken verhängt, es gab nur einen winzigen Spalt, durch den man spähen konnte, wenn man sich Mühe gab.

Ihr Herz zog sich zusammen, als sie daran denken musste, wie oft sie Gisela in den Ohren gelegen hatte, die hässlichen Gardinen aus dem Fenster zu nehmen. Sie musste auch an früher denken, als sie ihre Lehre gemacht hatte. Sie erinnerte sich noch gut an das Gesicht ihres Vaters, als sie das erste Mal als Lehrling im Salon gestanden hatte. »Was soll ich dir noch groß beibringen, Ruthchen?«, hatte er gesagt. »Du weißt doch schon alles. Hast mir ja tagein, tagaus über die Schulter gesehen und deine Püppchen frisiert.«

Im weißen Kittel neben ihm zu stehen und sein Lehrling zu sein hatte ihr so viel bedeutet. Und ihm auch, das war ihm anzusehen gewesen. Sie war immer fleißig gewesen, hatte nie gemurrt, und wie stolz sie gewesen war, als sie zum ersten Mal einer Kundin das Haar waschen durfte! »Pass immer gut auf, dass das Wasser nicht zu heiß und nicht zu kalt ist«, hatte ihr Vater gesagt. »Es muss genau richtig sein. Mit der Zeit hast du den Bogen raus, Ruthchen.«

Nicht mal das ständige Haare-Zusammenfegen und Waschbecken-Putzen hatten ihr etwas ausgemacht.

»Ruthchen?«

Sie zuckte zusammen, stieß sich den Kopf an der Scheibe und wirbelte herum.

Gisela stand in der Tür, eine Zigarette in der Hand. »Hast du geklingelt?«

»Nein, ich bin eben erst gekommen.«

Ihre Schwester gesellte sich zu ihr. Beide schauten ins Schaufenster und seufzten gleichzeitig.

»Die Feuerwehr sagt, es habe vermutlich an einer defekten Steckdose gelegen.«

Ruth sah ihre Schwester an. »Hast du der Versicherung Bescheid gegeben?«

»Natürlich. Sie zahlen trotzdem nicht mehr.«

Ruth schwieg beklommen.

»Ich hab schon überlegt, wieder eine Hypothek aufzunehmen. Aber ich fürchte, ich könnte die Raten nicht zurückzahlen. Ich kann den Salon nicht mehr aufmachen, Ruth, ich weiß nicht, wie. Und …« Sie verstummte abrupt.

»Und was?«

»Nichts, gar nichts.«

Ruth hatte gehofft, dass sich vielleicht doch ein Weg finden würde. Sie legte den Arm um Gisela und hoffte, dass sie es zuließ.

So standen sie eine Zeit lang nebeneinander und schauten ins Schaufenster, in dem vorerst keine vergilbte Preistafel mehr aufgestellt sein würde.

Wie oft hatte Ruth vorgeschlagen, sie gegen eine neue einzutauschen und das Schaufenster ansprechend zu dekorieren. Vielleicht mit ein paar Haarpflegeprodukten und Bildern von Schauspielerinnen, die auch an der Wand hingen.

Jetzt davor zu stehen und zu wissen, dass all das sinnlos war, dass die Chance auf eine Veränderung, einen Neubeginn vorbei war, machte sie ganz niedergeschlagen.

Hinter ihnen waren Stimmen zu hören, und sie drehten sich um.

Das Ehepaar Meierdierks kam den Rosenplatz entlang. Frau Meierdierks hatte sich bei ihrem Mann eingehakt, es war ein rührendes Bild von Innigkeit und Vertrautheit.

»Wir haben in der Zeitung davon gelesen«, sagte Herr Meierdierks beim Näherkommen. »Was für eine Tragödie.«

Seine Frau legte Ruth mitfühlend die Hand auf den Unterarm. »Was wird denn jetzt, Fräulein Fellbach?«

»Das wissen wir noch nicht«, antwortete Gisela an ihrer Stelle.

»Ihnen ist doch hoffentlich nichts passiert?«

Gisela schüttelte den Kopf.

»Und Ihrer Wohnung?«

»Gott sei Dank auch nicht.«

Frau Meierdierks spähte durch den Spalt ins Schaufenster, wie kurz zuvor Ruth und Gisela. »Ach, es ist ein Jammer.«

»Die Versicherung wird doch sicher zahlen«, meinte ihr Mann und sah Gisela fragend an.

»Da ist wohl einiges versäumt worden«, erklärte sie ausweichend und senkte den Blick.

»Aber Sie werden doch versichert sein, Frau König.«

»Schon, aber … wie gesagt, es ist einiges versäumt worden.«

Herr Meierdierks wollte offenbar noch etwas sagen, doch seine Frau schüttelte unmerklich den Kopf und schien ihm damit zu verstehen zu geben, still zu sein.

Es entstand ein betretenes Schweigen, das Frau Meierdierks schließlich mit einem energischen »Dann wollen wir mal wieder« durchbrach. »Frau König. Fräulein Fellbach. Alles Gute.«

Die beiden nickten ihnen zu und spazierten gemächlich davon. So viele Jahre hatte das Ehepaar zur treuen Stammkundschaft gehört.

Gisela stand reglos da und starrte ihnen hinterher. Als sie einige Schritte entfernt waren, sagte Frau Meierdierks: »Dann müssen wir wohl zu Dollmann gehen.«

»Ja, Lenchen, das müssen wir wohl.« Er sagte noch etwas, das Ruth nicht mehr verstehen konnte.

Ob Gisela es auch gehört hatte? Anzumerken war ihr nichts.

Ruth legte den Arm um sie. »Wenn ich noch irgendwas für dich tun kann …«

Sie schüttelte stumm den Kopf. Ihre Zigarette war fast bis auf den Filter heruntergebrannt. Die Asche rieselte auf ihren Rock, und sie wischte sie fahrig und mit zittriger Hand weg.

»Ruf mich an, wenn irgendwas ist, Gisela. Versprich's mir, ja? Wenn du reden willst, wenn du …«

»Ja, mach ich«, unterbrach ihre Schwester sie. »Mach dir keine Sorgen, Ruthchen, mir geht's gut.«

»Als ob's ihr gut ginge«, sagte Kurt, als Ruth ihm wenig später davon erzählte. »Lausig geht's ihr, sag ich dir. Sie frisst immer alles in sich rein und versucht einem weiszumachen, dass es ihr gut geht.«

Ruth war lange nicht in seiner Wohnung gewesen, es musste Monate her sein. Verändert hatte sich allerdings nichts, nur dass die beiden Usambaraveilchen, die vor dem Fenster standen, vollkommen vertrocknet waren. Sie verdankten ihren armseligen Zustand vermutlich der Tatsache, dass sie Heidelinde gehört hatten. Ruth war hingegangen und hatte sie aus den Übertöpfen genommen. »Wirf sie weg, Kurt, die sind hinüber.«

»Willst du einen Kaffee?«, fragte er.

Sie schüttelte den Kopf. »Ich möchte gar nichts, danke. Ich wollte nur nach dir sehen.«

»Dann bin ich jetzt wohl arbeitslos.« Er saß in einem braunen Sessel am Fenster, die Füße auf einem Hocker. Auf dem alten Nierentisch lagen eine aufgeschlagene Fernsehzeitung und die Tageszeitung.

»Gisela hat überlegt, eine neue Hypothek aufzunehmen.«

»Und wovon will sie die Raten zahlen?« Er schüttelte den Kopf, stand mit einem Mal auf und ging umher. »Ich hab mir auch was überlegt, Ruth. Ich werde Urlaub machen. Endlich mal. Keine Ahnung, wie lange der letzte her ist. Vielleicht fahre ich in die Schweiz oder nach Österreich. Hauptsache, mal raus, weg von hier.« Er stellte sich ans Fenster, drehte ihr den Rücken zu. »Ich hab ein bisschen was gespart, aber Gisela wollte es nicht. Sie hat mir zugeredet, mal Urlaub zu machen.«

Ruth war gerührt, dass auch er Unterstützung angeboten hatte, und sie war genauso gerührt, dass Gisela abgelehnt hatte.

»Ich hab mich über sie gewundert, Ruthchen.«

»Wieso gewundert?«

Er drehte sich zu ihr um. »Sie kommt mir verändert vor.«

»Ja, wir reden auch endlich mal offen miteinander.«

Kurt sah sie überrascht an. »Dass ich das noch erlebe.«

Ruth nahm die Veilchen und brachte sie in die Küche.

Dann verabschiedete sie sich von ihrem Bruder und machte sich auf den Heimweg.

27.

Seit Tagen regnete es in Strömen.

An diesem Morgen hatte Ruth die Wohnung in Gummistiefeln verlassen und sich auf den Weg zum Wall gemacht, den Regenschirm griffbereit. Immerhin sah es aus, als würden sich die Regenwolken endlich verziehen und als würde der Himmel aufklaren.

Doch nachdem die ersten Kundinnen frisiert waren, begann es wieder zu regnen.

»Oh Gott, ich kann's nicht mehr sehen«, stöhnte Hella neben ihr.

Sofort war eine Unterhaltung über die Wetterlage im Gange, die Kundinnen schimpften lautstark, während Ruth und Hella sich im Spiegel zuzwinkerten.

Das war etwas, was sie so an ihrem Beruf liebte: das Miteinander, der Austausch. In einem Büro zu sitzen, Unterlagen zu sortieren und abzuheften, hatte sie sich nie vorstellen können. In einem Beruf Karriere zu machen, so wie Marianne, und für kaum etwas anderes Zeit zu haben konnte sie sich allerdings auch nicht vorstellen.

In ihrem letzten, ungewöhnlich ausschweifenden Brief

hatte Marianne von dem berühmten Mannequin Twiggy erzählt, dem sie auf einer Party begegnet war:

Sie hat jetzt eine eigene Sommerkollektion herausgebracht, und ich werde zwei ihrer Kleider vorführen.

Ich habe übrigens jemanden kennengelernt: Neil. Er ist Sänger einer Band, die in England ziemlich berühmt ist.

Du fragst Dich jetzt bestimmt, ob ich in ihn verliebt bin. Nein, bin ich nicht, Ruthchen, ehrlich nicht. Neil ist ein Freund, nichts weiter. Wir gehen manchmal miteinander ins Bett.

Bist Du jetzt schockiert? Hast Du das nicht von mir erwartet? Früher hätte ich das von mir selbst nicht erwartet, aber hier ist irgendwie alles anders. Man trifft sich, geht miteinander aus. Keiner denkt sich was dabei, so ist das eben. Es ist alles ganz unverbindlich.

Ich hätte auch gar keine Zeit für was Ernstes. Wie sollte das gehen? Ich bin doch ständig unterwegs. Ich wohne mehr in Hotels als in meiner Wohnung.

Ich bin ehrlich, Ruthchen: Ich bin heilfroh, dass Ihr meine Einladungen nach London bisher nicht angenommen habt. Natürlich würde ich Euch gerne wiedersehen, aber ich wüsste gar nicht, wie ich das anstellen sollte. Wenn ich denn mal freihabe, schlafe ich den ganzen Tag.

Oft muss ich mich kneifen und mir sagen: Ich bin in London. Ich bin in der Stadt, von der viele träumen!

Aber die Wahrheit ist: Ich kenne die Stadt noch immer kaum und fühle mich wie eine Touristin, die nur übers Wochenende hergekommen ist. Außer ein paar Clubs und die Geschäfte, in denen ich einkaufe, ist London mir fremd. Dafür kenne ich mich am Flughafen bestens aus, finde blind die Toiletten und den Laden, in dem es die besten

Sandwiches gibt. Und bei Euch, Ruthchen? Wie geht es Dir? Macht Dir die Arbeit bei Kronewinkel noch Spaß?

Ich habe Mama angeboten, finanziell auszuhelfen. Damit sie den Salon wieder aufmachen kann. Aber sie hat abgelehnt.

Gisela hatte Ruth davon erzählt. »Ich will ihr Geld aber nicht. Sie hat hart dafür gearbeitet, und ich würde vor Schuldgefühlen umkommen, wenn ich es annehmen würde. Sie soll nicht dafür büßen, was ich verbockt habe. Aber ich bin gerührt, dass sie es angeboten hat. Findest du, ich hätte es annehmen sollen, Ruthchen?«

»Nein, ich glaube, ich hätte es auch nicht getan.«

Als Ruth erneut in den Spiegel schaute, begegnete sie dem amüsierten Blick ihres Chefs, und sie spürte, wie ihr die Röte ins Gesicht kroch. Wenn sie doch nur wüsste, ob er sich wirklich von ihr angezogen fühlte oder nur nett sein wollte.

Oft legte er seine Zigarettenpause in ihre Frühstückspause, und sie unterhielten sich angeregt über alles Mögliche. Ruth fragte sich, ob er ihre Gesellschaft genoss und ihre Nähe suchte, oder ob er einfach nur nicht gern allein war.

Kurzum: Sie war verwirrt und verunsichert.

In der Mittagspause blieb Ruth wie meistens im Salon. Es gab einen kleinen Aufenthaltsraum mit der Möglichkeit, Kaffee oder Tee zu machen und sogar eine Kleinigkeit zu kochen.

Sie setzte sich an den Tisch und packte das belegte Brot aus, das sie mitgebracht hatte. Auf dem Tisch lagen zwei Illustrierte, auf einer war Marianne abgebildet.

Sie strich mit dem Finger über das Titelbild. *Wenn du wüsstest, dass dich alle hier bewundernd und fast ehrfürchtig anschauen.*

»Gott, was für ein verträumter Blick«, hatte Elfie gemeint.

»Das liegt an den falschen Wimpern«, hatte Brigitte fachmännisch erwidert. »Oder nein, das könnte auch am Lidstrich liegen. Ich wünschte, ich würde ihn auch so gut hinkriegen.«

»Ich glaube, es liegt an beidem.«

»Ja, wahrscheinlich hast du recht. Oder was meinst du, Ruth?«

Sie hatte die Schultern gezuckt und gleichmütig genickt. »Ja, ich glaube das auch.«

»Wusstet ihr, dass sie aus Deutschland kommt?«, hatte Hella gesagt, die sich dazugesellt hatte.

Das war der Moment gewesen, in dem Ruth mit sich gekämpft hatte. Sollte sie oder sollte sie nicht? Was, wenn die Kolleginnen, die sie sehr schätzte, sie künftig anders behandeln und ständig ausfragen würden? Wenn sie ihre Verwandtschaft mit Marianne ausnutzen und in ihr nicht mehr die Kollegin, sondern nur noch die Tante der berühmten Ann sähen?

Der Wasserkessel pfiff, und sie erhob sich und goss ihren Kaffee auf.

Ihr Chef kam herein, und ihr fiel fast der Filter aus der Hand. »Ich hatte gehofft, dass Sie hier sind.«

Sie blinzelte irritiert. Wieso hatte er das gehofft?

Er setzte sich, streckte die Beine aus und verschränkte die Hände im Nacken. »Ich bin froh, dass Sie bei uns sind, Ruth. Hab ich Ihnen das schon mal gesagt?«

»Nein, ich glaube nicht.« Sie stellte die Tasse auf den Tisch. Ihre Hand zitterte. »Möchten Sie auch einen Kaffee?«

Er stand wieder auf. »Ich gieße mir selbst einen auf. Ich bin nämlich kein Pascha. Da sind Sie baff, was?«

Sie musste lachen. »Für einen Pascha habe ich Sie noch keine Sekunde gehalten.«

Für einen Augenblick sahen sie sich in die Augen, und ihr Herz klopfte so heftig, dass es fast wehtat.

»Was machen Sie heute Abend?«, fragte er, während er seinen Kaffee aufbrühte.

»Heute Abend? Ich … ähm … hab noch nicht drüber nachgedacht.«

»Würden Sie dann darüber nachdenken, mit mir ins Kino zu gehen?«

Er bat sie um eine Verabredung? Was sollte sie bloß sagen? Ihr Herz frohlockte, jubilierte, in ihrem Magen tanzten Hunderte Schmetterlinge, aber sollte sie wirklich zusagen? Was würde daraus entstehen?

»Kommen Sie, geben Sie sich einen Ruck.« Er setzte sich neben sie und trank einen Schluck. »Ich will mir *Morgens um sieben ist die Welt noch in Ordnung* ansehen, und ich würde mich über Ihre Gesellschaft sehr freuen.«

Ihre Gesellschaft. Er findet mich nett, mehr nicht.

»Ich weiß nicht, ich …«

»Haben Sie den Film schon gesehen?«

»Nein.«

»Wussten Sie, dass unser Hans Last – ach, er nennt sich ja jetzt James – die Musik geschrieben hat?«

»Nein, das wusste ich nicht.«

»Sagen Sie Ja, Ruth.« Er setzte einen Blick auf, über den sie laut lachen musste.

Ein bisschen fühlte sie sich überrumpelt. Andererseits wollte sie nichts lieber tun, als mit ihm ins Kino zu gehen. Im Dunkeln neben ihm sitzen, sein Knie an ihrem spüren, seinen Duft einatmen, seiner Stimme, seinem Lachen lauschen.

»Na schön. Ja, ich komme mit.«

»Klasse. Treffen wir uns um halb acht vor der Gondel, oder darf ich Sie mit meinem Wagen abholen?«

»Ich wusste gar nicht, dass Sie einen haben.«

»Oh, Sie wissen so einiges nicht von mir, denke ich.«

Sie wurde feuerrot. »Ich … Sie dürfen mich gern abholen.«

Er lächelte sie an. »Vielleicht lasse ich Sie fahren.«

»Das würden Sie tun?« Fast wäre sie vor Freude aufgesprungen. »Das wäre … fantastisch!«

Am Abend hatte sie sich bestimmt zehnmal umgezogen. Mittlerweile lag ein ganzer Wäscheberg auf ihrem Bett.

Sie sank aufs Bett und fuhr mit dem Finger über den hellen Glockenrock, der obenauf lag. Was war damit?

Nein, er war ihr zu lang, sie mochte es gern etwas kürzer. Aber nicht zu kurz. Also kein Mini?

Sie ließ sich hintenüberfallen und machte die Augen zu.

Seit dem Nachmittag hatte sie sich wieder und wieder vorgestellt, wie der Abend wohl verlaufen würde. Wie würde es sein, wenn sie nicht zusammen im Salon standen und arbeiteten, sondern nebeneinander im Kino saßen, ganz privat?

Wenn doch nur Rosemie hier wäre und sie beraten könnte!

Das Telefon klingelte, und sie sprang so schnell auf, dass ihr schwindelig wurde. »Ja?« Ob Rosemie Gedanken lesen konnte?

»Ich bin's, Ruth.«

»Gisela, wie schön. Ist alles in Ordnung?« Sie tastete nach dem Hocker, der neben dem Telefon stand.

»Es ist keine neue Tragödie passiert, wenn du das meinst.«

Sie war nicht sicher, ob Gisela lustig sein wollte. Wieder wurde ihr bewusst, wie schwer sie ihre Schwester manchmal einschätzen konnte.

»Wie geht's dir, Ruthchen?«

»Gut. Und dir?«

»Mir auch. Aber ehrlich gesagt …«

»Ja?«

»Ich langweile mich schrecklich.«

»Das verstehe ich gut.« Sie überlegte, ob sie Gisela von ihrer Verabredung erzählen sollte. Warum eigentlich nicht? »Ich habe gleich eine Verabredung.«

»Mit einem Mann?«

Sie musste lachen. »Ja, mit einem Mann.« Dass es sich um Rainer Kronewinkel handelte, sagte sie besser vorerst nicht. Gisela fand, man durfte sich nicht in seinen Chef verlieben, das gab nur Probleme.

»Ist er nett?«

»Allerdings.«

»Dann will ich dich auch gar nicht länger aufhalten, Ruth. Viel Spaß, ja? Und …«

»Ja?«

»Vielleicht kommst du demnächst mal und erzählst mir von ihm?«

Ruth freute sich über Giselas Anteilnahme und Interesse. War alles gut zwischen ihnen? »Das mache ich gerne.«

Aufgeregt wartete sie kurz darauf vor dem Haus. Die Sonne war herausgekommen, und auch wenn es kalt war, hatte es viele Spaziergänger und Radfahrer nach draußen gezogen.

Ruth hob das Gesicht in die Sonne und seufzte.

Dann hörte sie einen Wagen näher kommen, gleich darauf bog er um die Ecke und hielt vor dem Haus. Rainer!

Er stieg aus – er sah umwerfend aus in der hellen Hose und dem hellen Wolljackett – und winkte ihr zu.

Sie ging zu ihm, bewusst langsam, obwohl sie lieber gerannt wäre. »Danke fürs Abholen.«

»Steigen Sie ein.« Er trat beiseite.

»Ich soll fahren?«

»Das sagte ich doch, oder? Es sei denn, Sie wollen nicht.«

»Und ob ich will.« Sie stieg strahlend ein, stellte Sitz und Spiegel ein und ließ den Motor an. Es war lange her, dass sie in einem Auto gesessen hatte, noch dazu am Steuer. Hoffentlich hatte sie nichts vergessen.

»Das ist wie Fahrrad fahren«, sagte Rainer, als ahnte er ihre Gedanken. »Oder wie schwimmen. Das verlernt man nicht.«

Vorsichtig ließ sie die Kupplung kommen und gab Gas.

Der Wagen machte einen Satz, und sie entschuldigte sich zerknirscht.

»Macht nichts, das passiert mir auch. Es liegt an der Kupplung.«

Er lehnte sich entspannt zurück, während sie durch die Straßen fuhr. »Sie sehen klasse aus, sagte ich das schon?«

»Nein, aber vielen Dank.«

Sein Lächeln versetzte die Schmetterlinge in ihrem Bauch in Aufruhr. Alle flatterten gleichzeitig auf und stoben auseinander.

28.

Wenig später saßen sie in einer der hinteren Reihen.

So dicht neben ihm zu sitzen fühlte sich himmlisch und absolut atemberaubend an. Ruth konnte kaum gleichmäßig atmen.

Sobald ihr Ellbogen seinen berührte, blieb ihr Herz für einen Moment stehen. Wenn er sich anders hinsetzte, hoffte sie, er würde noch ein wenig näher heranrutschen, dabei war das kaum möglich.

»Gefällt er Ihnen?«, flüsterte er, nachdem der Film eine halbe Stunde lief.

»Ja«, flüsterte sie.

»Es ist wirklich schön, dass Sie hier neben mir sitzen.«

Erneut stockte ihr der Atem, und sie überlegte ernsthaft, sich vorzubeugen und ihn zu küssen. Natürlich war das nur ein vorübergehender, erschreckender, aber zugleich höchst berauschender Gedanke, den sie nie und nimmer in die Tat umsetzen würde. Aber sie stellte es sich vor, sehr lebhaft und bildlich.

»Ich habe übrigens das Buch gelesen«, raunte er.

»Ich auch.«

Sein Gesicht kam näher, und in ihrem Magen stoben wieder die Schmetterlinge auf. »Und? Wie fanden Sie es?«

»Sehr schön.«

»Lesen Sie viel?«

»Schsch!«, machte jemand hinter ihnen, und er drehte sich um und murmelte eine Entschuldigung.

Um gleich darauf weiterzuflüstern. »Ich lese wahnsinnig gern. Man ist in einer anderen Welt, oder?«

»Schsch!«

»Entschuldigung.«

Ruth musste lachen und presste die Hand vor den Mund.

Sie schauten weiter, diesmal ganz still, nur ab und zu drehte er den Kopf und sah sie an.

Und irgendwann tastete seine Hand nach ihrer. Seine Finger strichen über ihren Handrücken, berührten jeden ihrer Finger und umschlossen sie dann sacht.

Hand in Hand verließen sie das Kino.

»Danke, Rainer«, sagte Ruth, nachdem sie ein paar Schritte gegangen waren.

»Wofür?«

»Für den schönen Abend.«

»Ich danke dir.« Er duzte sie einfach. »Gehen wir noch irgendwo was trinken?«

»Gern.«

Nach ein paar Schritten blieb er stehen, sah sie an und zog sie schließlich an sich.

Sie lehnte den Kopf an seine Brust, hörte seinen dumpfen Herzschlag und genoss seine Nähe. So fühlte es sich also an.

Zunächst sagte er kein Wort, dann hielt er sie etwas von sich und sah sie erneut an. »Weißt du, dass du das Geschenk bist, um das ich gebeten habe?«

»Ich fürchte, ich verstehe nicht ...« Was kein Wunder war, sie war verwirrt und vor Glück wie benebelt.

»Ich habe irgendwann – es ist schon eine kleine Ewigkeit her – darum gebeten, dass ich dem Menschen begegne, mit dem mich das verbindet, was ich mir so sehr gewünscht habe.« Er verdrehte die Augen. »Ich glaube, ich habe selbst nicht verstanden, was ich da gerade gesagt habe. Was ich sagen wollte, ist, dass ich mich immer nach jemandem gesehnt habe, mit dem ich mein Leben verbringen möchte.« Er küsste sie so überraschend, dass ihr die Luft wegblieb.

Als er sie losließ, umfasste sie sein Gesicht mit beiden Händen und zog ihn wieder heran. »Nicht aufhören, ja?«

»Ich habe mich schon in dich verliebt, als ich dich das erste Mal sah«, sagte Rainer kurz darauf, als sie an einem Tisch in einem Lokal ein paar Straßen weiter saßen.

Er nahm ihre Hände und hielt sie fest. »Ich habe nie an die Liebe auf den ersten Blick geglaubt, für mich war das Blödsinn. Ich hab gedacht, dass man jemanden erst sehr gut kennen muss, bevor man ihn lieben kann. Aber dann sehe ich dich in diesem Käfer sitzen, ein hinreißendes Lächeln auf den Lippen ...« Er drückte ihre Hand, und sie versank in seinem Blick. »Und ich wusste plötzlich, was die Leute meinten, wenn sie davon sprachen.«

Es ging ihr zu schnell, viel zu schnell. Eigentlich. Doch ihr Herz sagte etwas anderes.

»Ich weiß, es geht viel zu schnell mit uns«, sagte er, als hätte er schon wieder ihre Gedanken erraten. »Ehrlich gesagt lasse ich mir gern Zeit, aber jetzt … Das hier mit dir und mir … Ich will einfach nur genießen, dass du da bist, Ruth, hier bei mir.« Er machte eine kurze Pause, bevor er weiterredete. »Als du plötzlich im Salon standst und dich als Friseuse vorgestellt hast …« Er holte tief Luft. »Ich hatte mir so lange gewünscht, dass es irgendwo eine Frau gibt, mit der ich glücklich werden kann – und dann steht plötzlich die Frau vor mir, die meinen Hund umgefahren hat …«

»Moment! Ich habe ihn nur fast umgefahren.«

»Und die mein Herz zum Hüpfen gebracht hat«, sagte er weiter. »Du siehst schon, ich bin ein fürchterlicher Romantiker.«

Ruth lächelte. Ihr Herz pochte zum Zerspringen. »Damit werde ich zurechtkommen.«

Rainer fuhr sie heim, und sie blieben vor dem Haus im Auto sitzen. Und redeten. Und redeten.

Zwischendrin küssten sie sich wieder und wieder, bis Ruth irgendwann sagte: »Wenn ich jetzt nicht aussteige, sitzen wir noch morgen früh hier.« Sie umfasste sein Gesicht und strich mit den Daumen über seine Nase, seine volle Unterlippe, seine Stirn und die gepflegten Koteletten. »Ach, Rainer …« Beinahe hätte sie ihm gesagt, wie verliebt sie war, doch wenigstens das wollte sie nicht überstürzen. Er durfte es glauben, annehmen, aber sagen wollte sie es ihm erst, wenn etwas Zeit vergangen war. »Gute Nacht.«

Sie stiegen gleichzeitig aus, und Rainer kam auf die Fahrerseite. »Nacht, Ruth. Es war ein wunderschöner Abend.«

»Oh ja.«

»Schlaf gut.«

»Du auch.«

»Ich werde von dir träumen. Ich habe schon mehr als ein Dutzend Mal von dir geträumt. Meistens standst du irgendwo, und ich habe mir den Hals nach dir verrenkt. Aber du hast mich nicht bemerkt, und ich war sicher, dass du auf einen anderen Mann wartest.« Er küsste sie erneut. Und wieder.

Ruth machte sich schließlich los. »Jetzt sollte ich aber wirklich …«

»Lass uns morgen irgendwohin fahren«, schlug er vor. »Wir gehen spazieren, und hinterher lade ich dich zu Kaffee und Kuchen ein.«

»Das klingt gut.«

»Kriege ich noch einen Gute-Nacht-Kuss?«

»Noch einen?« Sie musste lachen und stellte sich auf die Zehenspitzen. »Na schön.«

Was passierte hier? Konnte es wirklich und wahrhaftig sein, dass sie den Mann ihrer Träume getroffen hatte? Vor lauter Verliebtheit kaum klar denken konnte?

Schweren Herzens machte sie sich los und lief zum Haus. Dort winkte sie ihm zu, rief: »Bis morgen, ich freue mich!«, und verschwand im Haus. Im dunklen Flur lehnte sie sich mit dem Rücken an die Briefkästen. Sie war verliebt, und wie!

29.

Am folgenden Nachmittag stand Ruth am Fenster und schaute auf die Straße hinunter. Kinder spielten Fangen, und eine kugelrunde rot gescheckte Katze döste träge mitten auf dem Gehweg. Alle schienen sich am windigen und kalten Wetter nicht zu stören.

Ruth hatte unruhig geschlafen, immer wieder war sie hochgeschreckt, weil sie Rainers Gesicht vor Augen gehabt hatte. In diesem Moment fehlte ihr Marianne mehr denn je. Wie gern würde sie ihr alles erzählen, wie verliebt sie war, und wie selbstverständlich und absolut richtig es sich anfühlte.

Marianne schrieb nie, dass sie glücklich war, zufrieden. Sie schrieb nur, wie anstrengend ihr Leben war.

Manchmal war Ruth sicher, dass sie bald zurückkommen würde. Weil es ihr *zu* anstrengend war, weil sie es sich anders vorgestellt hatte und nun ernüchtert war.

Auch die Kundinnen im Salon glaubten, Mannequins bräuchten nur hübsch auszusehen und zu lächeln, und das wäre ein Klacks.

Dass ihr Leben aus Zeitdruck, ständigen Reisen, eiserner

Disziplin und viel Verzicht bestand, ahnte keine von ihnen. Jede seufzte sehnsüchtig beim Anblick der bildhübschen Frauen auf den Titelbildern und träumte sich in deren Leben hinein, das in der Wirklichkeit so ganz anders aussah.

Ruth jedenfalls wollte keinen Tag mit Marianne tauschen.

Sie sah einen Mann auf einem Fahrrad die Straße entlangkommen. Rainer?

Offenbar hatte er sie am Fenster gesehen, denn er hob die Hand, winkte fröhlich und fuhr einhändig weiter.

Ruth nahm im Vorbeigehen Handtasche und Schlüssel und verließ die Wohnung.

Unten vor dem Haus zog er sie in seine Arme. »Komm her.« Er hielt sie und gab ihr einen Kuss aufs Haar. »Ich hab dich vermisst.«

Sie hob das Gesicht, um ihn küssen zu können. »Du hast aber nicht vor, mich auf dem Gepäckträger mitzunehmen«, sagte sie dann.

»Warum nicht? Das könnte sehr lustig werden.«

»Fragt sich, für wen.«

»Ich lasse den Wagen für kürzere Strecken ganz gern mal stehen.« Rainer schaute misstrauisch in den Himmel. »Ich dachte, wir gehen am Werdersee spazieren, aber das Wetter …« Er sah sie an. »Oder bist du unempfindlich?«

»Mir macht das Wetter nichts. Man muss sich nur entsprechend anziehen.«

»Gut, dann machen wir's so. Und anschließend gehen wir im Café am See Johannisbeertörtchen essen.«

»Das klingt lecker.«

»Sie *sind* lecker.«

Ruth machte ihren Mantel zu und band sich ein Tuch um, dann spazierten sie los.

»Konntest du schlafen?«, fragte er nach einer Weile.

»Kaum. Und du?«

Er schüttelte den Kopf. »Ich hab wach gelegen und mich gefragt, wie es nun weitergehen soll.«

Sie blieb stehen und sah ihn verwirrt an. »Wie meinst du das?«

Er nahm sie wieder in die Arme. »Ich habe so lange auf dich gewartet«, murmelte er an ihrer Halsbeuge. »Und jetzt …«

Sie machte sich los. »Und jetzt?«

Er zuckte die Schultern. »Ich weiß nicht, ich will keine Zeit verlieren.«

Was wollte er damit sagen? Sie war irritiert.

»Ich habe das Gefühl, als sollte ich dich ganz festhalten, Ruth.« Er sah sie an, und ihr wurden die Knie weich.

Sie wusste nicht, was sie sagen sollte, also ging sie langsam weiter, seine Hand in ihrer.

»Hab ich dich jetzt verschreckt?«, fragte er kleinlaut.

»Nein, nein. Ich bin nur etwas … durcheinander. Es geht alles so schnell mit uns.«

»Ich weiß. Aber es fühlt sich richtig an.«

Sie blieb stehen. »Das finde ich auch.«

Er strahlte wie ein kleiner Junge, der den lang ersehnten Hund bekommen hatte. »Wie schön, dass es dir genauso geht.«

Ruth nickte nur, sagen konnte sie nichts.

Später saßen sie an einem Tisch am Fenster, Kinder lärmten und rannten um sie herum.

Ruth hatte ihm von Marianne erzählt, und er hatte gebannt zugehört. »Sie ist also das neue Gesicht auf der *Vogue*«, sagte er beeindruckt. »Donnerwetter. Und du bist ihre Tante.«

»Könnte das bitte noch ein bisschen unter uns bleiben?«

»Natürlich, wenn du das möchtest.«

»Es wäre mir sehr lieb. Ehrlich gesagt, befürchte ich, dass ich ansonsten nur noch die Tante des berühmten Mannequins wäre und nicht mehr nur die Kollegin, mit der man sich gut versteht.«

Er nickte verständnisvoll und versiegelte seine Lippen mit dem Finger. »Noch eine Brause? Oder wollen wir zu Kaffee und Johannisbeertorte übergehen?«

»Sehr gerne.«

Draußen begann es zu regnen, und Wind kam auf.

Ruth nahm ihre Strickjacke von der Stuhllehne und zog sie über. Gut, dass sie sie noch untergezogen hatte.

Rainer winkte den Kellner heran und gab eine weitere Bestellung auf.

»Wieso bist du eigentlich nicht verheiratet oder wenigstens verlobt?«, fragte er, als der Kellner wieder abgezogen war. »Wie kann es sein, dass ich so viel Glück habe?«

»Es gab niemanden, den ich hätte heiraten wollen.« Sie trank ihre Limonade aus. »Aber ich war einmal fast verlobt.«

»Fast?«

»Ich habe Gott sei Dank noch rechtzeitig begriffen, dass wir nicht zusammenpassen.«

Er drehte gedankenverloren den Bierdeckel in seiner Hand. »Das verstehe ich gut.«

»Und du? Wieso bist du noch zu haben?«

Er schaute sie an. »Ich bin nicht mehr zu haben, Ruth.«

Sie schluckte, und ihr Herz machte einen Satz.

Er sprach weiter. »Ich war verlobt, ein ganzes Jahr lang, dann habe ich die Verlobung gelöst, weil auch ich begriffen habe, dass es nicht funktionieren wird. Meine Mutter war fassungslos. Jahrelang hatte sie mir in den Ohren gelegen, dass ich mich endlich binden sollte. ›Wie lange willst du noch so ein Lotterleben führen, Junge‹, hat sie gesagt. Ich hab mich wirklich schlecht gefühlt, sie so zu enttäuschen. Ich fürchte, sie versteht bis heute nicht, wie wichtig mir aufrichtige Liebe, Vertrauen und dieses wunderbare Gefühl von Zugehörigkeit sind. Sie begreift einfach nicht, dass die Zeiten sich geändert haben. Man darf heute wählen, mit wem man sein Leben verbringen will.« Er seufzte. »Ich wollte immer heiraten und eine Familie gründen. Stattdessen habe ich einen Frisiersalon eröffnet und arbeite von früh bis spät. Ich arbeite gern, aber als ich anfing darüber nachzudenken, dass das bis an mein Lebensende so weitergehen würde …« Er griff über den Tisch nach ihrer Hand. »Aber jetzt bist du da, und irgendwie steht gerade alles auf dem Kopf.«

Ruth schluckte wieder. Seine Worte berührten sie bis ins Mark.

Kaffee und Kuchen wurden gebracht, und sie beschloss, Rainer anschließend von ihrer Familie zu erzählen.

Ruth erzählte vom viel zu frühen Tod ihrer Mutter und dass

Gisela sie aufgenommen hatte. »Meine Schwester war damals jung verheiratet und Marianne gerade zwei geworden, als ich zu ihnen kam.« Sie schluckte. »Mein Vater fühlte sich überfordert, Mamas Tod hatte ihn … Es war furchtbar schwer für ihn.« Sie verstummte kurz und sprach stockend weiter. »Vor knapp drei Jahren hat Gisela ihren Mann verloren. Es hat sie völlig aus der Bahn geworfen. Für Marianne war es natürlich auch schlimm, aber für Gisela … Ich weiß nicht, ich glaube, sie findet sich in ihrem Leben nicht mehr zurecht. Ich hab immer versucht, für sie da zu sein, aber sie hat mich nicht gelassen, hat mich weggeschoben, als gingen mich ihr Leben, ihr Kummer nichts an. Als verstünde ich überhaupt nicht, wie sie sich fühlt.«

»Du scheinst zu vergessen, dass du mit sieben Jahren deine Mutter verloren hast«, meinte er. »Wieso solltest du nicht nachempfinden können, wie sie sich fühlt?«

»Sie hat ja auch die Mutter verloren«, gab sie zu bedenken. »Für sie war es auch schlimm.«

»Aber du warst noch so jung, Ruth. Sieben Jahre alt, meine Güte! Das macht etwas mit einem Kind. Deine Schwester hatte bereits eine eigene Familie, sie war erwachsen.«

Wie einfühlsam er war.

»Du hast ja recht«, sagte sie leise.

Rainer legte die Hand auf ihre. »Es hilft nichts, wenn man sich selbst zerfleischt, um für jemanden da zu sein, der einen zurückweist.«

Sie betrachtete ihn verblüfft. Wie konnte er sie so gut kennen? »Ich hab damals ihr ganzes Leben durcheinandergebracht«, sagte sie mehr zu sich selbst. Sie glaubte immer mehr, dass das möglicherweise eine Erklärung für Giselas Verhalten ihr gegenüber war. »Sie hat sich nie beschwert. Aber ich glaube, es war eine schwere Bürde. Ich war eine Last für sie.«

»Und du meinst, das lässt sie dich jetzt spüren? Weil ihr Leben aus den Fugen geraten ist und sie selbst nicht mehr so recht weiß, wer sie ist?«

»Du hättest Psychologe werden sollen«, sagte sie lächelnd.

»Ich interessiere mich brennend für diese Dinge«, gestand er. »Ich finde ungeheuer spannend, wie die menschliche Psyche funktioniert.« Er hielt ihre Hand umschlungen. »Was hältst du davon, wenn wir jetzt einen Spaziergang machen?« Er warf einen Blick aus dem Fenster. »Wir tun einfach so, als wäre Sommer und strahlender Sonnenschein.«

Sie hatten den Werdersee umrundet und sich anschließend auf eine Bank gesetzt. Ruth hatte den Kopf an Rainers Schulter gelehnt. Zwei verliebte Schwäne schwammen auf dem Wasser, blieben immer dicht beisammen.

»Wie rührend, sieh nur«, sagte Ruth. »Schwäne sind monogam, wusstest du das? Wenn sie den richtigen Partner gefunden haben, bleiben sie sich ein Leben lang treu.«

»Ich fühle mich wie der Schwan. Auch ich hab mein ganzes Leben nach jemandem gesucht, der zu mir passt.« Er hob ihr Kinn an und küsste sie. »Und jetzt hab ich dich gefunden.«

Nach einer Weile, in der sie still nebeneinandergesessen hatten, räusperte er sich. »Wollen wir uns auf den Heimweg machen? Es dämmert schon, und ich grusele mich im Dunkeln.«

Sie lachte. »Was? Du machst Witze.«

Er grinste. »Aber es dämmert wirklich. Komm.« Er streckte die Hand aus und zog sie mit sich.

Nach einigen Schritten fragte er: »Du bleibst doch bei mir, oder?«

Sie wusste nicht gleich, was er meinte. »Heute Nacht oder für immer?«

»Beides.«

30.

London

Marianne

Das Heimweh – hatte sie es zwischendrin besiegt oder es sich nur eingeredet? – traf sie an diesem Morgen mit voller Wucht und Härte. Vielleicht lag es auch am Wetter, das sie so an Bremen erinnerte. Es regnete und war ziemlich stürmisch.

Es war ihr erster freier Tag seit einer Ewigkeit. Am Abend zuvor war sie todmüde wie immer ins Bett gefallen und sofort eingeschlafen. Sie hatte von ihren Eltern geträumt, die Arm in Arm am Fenster standen, als sie die Straße entlangkam. Sie hatte ihnen zugewinkt. »Ich bin wieder da! Ich bin wieder zu Hause!«, hatte sie freudig gerufen.

Sie war hochgeschreckt, hatte Licht angemacht und sich umgeblickt. Zu Hause? Nein, sie war in ihrem schicken Londoner Apartment, in einem mehrstöckigen Haus, dessen Bewohner sie höchstens vom Sehen kannte und die für sie alle namenlos waren.

Aber alle wussten, wer sie war.

»Ich hab Sie neulich auf der *Vogue* gesehen. Wie hübsch Sie wieder aussahen!« Oder auch: »Trägt man diesen Winter wirklich wieder Pelz?«

Draußen schlug der Regen ans Fenster, und sie drehte sich auf den Rücken und verschränkte die Hände im Nacken.

Irgendwo im Haus dudelte ein Radio. ›I Got You Babe‹ von Sonny und Cher.

Sie schwang die Beine aus dem Bett und ging zum Fenster, um frische Luft ins Zimmer zu lassen.

Unten auf der Straße war eine Gruppe junger Mädchen, die sich untergehakt hatten und laut miteinander plapperten. Alle trugen Miniröcke und Blusen in schrillen Farben und wilden Mustern. Farben, bei denen man manchmal die Augen abwenden musste, weil sie blendeten. *Psychedelic fashion* – psychedelische Mode – wurde der Stil genannt.

Eine der Frauen blieb stehen und bog sich vor Lachen. Auch die anderen kicherten, während sie sie wieder unterhakten und weiterzogen.

Ein Mann mit überdimensionalem Schlapphut in Dunkelviolett kam die Straße entlanggeschlendert, eine Zigarette in der Hand, die allerdings nicht brannte. Vor jedem Schaufenster – und in dieser Straße nahe der Carnaby Street waren das so einige – blieb er stehen, legte den Kopf schief und spazierte weiter.

Marianne überlegte, ob sie ihn kannte. Sein Gang, sein Körperbau kamen ihr entfernt bekannt vor. Vielleicht waren sie sich mal irgendwo irgendwann begegnet.

Das Telefon auf dem kleinen Tischchen im Flur klingelte. Sie wollte erst nicht abnehmen, tat es dann aber doch. Möglicherweise war es wichtig, und sie würde sich am morgigen Tag so einiges anhören müssen.

Es war Neil. »Hey. Ausgeschlafen?«

»Nein.«

Er gähnte. »Ich auch nicht. Lust auf ein Mittagessen?«

»Nein, ich glaube nicht. Ich muss mich ausruhen.«

»Und du musst was essen. Ich hol dich in einer Stunde ab.« So war er immer, meldete sich oft wochenlang nicht, bis ihm dann plötzlich einfiel, dass es sie noch gab und er irgendwas mit ihr unternehmen wollte. Meistens landeten sie bei diesen »Unternehmungen« ziemlich schnell im Bett.

»Ich sagte doch: Ich muss mich ausruhen, Neil.«

»Okay, du bist sauer, weil ich mich so lange nicht gemeldet habe.«

»Nein«, erwiderte sie müde, während sie ihre lackierten Fußnägel betrachtete. Pinkfarben. »Ich bin nicht sauer, nur schrecklich müde. Wirklich«, fügte sie mit Nachdruck hinzu.

Sie musste plötzlich an ihre Clique daheim in Bremen denken. Was sie alle wohl machten?

Im Haus schlug eine Tür zu, und sie fuhr zusammen.

Auf der Straße hupte ein Auto, und eine wütende Stimme rief: »Pass doch selbst auf, Idiot!«

Ihr Englisch war inzwischen sehr gut, genau wie ihre Aussprache. »Learning by doing«, hatte Anthony gesagt, als sie ihn und alle anderen anfangs nicht verstanden hatte. »Hör gut zu und wiederhole. Und hab keine Hemmungen.«

Und genau das hatte sie getan: zugehört, nachgefragt und wiederholt. Immer wieder. Und nach und nach ihre Scheu abgelegt.

»Bist du noch dran?«, fragte Neil. Er klang beleidigt.

»Ja, aber ich lege jetzt auf«, sagte sie mit einem dämonischen Lächeln. »Bye.« Als der Hörer auf der Gabel lag, durchflutete sie ein Gefühl von Triumph.

Es hatte wieder und wieder Tage, Wochen gegeben, da war es, als würden alle an ihr zerren und reißen. Einer zog an ihren Armen, ein anderer an den Beinen, und jeder zerrte in eine andere Richtung. Ein Weiterer stand daneben und nörgelte, während ein Vierter ihr auf die Schulter klopfte und ihr Komplimente machte.

Oft wusste sie nicht, wo ihr der Kopf stand, sie wusste ja kaum noch, wer sie eigentlich, wer sie wirklich war. Die berühmte Ann, deren Gesicht mittlerweile auf allen großen Illustrierten war? Oder war sie auch noch – wenigstens ein bisschen – Marianne, die frühere Friseuse aus Bremen, die bis vor ein paar Monaten noch ein ganz normales, ein langweiliges Leben geführt hatte?

Rückblickend betrachtet kam es ihr jedoch gar nicht mehr so langweilig vor. Sie sehnte sich nach Ruhe, Harmonie und sogar Eintönigkeit. Wie gerne würde sie einfach mal wieder in den Tag hineinleben, aufstehen, wann sie wollte, und tun und lassen, worauf sie Lust hatte.

Im Spiegel sah sie eine fremde Frau mit leerem, traurigem Blick. Eine Frau mit Schatten unter den Augen, die Lindsay überschminken musste. Bis sie wieder aussah wie Ann, das hübsche Mannequin. Betrog sie nicht alle?

Hin und wieder musste sie eine Schlaftablette nehmen, um einschlafen zu können. Und am nächsten Tag brauchte sie Unmengen von Kaffee, um wach zu werden und zu bleiben.

Was ist nur aus mir geworden?

Eine gute Stunde später hing sie wie ein nasser Sack auf der grünen Couch, rauchte und sah fern. Was gerade lief, hätte sie nicht sagen können. Es interessierte sie nicht.

Sie hätte ins Martins gehen und Scones mit Clotted Cream essen können. Doch dazu müsste sie sich aufraffen, waschen und anziehen.

Es klopfte an der Tür, eindringlich und fordernd. »Ann? Bist du da?« Anthony. Ausgerechnet.

»Nein.«

»Komm schon. Mach auf!«

Sie ging hin und schob den Riegel zurück.

Er trug seine geliebte dunkelbraune, fleckige Lederjacke, darunter eine schwarz-weiß karierte Hose – Bäckerhose würde ihre Mutter sagen –, eine farbliche Kombination, die in den Augen wehtat. Hatte er mal in den Spiegel gesehen, bevor er das Haus verlassen hatte?

»Wie siehst du denn aus?«, begrüßte er sie.

»Das musst du gerade sagen.«

»Was?«

»Gar nichts.« Sie ging voran, und er folgte ihr.

Warf sich auf die Couch und legte die Arme auf die Lehne. »Warum bist du nicht anzogen?«

Sie blickte an sich hinab. »Ich *bin* angezogen.« Sie trug ein langes gestreiftes Hemd, das Neil bei ihr vergessen hatte und gerade so eben ihre Unterhose überdeckte. Doch vor Anthony genierte sie sich nicht. Er hatte noch nie irgendein anderes als berufliches Interesse an ihr gezeigt.

Sie setzte sich ihm gegenüber in den kanariengelben Clubsessel, den sie aus einer Laune heraus gekauft hatte. Wahrscheinlich, um zu demonstrieren, dass sie gewillt war, sich heimisch einzurichten, dem Apartment mit ihrem eigenen Stil und Geschmack Leben einzuhauchen.

Eine Weile saß er nur da und betrachtete sie verblüffend sorgenvoll. Schließlich räusperte er sich. »Ich wollte der Erste sein, der's dir sagt.« Eine bedeutungsschwangere Pause. »Mary ist in der Klinik.«

»Was?« Ihr Blick glitt zu Marys Bett, das ungemacht wie immer war. Sie wollte ihre Eltern in Manchester – oder Liverpool? – besuchen und in drei Tagen zurück sein.

Marianne überlegte fieberhaft, wann sie abgereist war. Vorgestern? Oder schon vor drei Tagen?

»Was ist passiert? Hatte sie einen Unfall?«

»Sie ist bei ihren Eltern zusammengebrochen. Judy hat mich vorhin angerufen.«

»Zusammengebrochen? Aber wie …«

»Sieht so aus, als ginge es ohne sie weiter.« Es klang nüchtern, abgeklärt. Er zuckte mit den Schultern. »Hast du was zu trinken da?«

»Nein. Ich hab vergessen einzukaufen.«

»Komm schon, einen Kaffee wirst du doch kochen können.«

»Geh, bitte.« Plötzlich wollte sie nur noch allein sein. Vor allem aber wollte sie nicht mit ihm zusammen hier sitzen und über Mary nachdenken. Darüber, was mit ihr passiert war.

Er verdrehte die Augen und stemmte sich von der Couch hoch. Er schlurfte zur Tür, eine Hand in der Hosentasche. »Das wird schon wieder. So was passiert, Ann. Sie ist nicht die Erste und wird auch nicht die Letzte sein, glaub mir. Nicht jeder ist für diesen Job gemacht.«

Ich auch nicht, dachte sie.

»Lass dich davon nicht runterziehen. Bye!« Die Tür fiel hinter ihm ins Schloss.

Sie nahm ein lilafarbenes Kissen und drückte es an sich. Nein, auch sie war für diesen Job, dieses Leben nicht gemacht. Wenn sie sich etwas anderes eingeredet hatte, so wusste sie es nun besser. Oder sie war endlich ehrlich zu sich selbst.

31.

Gisela

Draußen schüttete es wie aus Eimern, und ein ungemütlicher Wind fegte durch die Straßen.

Gisela hatte bis zum Mittag im Bett gelegen und die Zeitung gelesen. Nur den Sportteil hatte sie wie üblich ausgelassen.

Ihre Tochter war jetzt seit einem Jahr in London. Die Zeit war wie im Flug vergangen, obwohl sie geglaubt hatte, sie würde stehen bleiben, als Marianne fortgegangen war.

Gisela platzte fast vor Stolz. Ihre Tochter war mittlerweile ein berühmtes Mannequin und begehrtes Fotomodell. Und sie schien gereift zu sein. Sie schrieb nach wie vor sehr selten, aber Gisela nahm ihr das nicht übel. Sie hatte immer so viel zu tun.

Doch Gisela war auch besorgt, arbeitete sie *zu* viel? Aß sie genug? Man hörte doch ständig, dass Mannequins auf alles verzichten mussten, was lecker war. Sie hatte sogar irgendwo gelesen, dass Mannequins nur Orangensaft mit einem Wattebausch darin tranken. Angeblich quoll der im Magen auf und sorgte dafür, dass sie kein Hungergefühl hatten.

Sie hatte es nicht glauben wollen, sie glaubte es bis heute nicht. Und ihre Tochter konnte sie schlecht fragen, die würde es kaum zugeben, sollte es wahr sein.

Gisela versicherte in all ihren Briefen, dass es ihr gut ging und sie Pläne machte, um den Salon möglichst bald wieder zu eröffnen. Sie versicherte auch, wie sehr sie die ungewohnte Freizeit genoss.

Ob Marianne alles glaubte, war fraglich.

Die Wahrheit war: Gisela kam nicht gut damit zurecht, in den Tag hineinzuleben. Sie hatte nie gelernt, Däumchen zu drehen und abzuwarten, was der Tag bringen würde. Ihr Alltag war immer gut organisiert und erfüllt von Arbeit gewesen.

Nun über so viel freie Zeit zu verfügen war nicht nur ungewohnt, es war schrecklich. Weil sie nichts mit sich anzufangen wusste.

An manchen Tagen stand sie im früheren Salon und starrte die Wände an. Hier hatte sie Tag für Tag gestanden, und ihr Leben hatte einen Sinn gehabt.

An diesem Tag jedoch war etwas anders, und sie wusste nicht, was. Ob sie etwas geträumt hatte, das ihr Unterbewusstsein noch immer beschäftigte, ohne dass sie sich daran erinnern konnte?

Träge schob sie die Bettdecke zurück und stand auf.

Genauso gut könnte sie liegen bleiben, sie würde ja doch nur die Zeit totschlagen.

Sie ging in die Küche. Sie brauchte dringend einen starken Kaffee. Auf ein üppiges Frühstück würde sie verzichten und nur eine Scheibe Knäckebrot mit Quark und wenig Marmelade essen. Mehr bekäme sie ohnehin nicht herunter. Sie setzte Wasser auf und stellte Tasse und Teller auf den Tisch.

Dort lag auch noch die Ansichtskarte, die ihr Bruder geschickt hatte. Er hatte seinen Urlaub in der Schweiz spontan verlängert. *Mir geht's prima, Gisela,* stand darauf. *Ich genieße die Zeit. Es ist herrlich hier, und ich mag die Leute.*

Im Morgenmantel stellte sie sich ans Fenster und schaute hinaus. Die Straße glänzte vor Nässe und war voller Pfützen, immerhin hatte es zu regnen aufgehört.

Ein Paar ging mit zwei kleinen Kindern spazieren. Der Junge hüpfte auf einem Bein durch die Pfützen, das Mädchen, deutlich kleiner, war an der Hand des Vaters.

Gisela lächelte wehmütig. Was für ein entzückendes Bild.

Seufzend stand sie auf und stellte das Radio an. Es lief gerade ›Zucker im Kaffee‹, und sie drehte etwas lauter.

Sie mochte das Lied, ihr gefiel auch der Sänger, der sie ein wenig an Dietmar erinnerte.

Der Wasserkessel pfiff, und sie goss ihren Kaffee auf. Währenddessen ging ihr mit einem Mal durch den Kopf, ob es wirklich sinnvoll war, an eine Neueröffnung des Salons zu denken. Was war mit ihrem Kundenstamm? Alle waren doch längst bei einem anderen Friseur und verschwendeten vermutlich gar keinen Gedanken an Salon Fellbach.

Ein eigenartiges, befremdliches Gefühl durchflutete Gisela.

Wäre sie enttäuscht, wenn es keine Wiedereröffnung gäbe? Wäre sie nicht vielmehr … erleichtert?

Und wenn ja, durfte sie erleichtert sein?

Gisela fuhr zusammen, als es an der Tür klingelte.

Wer mochte das sein? Um diese Zeit? Vielleicht Ruth?

Sie huschte zur Tür und öffnete sie einen Spaltbreit. Vor ihr stand Kurt, neben ihm eine fremde rothaarige Frau.

»Kurt?«, fragte Gisela ungläubig. »Ich dachte, du bist noch in Zürich. Oder in Genf.«

»Ich hoffe, wir stören nicht, Gisela.« Er räusperte sich, und erst jetzt fiel ihr auf, dass er sehr elegant aussah. Der Anzug musste neu sein, sie hatte ihn noch nie an ihm gesehen. »Dürfen wir reinkommen? Ich möchte dir jemanden vorstellen.«

»Ich … ähm … hab nichts an. Ich meine, ich hab nur einen Bademantel an.«

»Dann ziehst du dir vielleicht was über?« Er warf der Frau einen kurzen Blick zu. »Wir warten so lange.«

Gisela schloss die Tür, lief ins Schlafzimmer und zog die Sachen an, die sie am Abend zuvor an den Schrank gehängt hatte. Auf eine Strumpfhose verzichtete sie, es hätte zu lange gedauert. Schnell schlüpfte sie wieder in ihre Pantoffeln und lief zur Tür, um zu öffnen.

Ganz außer Atem sagte sie: »Bitte, kommt doch rein. Lasst uns gleich ins Wohnzimmer gehen.«

Dort blieben Kurt und seine Begleitung vor dem Couchtisch stehen, und ehe Gisela sie bitten konnte, Platz zu nehmen, sagte ihr Bruder: »Darf ich dir Beatrix vorstellen? Beatrix, das ist meine Schwester Gisela.«

Perplex murmelte sie: »Freut mich.«

Die Frau mochte um die vierzig sein, sie war sehr elegant

gekleidet und gut frisiert. Ihr Haar war mahagonifarben, und ihre Haut zart und sehr hell. Ihre Augen waren von einem Blau, das Gisela nie zuvor gesehen hatte.

»Ich freue mich sehr, Ihre Bekanntschaft zu machen, Frau König.« Sie sprach mit Schweizer Akzent.

Endlich ging Gisela ein Licht auf, es war ein ganzes Lichtermeer. Sie war der Grund, dass Kurt so lange in der Schweiz geblieben war! »Bitte setzen Sie sich doch, Frau ...«

»Hottiger. Aber bitte nennen Sie mich Beatrix. Eine schöne Wohnung haben Sie.« Sie nahm Platz und schaute sich um.

Bestimmt wollte sie nur freundlich sein, glaubte Gisela. Ihre Wohnung war schon lange nicht mehr schön im klassischen Sinn, sie war nicht mal besonders gemütlich. In den vergangenen zwei Jahren hatte sie sie vernachlässigt.

Früher hatte es hübsche Zimmerpflanzen gegeben, die gehegt und gepflegt worden waren. Sie hatte den gekachelten Couchtisch jeden Tag abgewischt und poliert, die Tischdecke gewechselt und frische Blumen hingestellt. Den Servierwagen in der Ecke hatte sie mit ihren schönsten Kristallkaraffen und den passenden Gläsern bestückt. Heute stand nur eine schlichte Karaffe darauf, deren Henkel einen kleinen Sprung hatte, und die beiden Gläser hatten Lippenstiftränder. Wieso fiel ihr das erst jetzt auf? Auf dem Tisch lagen eine Illustrierte und die aufgeschlagene Tageszeitung, daneben der volle Aschenbecher. Und im Zimmer stank es zum Himmel.

Was ist nur aus mir geworden?

Eilig und mit rotem Gesicht lief Gisela zum Fenster und öffnete es. Straßenlärm drang zu ihnen hoch, und sie wunderte sich, dass ihr auch das auffiel. Normalerweise achtete sie gar nicht darauf.

Sie rang sich ein Lächeln ab, dabei wäre sie vor Scham am liebsten im Erdboden versunken.

Kurt hatte neben Beatrix Platz genommen. Ein wenig steif und geziert hockten sie nebeneinander.

»Willst du dich nicht auch setzen, Gisela?«, fragte er.

Sie stand noch immer am Fenster und wusste nicht recht, wohin. Wohin mit sich selbst, der Scham über ihre Aufmachung und Unordnung und der Verwirrung über ihre Gedanken.

Etwas wacklig setzte sie sich in einen der beiden Sessel und versuchte, die Beine übereinanderzuschlagen. Es war, als hätte sie die Kontrolle über ihren Körper verloren und verlernt, wie man die Beine übereinanderschlägt.

»Ich dachte, ich stelle euch mal einander vor«, begann Kurt.

Seine Hände wischten über seine Hosenbeine, das kannte sie bereits. Als kleiner Junge hatte er das schon getan. »Beatrix und ich sind uns in Bern begegnet«, sagte er weiter und schien noch etwas hinzufügen zu wollen, schwieg jedoch.

»Bern, richtig.« Gisela nickte. »Ich wusste nicht mehr genau … Eine Urlaubsbekanntschaft also, wie nett.«

Und ein neuerliches Strohfeuer, das ihren Bruder ereilt hatte. Auch das kannte sie. Er war in all den Jahren immer mal wieder verliebt gewesen, mal mehr, mal weniger. Zuletzt in Heidelinde – und nun in Beatrix. Ihren Nachnamen hatte Gisela vergessen.

»Eine Urlaubsbekanntschaft, ja.« Kurt warf Beatrix einen flüchtigen Blick zu, lächelte und tastete nach ihrer Hand.

»Das stimmt nicht ganz, Gisela«, sagte er schließlich. »Ich, ähm, wir ... wir haben beschlossen ... wir wollen zusammenziehen.«

Gisela fiel fast aus dem Sessel. Zusammenziehen? Nach so kurzer Zeit? »Ach so?« Mehr fiel ihr dazu nicht ein.

»Ich weiß, es kommt sehr plötzlich. Für uns auch.« Wieder huschte ein verliebter Blick zu der Frau neben ihm.

Erst jetzt begriff Gisela wirklich, was das bedeutete. Dass Kurt und Beatrix entweder hier in Bremen ... oder ...

Sie mochte den Gedanken nicht zu Ende denken. »Gefällt Ihnen Bremen?« Sie wusste nicht, weshalb sie das gefragt hatte. Vielleicht, um Kurt mehr zu entlocken.

Beatrix nickte. »Eine sehr schöne Stadt.«

»Ich werde nach Bern ziehen, Gisela.« Damit klärte Kurt endlich auf, was sie bereits geahnt hatte.

»Nach Bern«, sagte sie fassungslos. Hatten alle vor, sie zu verlassen?

»Mir gefällt die Stadt, ich mag das Land. Ich fühle mich wohl dort«, sagte er leise, als wollte er sich dafür entschuldigen.

Er plapperte noch ein paar Sätze über die schöne Landschaft, das regnerische Bremer Wetter und wie sehr er die Berge liebte. Das war Gisela neu, früher hatte er das flache Land gemocht. Alles schien plötzlich auf dem Kopf zu stehen, verkehrt herum zu sein, sie selbst eingeschlossen.

»Kurt hat mir erzählt, was mit Ihrem Salon passiert ist. Tut mir sehr leid«, sagte Beatrix mitfühlend.

»Danke.«

»Dann … werden Sie ihn nicht wieder eröffnen?«

»Ich würde gern.« Gisela schluckte. Mehr würde sie nicht preisgeben, schlimm genug, dass ihr Bruder das wahrscheinlich bereits getan hatte und Beatrix bestens informiert war. Es war ihr unangenehm, dass jemand Fremdes Bescheid wusste.

»Wir werden sehen«, sagte sie schließlich. »Entschuldigung, ich habe Ihnen noch gar nichts angeboten. Wie unhöflich. Möchten Sie einen Kaffee? Oder vielleicht einen Tee?« *Oder einen Schnaps. Der wäre mir am liebsten.*

»Nein, vielen Dank.« Beatrix schenkte ihr ein Lächeln. »Wir wollten auch nicht lange bleiben, nicht wahr, Kurti?«

Kurti. Gisela schluckte. Früher hatte ihr Bruder auch Kosenamen gehasst.

»Was machen Sie beruflich?«, fragte sie der Höflichkeit halber.

»Ich bin Sekretärin.«

Natürlich. Wie Heidelinde. Ihr Bruder schien ein Faible für Sekretärinnen zu haben. »Wie interessant.«

Ein längeres Schweigen entstand, und sie hätte am liebsten erleichtert aufgestöhnt, als Kurt endlich aufstand und Beatrix galant die Hand reichte. »Dann wollen wir mal wieder.«

An der Tür bedankte er sich, und Gisela fragte sich, wofür. Für ihre Gastlichkeit? Für die nette Unterhaltung?

»Und jetzt?«, fragte sie mühsam und mit rauer Stimme. »Wie … ich meine, wie geht es jetzt weiter, Kurt? Wann wirst du …« Sie hatte so viele Fragen und wusste, dass sie kaum eine stellen konnte. Sie wünschte, er wäre allein gekommen.

»Wir bleiben so lange, bis ich hier alles geregelt habe«, sagte er, ohne sie anzusehen.

»Tja, dann … Aber … du kommst doch noch mal und verabschiedest dich?« Es fiel ihr so schwer, es auszusprechen. Es war, als träumte sie.

»Klar.« Er tätschelte kurz ihre Schulter, lächelte verkrampft und legte den Arm um Beatrix. »Bis dann, Gisela.«

Auf der Treppe drehte er sich noch mal um. »Ich werde es Ruth sagen.«

»Ist gut.« Gisela schloss die Tür und lehnte die Stirn daran, die Augen geschlossen. Sie konnte sich plötzlich nicht mehr bewegen, alles an ihr war wie zu einem Eisblock gefroren.

32.

Ruth

Sie hatte wieder bei Rainer übernachtet und war am Montag früh aufgestanden, um in ihre Wohnung zu fahren und ein paar Sachen zu waschen. Mittlerweile hingen etliche Röcke und Blusen in seinem Kleiderschrank, ein paar ihrer Bücher standen in seinem Regal und zwei Topfpflanzen auf seiner Fensterbank.

Ihre winzige Wohnung wurde von Mal zu Mal karger. Jedes Mal, wenn sie herkam, verschwand ein weiteres Stück: ein Sofakissen, ein weiteres Buch oder Kleidungsstück, ein Kosmetikartikel. Bald stünden hier nur noch die wenigen Möbel, die sie besaß.

Rainer und sie hatten natürlich längst darüber gesprochen, dass sie richtig zusammenziehen wollten. Seine Wohnung war hübsch, geräumig und hell, sie hatte sich gleich dort wohlgefühlt. Und sein Hund schien sich zu freuen, dass nun zwei Menschen da waren, die sich um ihn kümmerten und mit Leckerchen versorgten.

Vor einigen Tagen hatte Ruth sich ein Herz gefasst und

mit ihren Kolleginnen gesprochen, bevor die Gerüchteküche anfing zu brodeln. Völlig ahnungslos schienen sie ohnehin nicht zu sein, auch wenn Ruth und Rainer sich die größte Mühe gaben, ihre Beziehung noch geheim zu halten.

»Ich muss euch etwas sagen«, hatte Ruth angesetzt. »Rainer und ich sind ein Paar.«

»Was du nicht sagst«, hatte Hella ein wenig spitz entgegnet. »Ein Blinder mit Krückstock sieht, wie verliebt ihr seid.«

»Allerdings«, hatte auch Elfie gemeint. »Du hättest uns ruhig etwas früher einweihen können.«

»Tut mir leid, aber ich wusste nicht, wie ihr reagieren würdet.«

»Weil du vielleicht bald unsere Chefin sein wirst?«

»Für euch werde ich immer eure Kollegin Ruth bleiben, nichts anderes.« Sie sah, dass die Kolleginnen einen Blick tauschten. *Meint sie das ernst?*, schien er zu bedeuten.

»Hast du noch mehr Geheimnisse?«, fragte Elfie mit einem Lächeln, das aufrichtig wirkte.

»Nein.« Ruth schüttelte den Kopf und spürte, wie ihr die Röte ins Gesicht kroch. Sollte sie doch damit herausrücken, dass sie Anns Tante war?

»Dann ist's ja gut.« Elfie hatte ihr zugezwinkert. »Mehr könnte ich, glaube ich, auch nicht verkraften.«

Ruth hatte an diesem Montagvormittag gerade ein paar Sachen in ihre Reisetasche gepackt, als es an der Tür klopfte. »Ja?«

»Ruth? Ich bin's.«

»Kurt?« Sie lief hin und machte auf. »Ich wusste gar nicht,

dass du in Bremen bist.« Sie umarmte ihn. »Wie schön, dich zu sehen. Komm rein.«

»Deine Wohnung sieht ganz schön … leer aus«, sagte er, nachdem sie sich gesetzt hatten.

Sie lachte. »Stimmt. Ich wohne jetzt mehr oder weniger ganz bei Rainer.«

Kurt nickte. »Ich hab dir auch was zu sagen, Ruthchen.«

»Das klingt spannend. Möchtest du was trinken? Ich kann uns Kaffee machen.«

Er winkte ab. »Nicht nötig. Ich hab schon gefrühstückt.« Er räusperte sich und schlug die Beine übereinander. »Dann hat Gisela noch nichts gesagt?«

»Gisela? Nein. Was sollte sie mir denn gesagt haben?«

»Ich dachte, sie hätte dich vielleicht angerufen und dir … Na, egal. Ich werde in die Schweiz ziehen.«

»Was? Aber ich dachte, du wolltest nur Urlaub dort machen.«

»Hab ich auch.« Er räusperte sich wieder. »Und ich hab wen kennengelernt. Beatrix.«

»Ach, sieh mal an, du hast dich in eine Schweizerin verguckt.«

»Ich glaube, ich will sie heiraten. Sie ist die Frau meines Lebens, das wusste ich gleich, als sie mir über den Weg lief. Schon verrückt, was?«

»Vielleicht, Kurt. Aber so was gibt's. Mir ist das ja selbst passiert. Ich hätte auch nie damit gerechnet.« Sie schluckte und sah ihn an. »Und Gisela? Was sagt sie dazu?«

»Sie war genauso überrascht wie du. Nur, dass sie … Na, du kennst sie ja. Sie ist nicht so verständnisvoll wie du. Sie glaubt wahrscheinlich, dass ich's mir wieder anders überlege, dass das wieder eins meiner … wie nennt sie das – meiner Liebesabenteuer ist, ein Strohfeuer. Aber das ist es nicht, Ruth, diesmal nicht. Diesmal ist es mir ernst.«

»Ich freue mich für dich, Kurt.« Sie legte die Hand auf seine.

»Weißt du, seit Dietmar tot ist, denke ich oft darüber nach, dass das Leben verdammt schnell vorbei sein kann. Es kam so plötzlich, niemand hätte doch damit gerechnet, dass er einen Herzinfarkt …« Er brach ab und seufzte. »Da fühlst du dich quicklebendig und dann auf einmal – zack! Plötzlich ist alles vorbei, und du hast noch nicht mal annähernd das getan, was du immer gern tun wolltest. Du bist aus deinem elenden Trott nicht rausgekommen, weil du gedacht hast, du hättest noch ewig Zeit.« Er seufzte wieder. »Hast du aber nicht, weil nämlich niemand weiß, wann das Licht ausgeht.« Er hob den Kopf und schaute sie an. »Ich will nicht, dass es mir auch so geht, Ruth. Allein die Vorstellung …« Er schüttelte den Kopf. »Ich will nicht mehr warten, bis ich mir zu hundert Prozent sicher bin, ob ich Beatrix wirklich heiraten möchte. Weil es diese hundert Prozent nicht gibt. Ich bin mir zu achtzig Prozent sicher, vielleicht auch nur zu siebzig. Eine Garantie gibt dir keiner.«

»Stimmt.«

»Ich glaube, ich hab einen Fehler gemacht«, sagte er dann. »Ich hätte allein zu Gisela gehen sollen. Ich glaube, ich hab sie überrumpelt, als ich plötzlich mit Beatrix vor der Tür stand. Manchmal bin ich so ein Schafskopp.«

Ruth strich über seinen Handrücken. »Du kannst ja noch

mal mit ihr reden. Wann lerne ich deine Beatrix denn kennen?«

»Sie ist schon wieder zurück in der Schweiz, ihre Mutter ist krank geworden. Eigentlich wollten wir zusammen zurückreisen. Ich muss hier noch ein paar Dinge erledigen.«

»Wie schade, dass sie schon wieder weg ist.«

»Du lernst sie schon noch kennen.«

»Ja, auf eurer Hochzeit.«

Er grinste sie an. »Besser als nie.«

Er sah so glücklich aus. Wann hatte sie ihn zuletzt so gelöst, so heiter erlebt?

Das wollte sie ihm gerade sagen, als das Telefon klingelte.

Sie lief hin und nahm ab.

»Ruthchen, bist du das?«

»Gisela?« Sie klang so verwaschen.

»Ja, ich bin's. Ich wollte nur mal deine Stimme hören.«

»Geht's dir gut? Du klingst so merkwürdig.«

»Kurt war gestern da, Ruthchen, er …«

»Ich weiß, er ist gerade hier und hat mir alles erzählt.«

Irgendwo fiel etwas um, und Gisela fluchte. »Und jetzt geht er auch weg. Alle gehen weg.« Sie schniefte.

»Ich nicht, Gisela, ich bleibe.« Sie sollte ihr von Rainer erzählen. Aber nicht am Telefon. »Ist wirklich alles in Ordnung?«

»Ja, natürlich. Alles ist in bester Ordnung.« Wieder ein Lachen.

Ob sie betrunken war? Am frühen Morgen?

»Weißt du was, Gisela? Ich komme vorbei, und wir reden

mal wieder ganz in Ruhe. Einverstanden? Ich gehe beim Bäcker vorbei und bringe frische Brötchen mit.«

»Nein, nein, lieber nicht«, stammelte ihre Schwester. »Ich bin … Es ist ungünstig … Ich bin gar nicht angezogen.«

Ruth musste lachen, unterdrückte es aber. »Dann ziehst du dir was an. Ich bin in einer halben Stunde da.« Sie legte einfach auf.

Kurt war aufgestanden und zu ihr gekommen. »Ist was?«

»Sie hat ganz seltsam geklungen, als sei sie angeschickert.«

»Angeschickert? Um diese Zeit?« Er hob die Augenbrauen.

»Ich gehe hin und sehe nach ihr.«

Er breitete die Arme aus und drückte sie an sich. Eine seltene Geste. »Du bist eine klasse Schwester, Ruthchen. Ich fürchte nur, das weiß sie nicht.« Er gab sie frei und ging zur Tür.

»Sehen wir uns noch mal, bevor du …« Es fiel ihr mit einem Mal schwer, es auszusprechen. Weil es ihr plötzlich unwirklich vorkam, dass auch ihr Bruder Bremen verlassen würde. Dass er in einem anderen Land leben würde, fern der Heimat. Mit einer Frau, die sie nicht mal kannte. Alles änderte sich gerade so plötzlich, so rasend schnell.

»Klar.« Er gab ihr einen Kuss auf die Wange. Auch das war so selten vorgekommen, dass sie ihn verblüfft anschaute. »Ihr könnt mich zum Bahnhof bringen, wenn ihr wollt.«

»Du fliegst nicht?«

Ihr Bruder verzog das Gesicht. »Ich gewöhne mich einfach nicht dran. Das ist nichts für mich.«

Ruth machte die Tür hinter ihm zu, zog sich rasch um und verließ anschließend die Wohnung.

Sie hatte ein ungutes Gefühl, was sie bei ihrer Schwester erwarten würde.

33.

Wenig später stand Ruth vor dem Salon und riskierte einen Blick in den schmalen Spalt des verhängten Schaufensters. Es hatte sich seit dem letzten Mal nichts verändert. Wie ihre Schwester sich Tag für Tag fühlen musste, konnte sie sich gut vorstellen.

Sie drückte auf die Klingel am Nebeneingang und wartete.

Und wartete.

Sie klingelte noch mal und wartete erneut.

Dann schepperte etwas, und kurz darauf stand Gisela vor ihr. Sie war in Unterrock, ein Träger hing über der Schulter, das blondierte Haar war offen und wirr, die Feinstrumpfhose hatte eine Laufmasche vom Oberschenkel bis zum Schienbein. Und sie trug nur einen Pantoffel.

»Ruth?« Mit offenem Mund starrte sie sie an.

»Ich sagte doch, dass ich vorbeikomme.« Ruth raschelte mit der Brötchentüte.

»Ach ja?« Gisela fuhr sich durchs zerzauste Haar. »Davon weiß ich gar nichts.«

»Wir haben doch erst vor einer halben Stunde telefoniert.«

»Ach ja?«, sagte sie wieder und runzelte die Stirn. Dann huschte ein breites Lächeln über ihr Gesicht – sie war ungeschminkt, was ganz ungewohnt war –, und sie nickte eifrig. »Stimmt! Jetzt weiß ich's wieder.« Sie schwankte, als sie beiseitetrat.

Ruth ging an ihr vorbei und roch die Schnapsfahne. Sie war also tatsächlich mindestens angeschickert. Deshalb der seltsame Aufzug, das wirre Haar und der fragende, verwirrte Blick.

Ruth lief die Treppe hoch und wartete, bis Gisela ebenfalls oben war. »Wo ist dein zweiter Pantoffel?«

»Den kann ich nicht finden.«

»Wir suchen ihn gemeinsam.« Ruth betrat die Wohnung und verzog das Gesicht. Es roch nach kaltem Rauch, Alkohol und einem Hauch Parfüm; eine äußerst unangenehme Mischung.

Sie ging voran ins Wohnzimmer und sah eine halb leere Flasche Schlehenlikör auf dem Tisch, daneben der randvolle Aschenbecher. Sie ging zum Fenster und öffnete es.

»Hier stinkt's fürchterlich«, sagte Gisela hinter ihr. »Verstehe ich nicht.«

»Ich schon.« Ruth ging zu ihr und legte den Arm um sie. »Ich koche uns einen Kaffee, ja?« Sie schnüffelte an ihrem Haar. »Aber vorher suchen wir deinen Pantoffel, und dann helfe ich dir beim Waschen und Anziehen.«

Sie hätte viele Fragen stellen können: Warum trinkst du um diese Zeit? Warum lässt du dich so gehen? Warum sagst du nicht, wenn es dir nicht gut geht? Ist es wegen Marianne? Oder wegen Kurt? Wegen des Salons? Oder allem zusammen?

Doch sie kannte die Antworten auf alle Fragen.

Gisela lehnte sich an sie und schniefte. »Du bist da, Ruthchen.«

Ja, und ich wäre immer da, wenn du mich nur ließest.

»Kurt geht weg«, sagte sie plötzlich und schniefte wieder. »Wo ist denn jetzt mein Pantoffel?«

Ruth entdeckte ihn unter der Couch, und sie schlüpfte mit einem kindlichen Kichern hinein. »Der alte Schlingel.«

»Komm, wir gehen ins Bad, und du wäschst dich, ja?«

»Wieso? Bin ich schmutzig?« Wieder kicherte sie.

»Das nicht.« Ruth ließ heißes Wasser ins Waschbecken laufen, suchte einen frischen Waschlappen und tauchte ihn ein. »Hier. Warte, noch etwas Seife.« Sie reichte sie Gisela, die sich auf den Wannenrand gesetzt hatte.

»Als Marianne noch ganz klein war, hab ich sie ins Waschbecken gesetzt und abgewaschen. Du hättest sehen sollen, wie niedlich sie dann immer aussah.« Sie seufzte. »Sie war ein so süßes kleines Mädchen. Mein kleines Mäuschen.« Sie nahm das Handtuch entgegen, das Ruth ihr gab. »Manchmal habt ihr auch zusammen gebadet, erinnerst du dich noch?«

»Nein, das ist zu lange her. Soll ich dir helfen?«

Gisela versuchte, den Unterrock auszuziehen und fiel dabei beinahe hintenüber in die Wanne. Ruth hielt sie schnell fest und zog ihr den Unterrock über den Kopf.

»Und jetzt ist sie erwachsen. Eine erwachsene Frau. Und

so erfolgreich. Ich bin so furchtbar stolz auf sie, weißt du das?«

»Ja, ich weiß, Gisela. Ich bin auch stolz. Hier ist ein frischer Unterrock.«

Gisela nahm ihn entgegen und starrte vor sich hin. »Ich weiß nicht mehr, wofür ich noch gut bin, Ruthchen«, sagte sie leise. »Kennst du das, wenn du dich fragst, wozu du eigentlich auf dieser Welt bist?«

Ruth hockte sich vor sie hin, eine Hand auf ihrem Knie. »Das fragt sich wohl jeder hin und wieder. Du brauchst auch eine neue Strumpfhose. Warte, ich hole sie dir. Aber fall mir nicht in die Wanne, hörst du?« Sie zog sie kurzerhand auf die Beine. »Stell dich ans Waschbecken, ja? So ist's gut. Bin gleich wieder da.«

Im Schlafzimmer musste sie eine halbe Ewigkeit nach einer neuen Strumpfhose suchen. Früher hatte Gisela peinliche Ordnung und Sauberkeit gehalten, egal, in welchem Raum. Sogar die Besenkammer war immer tipptopp aufgeräumt.

Jetzt herrschte Chaos, auf dem Bett lagen Kleider und Röcke, auf dem Teppich davor verstreut Fotos und Briefe. Dietmars Anzüge hingen noch im Kleiderschrank, seine Krawatten auf einem Bügel. Sie hatte noch nichts davon weggegeben?

Ruth stieß ein Seufzen aus. Kein Wunder, dass sie nicht abschließen konnte. Sie klammerte sich an jedes noch so kleine bisschen Vergangenheit und Erinnerung.

Ruth kniete sich hin und betrachtete die Fotos. Dietmar war darauf, mal allein, mal zusammen mit Gisela. Auf anderen Fotos war Marianne als kleines Mädchen, als Heranwachsende, als Mannequin. Das Foto hatte sie auch Ruth geschickt.

Auf zwei Fotos waren sie und Ruth zu sehen, Arm in Arm, ein lustiges Geburtstagshütchen auf dem Kopf.

Ruth stand auf, nahm Strumpfhose und Unterwäsche aus der Schublade, suchte Rock und Bluse und lief zurück ins Bad.

Gisela hockte auf dem Frotteevorleger. »Ich glaube, ich hab zu viel Likör getrunken.«

»Das denke ich auch. Hast du dich gewaschen?«

Sie nickte matt.

»Ich hab dir was zum Anziehen mitgebracht.« Während Ruth ihr dabei half, sich anzuziehen, streichelte sie sanft ihr Knie. »Du darfst nicht so viel trinken, Gisela. Ich mache mir Sorgen um dich.«

»Und ich hab schon wieder viel zu viel geraucht.« Es klang weinerlich. Plötzlich blickte sie auf. »Ich bin eine furchtbare Schwester, oder?«

»Nein, bist du nicht.«

»Bin ich doch.«

Ruth half ihr auf und bat sie, sich wieder auf den Wannenrand zu setzen. »Ich mache dir die Haare, ja?«

Gisela kicherte. »Du bist ja auch Friseuse. Ach, Ruthchen.« Plötzlich wurde sie ernst. »Ist das nicht seltsam, dass mir der Salon gar nicht fehlt?«

»Nein?« Ruth war überrascht und sah sie an.

»Ich schäme mich, aber es ist so.«

»Deswegen musst du dich nicht schämen.« Ruth begann, ihr Haar zu bürsten.

»Ich wollte ihn ja wieder aufmachen, aber jetzt, wo auch Kurt weggeht …«

Ob sie ihn vielleicht gar nicht wieder eröffnen will?, dachte Ruth. Wäre es ihr vielleicht sogar ganz recht, wenn er geschlossen bliebe? Weil er all die Jahre eine zu große Verantwortung und Belastung war? Hatte sie es sich nur nie eingestehen wollen und auch nicht dürfen?

Ruth wickelte ihr Haar zu einem Knoten und steckte es mit ein paar Kämmen fest. Die hatte sie ihr zum Geburtstag geschenkt. Es war schon Jahre her. »Du hast sie ja immer noch.«

»Was denn?«

»Die Kämme.«

»Ach ja?« Gisela fasste sich ins Haar und lächelte. »Tatsächlich. Sie gefallen mir, Ruthchen, sie sind wirklich hübsch.« Sie verzog das Gesicht. »Ich hab schreckliches Kopfweh.«

»Wo hast du die Schmerztabletten?«

»Ich glaube, im Schlafzimmer in der Kommode.«

Ruth lief hin, und als sie zurückkam, sagte Gisela: »Ich möchte einen dieser neuen Spiegelschränke haben. Die sind schick, oder? Und so ungemein praktisch.«

»Wollen wir jetzt in die Küche gehen und Kaffee kochen? Du solltest auch was essen.« Ruth half ihr auf, und sie blieb vor dem Waschbecken stehen und starrte ihr Spiegelbild an.

»Kaum zu glauben, dass ich das bin«, murmelte sie. »Ich bin alt geworden, Ruthchen, sieh nur.«

»Jünger werden wir alle nicht.«

Ihre Schwester stutzte und sah sie entgeistert an. Dann begann sie aus heiterem Himmel, hemmungslos zu weinen. »Dietmar«, schluchzte sie. »Das hat er auch immer gesagt. ›Jünger werden wir alle nicht‹, hat er immer gesagt. Er fehlt mir so schrecklich, Ruthchen, oh Gott, er fehlt mir so.« Sie schrie es beinahe, als hätten die Worte die ganze Zeit in ihrem Hals gesteckt und könnten nun endlich befreit werden.

Es war das erste Mal seit Dietmars Tod, dass Ruth sie so erlebte, dass sie sich so gehen ließ und alles aus sich herausweinte, was sich angestaut hatte.

Ruth zog sie neben sich auf den Wannenrand und hielt sie. »Weine nur, Gisela, weine nur.«

Ihre Schultern bebten, ihr ganzer Körper bebte. »Ich fühle mich so allein, so schrecklich allein.«

»Das bist du aber nicht.« Ruth umschlang sie mit beiden Armen und hielt sie ganz fest. »Du bist nicht allein, nie gewesen.«

»Weißt du was, Ruthchen«, sagte sie plötzlich ganz leise. »Ich bin auch so ungeheuer … wütend auf ihn!« Sie war mit jedem Wort lauter geworden. »Ich bin wütend, weil er mich allein gelassen hat! So wütend!«

Sie schluchzte, zitterte und schniefte, dann wurde sie still. »Und dafür schäme ich mich so, Ruthchen. Ich darf doch nicht wütend auf ihn sein. Wie kann ich denn wütend sein?«

»Du darfst wütend sein, weil er gegangen ist. Weißt du noch, was der Pastor gesagt hat, als Papa gestorben ist?«

Gisela schniefte wieder. »Er hat eine ganze Menge gesagt«, meinte sie trocken. »Dabei hat er ihn kaum gekannt.«

»Er hat gesagt, die Trauer hat viele Gesichter. Erst ist es, als würde einem der Himmel auf den Kopf fallen, man ist so traurig, so niedergeschlagen, dass man nicht klar denken kann. Dann kommt der Punkt, an dem man den anderen verwünscht. Weil er einfach weg ist. Weil man allein zurückgeblieben ist. Und dann kommt irgendwann der Moment, an dem man sich zu fragen beginnt, wie es weitergehen soll. Wie man selbst weiterleben kann und will.«

»Wenn ich bloß wüsste, an welchem Punkt ich bin, Ruth. Ich bin so oft alles zusammen: traurig, wütend, verzweifelt. Ich fühle mich so leer.« Sie hielt inne und sah Ruth an. »Nein, ich habe mich leer gefühlt. Ich glaube, es wird besser.« Sie lächelte, als sei sie selbst überrascht.

Ruth stand auf und nahm ihre Hand, und sie gingen in die Küche.

Gisela sank auf einen Stuhl und putzte sich die Nase, während Ruth feststellte, dass die Butter im Kühlschrank ranzig war und das einzige Glas Marmelade – Hagebutte; allein vom Geruch wurde ihr schon übel – schimmelig.

»Weißt du was, ich laufe schnell los und kaufe ein. Du hast fast gar nichts mehr im Haus«, erklärte sie fröhlich.

»Aber du kommst doch wieder?«

»Natürlich. Komm, am besten, du legst dich bis dahin ins Bett und schläfst ein bisschen.«

Gisela blickte an sich herab. »In dem Aufzug?«

Ruth musste lachen. »Du hast recht. Dann legst du dich eben auf die Couch.«

Als sie Gisela zudeckte, hielt die ihre Hand fest und

drückte sie. »Ich schäme mich, Ruthchen. Ich schäme mich vor dir.«

»Das musst du nicht.«

»Tue ich aber. Ich hab am frühen Vormittag einen sitzen und dann auch noch dieser Weinkrampf.«

Ruth setzte sich zu ihr. »Den Weinkrampf finde ich gar nicht schlimm. Ich glaube, es war gut, dass du mal alles rausgeweint hast. Aber das mit dem Trinken muss aufhören, versprichst du mir das? Wenn du was auf dem Herzen hast, rufst du mich einfach an oder du kommst vorbei. Du wirst dich immer allein fühlen, wenn du dich still für dich betrinkst und alle ausschließt.«

»Du hast recht, Ruthchen.« Es klang kleinlaut. »Ich war so allein mit mir. Und das ist nur schwer auszuhalten.«

»Du hast doch mich.«

Gisela nahm ihre Hand und legte sie an ihre Wange. »Kannst du mir verzeihen?«

Ruth nickte, ohne eine Sekunde zu zögern. Sie hatte lange auf ein Gespräch wie dieses, auf ein Zeichen von Gisela gewartet. Sie war bereit für einen Neuanfang und ihre Schwester offenbar auch.

34.

Ruth war länger unterwegs gewesen, und als sie zurückkam, schlief Gisela und atmete tief und ruhig.

Sie deckte den Tisch und räumte die Einkäufe weg. Wie gut, dass sie hergekommen war und für Gisela da sein konnte. Vielleicht standen sie wirklich beide vor einem Neuanfang.

Als der Wasserkessel pfiff, kam Gisela aus dem Wohnzimmer.

»Hast du gut geschlafen?«

»Ja, ich glaube, ich habe geschlafen wie ein Baby.« Sie nahm Platz und betrachtete den gedeckten Tisch. »Wie schön das aussieht, Ruthchen.« Sie wirkte erholt und viel klarer.

»Ich hab dir deine Lieblingsmarmelade mitgebracht.«

»Erdbeere?«

»Nein, Kirsch.«

Sie schauten sich an, beide verwundert, bis Ruth schließlich lachen musste und Gisela einfiel. Sie lachten, bis ihnen die Tränen kamen. Ruth war froh, dass sie nichts sagen musste. Das Lachen fiel ihr so viel leichter.

Als der Kaffee auf dem Tisch stand und sie eine Kleinigkeit gegessen hatten, setzte Ruth an, um von Rainer zu erzählen. »Ich habe mich verliebt.«

»Sag bloß! In wen denn?«

»In meinen Chef.«

»Ach, du lieber Himmel.«

Ruth musste erneut lachen. »So schlimm ist es gar nicht.«

Sie erzählte von ihrem ersten Treffen, dem Abend im Kino, und dass sie inzwischen fast bei ihm wohnte. »Ich werde meine Wohnung kündigen und ganz bei Rainer einziehen.«

Gisela sah sie mit großen Augen an. »Das geht aber alles ganz schön fix, Ruthchen.«

»Ich weiß, aber es fühlt sich richtig an.«

Gisela biss in ihr Brötchen, legte es schließlich beiseite und sah sie nachdenklich an. »Ich überlege gerade, ob ich beleidigt sein sollte, weil du mir erst jetzt von ihm erzählst.«

Ruth spürte sofort wieder das vertraute Gefühl von schlechtem Gewissen, das sie überkommen wollte. Nein, sagte sie sich, dafür gab es keinen Grund. *Und versuch bloß nicht, dich zu rechtfertigen.* »Das hätte ich längst getan«, sagte sie deswegen ehrlich. »Aber es war so schwierig zwischen uns, so anstrengend.«

Gisela nickte. »Ich weiß. Du hast recht. Und ich bin auch gar nicht beleidigt. Ich will mich ändern, Ruth, unbedingt. Ich will eine bessere Schwester, eine bessere Mutter werden. Glaubst du, ich kriege das hin?«

»Wenn du es wirklich willst, schaffst du es auch.«

»Du glaubst, es ist nur eine Frage des Willens?«

»Ja, ich denke schon.« Ruth schenkte Kaffee nach.

»Ich war so gemein zu dir.« Giselas Stimme zitterte. »Ich hab dich spüren lassen, dass ich mich damals um dich kümmern musste. Ich hatte doch gar keine andere Wahl, was hätte ich denn tun sollen? Dich wegschicken? Als du vor mir standst in deinem niedlichen rot gepunkteten Kleidchen und mit deinem Koffer und Anton ... Ich wusste, dass sich alles ändern würde. Mein ganzes Leben, alles.« Sie schluchzte laut auf. »Aber ich hatte keine Wahl, und ich wollte ja auch für dich da sein.«

»Und das warst du. Du hast mir wieder eine Familie gegeben, und dafür bin ich dir unendlich dankbar. Vielleicht habe ich meine Dankbarkeit nicht immer so gezeigt, wie ich's hätte tun müssen ...«

Gisela schüttelte den Kopf und streckte die Hand nach ihrer aus. »Ich war damals überfordert, schrecklich überfordert. Ich hatte manchmal solche Angst, dass ich nicht schlafen konnte. Und ich fühlte mich ...« Sie stockte, bevor sie weitersprach. »Ich fühlte mich betrogen.«

Ruth schluckte. Betrogen. Ja, sie verstand das. Ihre Schwester war damals frisch verheiratet, und sie und Dietmar konnten ihre gemeinsame Zeit nicht genießen, weil Ruth zu ihnen gekommen war. Ihnen war die Möglichkeit genommen worden, sich auf ihre kleine Familie konzentrieren zu dürfen.

Gisela musste große Schwester und Mutter sein, ohne dass sie jemand gefragt hatte, ob sie das überhaupt wollte, bereit dazu war. Und später hatte sie dann noch mit ansehen müssen, wie ihre Tochter und ihre Schwester sich verbündeten, zu einer Einheit geworden waren und sie ausgeschlossen hatten.

Ruth schluckte erneut. Sie wollte etwas sagen, nur was?

»Ich hab dir alles genommen, als ich dich aus dem Salon geworfen habe«, sagte Gisela leise weiter.

»Nein, das stimmt so nicht. Natürlich war ich anfangs fassungslos.« Ruth lächelte. »Aber sieh es mal so: Hättest du mich nicht rausgeworfen, hätte ich Rainer nicht getroffen.«

»Du bist mir deswegen nicht mehr böse?«

»Nein.« Sie überlegte, ob sie es überhaupt je gewesen war. Sie wusste es nicht mehr. Es war nicht mehr wichtig. »Danke, dass du mir das alles gesagt hast. Das bedeutet mir viel.« *Und es ändert alles.* Das sagte sie jedoch nicht laut, weil sie es dann näher hätte erklären müssen, und das konnte sie nicht.

»Weißt du, was mir heute Morgen durch den Kopf gegangen ist?«, sagte sie nach einer kleinen Weile. »Vielleicht gründe ich ja doch noch eine Familie.«

»Das Muttersein ist wunderbar, Ruthchen. Aber ich habe auch da so viele Fehler gemacht.«

»Man kann alles hinbiegen, wenn man will.«

»Glaubst du?«

Ruth nickte überzeugt.

»Was sagst du eigentlich zu unserem Bruder?«

»Er hat sich verliebt, ganz plötzlich, genau wie ich.«

»Du findest es nicht zu überstürzt?«

»Das kann man sich manchmal nicht aussuchen.«

»Das meinte ich nicht. Ich meine, dass er in die Schweiz ziehen will.«

»Er will einfach keine Zeit vergeuden.« Was er über Dietmar gesagt hatte, verschwieg sie besser. Es würde ihre Schwester nur wieder traurig machen. So weit war sie vermutlich noch nicht.

Gisela stützte das Kinn in die Handfläche und schaute zum Fenster. »Er hat recht. Wie sagtest du vorhin so passend: Wir werden nicht jünger.« Eine Weile schien sie tief in Gedanken versunken, dann lächelte sie plötzlich und sah Ruth an. »Ich glaube, ich möchte den Salon nicht wieder aufmachen. Jetzt, wo auch Kurt weggeht … Wie sollte das funktionieren? Ich müsste eine Friseuse einstellen.« Sie holte tief Luft und atmete aus. »Nein, das ist nicht die ganze Wahrheit. Ich wünschte, es wäre so. Die Wahrheit ist: Ich bin froh, dass ich einen Grund habe, ihn nicht mehr aufmachen zu müssen.« Wieder atmete sie heftig aus. »Und ich bin froh, dass ich es endlich mal ausgesprochen habe.«

Ruth fiel etwas ein. »Weißt du noch, als ich vor dem verhängten Schaufenster stand, kurz nach dem Brand, und du mir erzählt hast, dass du den Salon wohl nicht wieder aufmachen kannst? Du hast überlegt, wieder eine Hypothek aufzunehmen, hättest aber nicht gewusst, wie du die Raten zahlen sollst. Und dann wolltest du noch was sagen. Wolltest du mir sagen, dass du auch nicht gewusst hättest, *warum* du ihn wieder aufmachen sollst, wofür?«

Gisela überlegte noch, schließlich nickte sie. »Bist du jetzt entsetzt oder enttäuscht von mir?«

»Nein, ganz und gar nicht, im Gegenteil, ich verstehe dich.«

»Wirklich?« Es klang ungläubig.

»Der Salon war eine große Verantwortung, er war …«

Während Ruth noch nach einem Wort suchte, sagte ihre Schwester leise: »Er war viel mehr als das. Er war eine Last, eine Bürde, die ich nicht freiwillig übernommen habe.«

»Das wusste ich nicht.« Nun war Ruth doch ein wenig entsetzt. So hatte sie das noch nie gesehen.

»Was hätte ich denn tun sollen? Papa sagen, dass er jemand anderes finden soll?«

»Wie damals, als er mich zu dir gebracht hat.«

Zögernd nickte Gisela. »Wie damals, ja.«

Ruth umschloss ihre Hände und drückte sie. Eine Zeit lang sagten beide nichts.

Bis Gisela mit einem Mal vorschlug: »Warum kommt ihr am Sonntag nicht zum Essen, du und dein Rainer? Oder hast du ihm so viel von mir erzählt, dass er mich nicht kennenlernen will?«

Ruth erstarrte. »Was? Wie kommst du …«

»Nur ein Scherz, Ruthchen. Ich wollte mal sehen, ob ich's noch kann. Weißt du noch, früher haben wir uns oft so gekabbelt, aber nie gemein, immer ganz …« Sie schien nach einem Wort zu suchen. »Schwesterlich-freundschaftlich.«

Wie schön, dass sie das sagte. Und dass sie sich noch daran erinnern konnte. Ruth hatte geglaubt, sie hätte all diese positiven Ereignisse längst vergessen. »Natürlich erinnere ich mich. Und wir kommen Sonntag sehr gerne.«

»Weißt du was, ich werde auch Kurt einladen. Es wird ein Kennenlern- und gleichzeitiges Abschiedsessen werden.«

Ruth lächelte. »Ich finde, das ist eine wundervolle Idee.«

Ja, dieser Tag, dieses Gespräch würde alles verändern, das wusste sie mit absoluter Gewissheit.

35.

Gisela

Früher war sie eine leidenschaftliche Köchin gewesen, sie hatte auch gern für Dietmar gebacken, der eine Naschkatze gewesen war. Umso mehr freute sie sich auf diesen Tag. Kurt hatte seine Abreise sogar um einen Tag verschoben, um dabei sein zu können.

Gisela war früh aufgestanden, um alles in Ruhe vorzubereiten. Endlich konnte sie mal wieder nach Herzenslust am Herd stehen, den Tisch festlich decken und eine Flasche vom teuren Rotwein aufmachen, den Dietmar so gern getrunken hatte. Sie selbst würde sich eisern zurückhalten, das hatte sie Ruth und auch sich selbst versprochen.

Der vergangene Montag, als Ruth überraschend vor der Tür gestanden hatte, um nach ihr zu sehen, hatte alles verändert. Es war, als hätte sie sich ihr Leben zurückgeholt.

Die Tränen, die sie vor Ruth geweint hatte, hatten sich lange, viel zu lange aufgestaut. Sie hatte ihren Kummer, ihre Trauer in sich eingeschlossen und nicht gewollt, dass jemand sie ihr nahm. Nun fühlte sie sich wie neugeboren, wie frisch erwacht und endlich wieder lebendig.

Noch am Montagabend hatte Gisela Marianne einen langen, sehr ehrlichen Brief geschrieben, hatte sie mit jedem Satz in ihr Herz schauen lassen. Es hatte sich so gut angefühlt, fast schon berauschend.

Gisela band die Schürze um und stellte fest, dass sie einen Fleck hatte. Auch ihren Haushalt hatte sie viel zu lange vernachlässigt, doch auch das würde sich ändern.

Sie würde wieder regelmäßig aufräumen, sauber machen und entrümpeln. Sie würde wieder frische Blumen kaufen, neue Sofakissen nähen, Romane lesen, zu Musik durch die Wohnung tanzen und … *Moment,* dachte sie, *einiges davon hab ich noch nie getan. Weil ich mir albern vorgekommen wäre.*

Lächelnd stellte sie den Zwiebeltopf auf den Tisch. Sie warf einen Blick in das aufgeschlagene Kochbuch und vergewisserte sich, dass sie nichts vergessen hatte, einzukaufen. Aber wenn sie eine Zutat vergessen hätte, wäre es jetzt ohnehin zu spät. Heute war Sonntag, und die Geschäfte waren geschlossen.

Gisela blinzelte. Wo hatte sie nur wieder ihre Brille hingelegt? Sie blickte sich in der Küche um.

Es klingelte an der Tür. Nanu, wer konnte das sein?

Sie wischte sich die Hände an der Schürze ab. Gerade noch rechtzeitig fiel ihr ein, den Backofen auszuschalten und zu öffnen, damit der Biskuitboden für die Mokka-Sahne-Torte abkühlen konnte.

»Mach dir bloß nicht so viel Arbeit«, hatte Ruth noch gesagt. *Wenn sie wüsste, wie gern ich mir so viel Arbeit mache,* dachte sie, während sie zur Tür ging.

Sie hätte kaum überraschter sein können, als Hannelore

vor ihr stand. »Ich hoffe, ich störe dich nicht. Ich dachte, ich sehe mal nach dir.«

Sie hab ich auch furchtbar vernachlässigt. Gibt's eigentlich irgendwas, das ich nicht vernachlässigt habe?

»Komm rein, Lore. Lass uns in die Küche gehen.« Sie trat beiseite. »Schicker Mantel«, sagte sie, als Hannelore an ihr vorbeiging. »Neu?«

»Ein Geschenk von Wilfried.«

Ach je, er scheint noch eine Menge gutmachen zu müssen. Als wäre es mit einem schicken Mantel getan.

»Als wär's mit einem teuren Mantel getan«, sagte Hannelore prompt, als sie sich an den Tisch setzte.

Gisela musste laut lachen. »Genau das Gleiche habe ich eben auch gedacht.«

Hannelore schnupperte. »Hier riecht's aber gut.«

»Ich koche für alle.«

»Ein Familienessen, wie schön.« Sie fragte nicht weiter nach, und Gisela sah sich auch nicht bemüßigt, mehr zu sagen.

»Möchtest du was trinken, Lore?«

»Was hast du denn da?«

»Einen Apfelsaft vielleicht?«

»Klingt gut.« Ihre Freundin sah müde aus und – alt. Gisela war ganz erschrocken, normalerweise sah sie aus wie das blühende Leben. Wilfried tat ihr nicht gut. Sie sollte ihn endlich auf den Mond schießen.

Gisela nahm eine Flasche Apfelsaft aus dem Kühlschrank und stellte sie zusammen mit einem Glas auf den Tisch.

»Huch, der Biskuit!« Sie holte die Form aus dem Ofen und stellte sie auf den Herd.

Hannelore nippte an ihrem Saft. »Wilfried und ich fahren zwei Wochen nach Belgien. Brügge, Antwerpen, Brüssel …« Sie seufzte. »Ich wollte immer schon mal hin.«

»Ja, ich auch. Dann seid ihr wieder …?«

Hannelore nickte. Sehr glücklich sah sie aber nicht aus. »Ich weiß, was du denkst, Gisela. Ich sollte ihn verlassen, verschwinden oder ihn rauswerfen. Ja, das wäre noch besser. Aber ich kann's einfach nicht.« Sie spielte mit dem oberen Mantelknopf. »Er hat sich verändert, ob du's glaubst oder nicht. Aber ich bin misstrauisch, ich kann das nicht ablegen.«

»Ich könnte das auch nicht.« Gisela holte ein zweites Glas und schenkte sich ein. »Tut mir leid, dass ich mich so lange nicht bei dir gemeldet habe, Lore. Ich war … ich bin … ich habe beschlossen, mich zu ändern, mich und mein Leben umzukrempeln.«

»Ehrlich gesagt, ist mir schon aufgefallen, dass du irgendwie anders bist. So … entspannt.« Hannelore kramte in ihrer Handtasche und zog ein kleines, hübsch eingepacktes Geschenk heraus. »Für dich.«

»Für mich? Ich habe doch gar nicht Geburtstag.«

»Ich wollte dir einfach eine kleine Freude machen.«

Gisela war so gerührt, dass sie schon wieder weinen musste. War die Schleuse erst mal geöffnet, flossen die Tränen ganz offenbar ungehemmt.

»Ach, du Schreck, du weinst doch nicht etwa«, sagte Hannelore bestürzt.

»Es ist nur, weil ich mich so freue. Danke, Lore.«

»Pack doch erst mal aus.«

Während Gisela die Schleife löste, sagte sie: »Es gefiel mir so gut, und ich musste gleich an dich denken.«

Gisela riss das Geschenkpapier auf und hielt ein hübsches Brillenetui in Händen. Normalerweise gab es sie nur in einem schlichten Schwarz oder Dunkelblau, doch dieses war aus feinstem hellen Nappaleder und hatte eine verzierte Schließe.

»Das ist … wunderschön, Lore!«

»Ich dachte, du verlegst doch dauernd deine Brille …«

Und schon wieder liefen ein paar Tränen, und sie wischte sie rasch mit dem Handrücken weg. »Danke, Lore, vielen Dank. Es ist zauberhaft. Und du wirst es nicht glauben, aber ich habe meine Brille schon wieder verlegt.«

Hannelore lachte kopfschüttelnd und stand auf. »Komm her.«

Sie umarmten sich lange und fest.

»Ruth hat sich übrigens unsterblich in ihren Chef verliebt, und Kurt zieht zu seiner Beatrix in die Schweiz«, sagte Gisela wie nebenbei.

»Wie bitte? Und das sagst du erst jetzt?« Hannelore betrachtete sie eingehend. »Kommst du damit zurecht, Gisela?«

»Ja.«

»Du schwindelst mich auch nicht an?«

»Nein.«

»Zur Abwechslung glaube ich dir.«

»Das kannst du auch. Ich habe beschlossen, ein anderer Mensch zu werden, eine bessere Mutter und eine bessere Schwester. Weil die Menschen, die ich liebe, es verdient haben.« Sie hob die Augenbrauen, war selbst ganz überrascht über ihre Worte.

»Das klingt sehr schön, Gisela. Ich glaube, ich muss auch ein bisschen weinen.« Hannelore wischte sich über die Augen. »Ich sollte mich verabschieden, ich muss noch packen. Wir fahren morgen früh los.«

Gisela brachte sie zur Tür und entdeckte ihre Brille neben dem Telefon. »Da ist sie ja!«

An der Tür umarmten sie sich erneut.

»Ich will auch eine bessere Freundin werden, Lore, ich versprech's.«

Hannelore hielt sie etwas von sich. »Auch das glaube ich dir. Grüße an Ruth und Kurt.«

»Ich werde es ausrichten.«

»Und an Marianne, wenn du ihr schreibst. Geht es ihr gut?«

Gisela seufzte und zuckte die Schultern. »Ich bin nicht sicher. Sie schreibt nicht mehr so häufig, weil sie so viel um die Ohren hat. Ich glaube, sie arbeitet viel zu viel, sie passt nicht auf sich auf.«

»Und du kannst es nicht.« Ihre Freundin nickte. »Aber sie wird wissen, dass du für sie da bist.«

»Das hoffe ich.«

Ich bin für Dich da, mein liebes großes Mädchen. Ich war es leider nicht immer, aber ich bin es jetzt, hatte sie in ihrem letzten Brief geschrieben.

»Viel Spaß in Belgien. Und wenn Wilfried wieder der alte wird …«

»Schicke ich ihn zum Teufel.«

36.

Später saßen sie zu viert beisammen, aßen, tranken und plauderten. Kurt war bester Laune, er schien sich uneingeschränkt auf sein neues Leben zu freuen. Gisela hatte ihn selten so vergnügt und unbefangen erlebt – und so geschwätzig.

Rainer Kronewinkel mochte sie vom ersten Augenblick an. Ein sympathischer, offener Mann mit Manieren, das gefiel ihr.

Was hatte Ruth doch für ein Glück, ein Glück, das sie ihr von Herzen gönnte.

Rainer hatte ihr einen Strauß weißer und gelber Freesien mitgebracht, ihre Lieblingsblumen. Bestimmt hatte Ruth es ihm verraten. »Die sind wunderschön, vielen Dank, Herr Kronewinkel.«

»Rainer, bitte.«

»Dann bitte auch Gisela.«

Auch Kurt verstand sich gut mit ihm. Die beiden unterhielten sich angeregt über Autos. Gisela hatte nicht mal gewusst, dass Kurt ein Autonarr war. Er besaß zwar den Führerschein, hatte aber eine Ewigkeit nicht mehr am Steuer gesessen.

Alle lobten ihr Essen, das ihr wirklich gut gelungen war.

»Es war schön, mal wieder für mehrere zu kochen. Das hat mir gefehlt.« Es stimmte.

Sie hatte sich auch an ihre selbst auferlegte Regel gehalten und nur ein Glas Wein zum Essen getrunken. Die Selbstdisziplin fühlte sich unerwartet gut an.

»Gibt's eigentlich Nachtisch?«, fragte ihr Bruder, als sie und Ruth das Geschirr in die Küche brachten. Auch Rainer war aufgestanden, um zu helfen.

»Er ist nämlich kein Pascha, musst du wissen«, sagte Ruth.

Gisela drehte sich zu Kurt um. »Natürlich gibt's Nachtisch.«

Verstohlen öffnete er den oberen Knopf seiner Weste – er hatte sich besonders fein gemacht –, und grinste verschämt, als alle lachten.

»Was würdest du von einer kleinen Spritztour halten, Kurt?«, schlug Rainer nach dem Essen vor.

»Ihr wollt euch nur vor dem Abwasch drücken«, meinte Ruth betont streng. Dann winkte sie großzügig ab. »Aber wir würden uns zu viert in der Küche eh nur gegenseitig auf die Füße treten.«

»Eine Spritztour?« Kurt stand auf. »Da sage ich nicht Nein.«

»Möchtest du fahren?«

Seine Augen wurden größer und größer. »Ich darf deinen Opel fahren?« Er strahlte wie ein kleiner Junge. »Na, und ob!«

»Seid pünktlich zum Kaffee wieder da«, bat Gisela. »Es gibt Mokka-Sahne-Torte!«

»Glaubst du allen Ernstes, wir würden das verpassen wollen?«

Als die beiden gegangen waren, stellte sie den Boiler an und wischte den Tisch ab. »Glaubst du, es ist zu früh, wenn ich Rainer auch das Du anbiete?«

»Überhaupt nicht.« Ruth lächelte. »Es geschieht gerade so viel, Gisela, und das meiste davon zu früh. Ich glaube, ich gewöhne mich langsam daran. Danke, dass ihr ihn so nett aufgenommen habt.«

Gisela band ihre Schürze um. »Er ist ja auch sehr nett. Ich wünschte, Marianne könnte bei uns sein. Wäre das nicht schön, wir alle mal wieder zusammen?«

»Oh ja. Sie hat mir schon länger nicht mehr geschrieben. Ich hoffe, es geht ihr gut.«

»Das hoffe ich auch.« Gisela drehte sich zu ihr um. »Ich mache mir Sorgen. Ich glaube, sie arbeitet zu viel. Ich weiß, was zu viel Stress anrichten kann.«

Ruth legte die Hand auf ihren Unterarm. »Sie weiß das auch, Gisela. Aber du hast recht, ein bisschen besorgt bin ich auch. Der Erfolg kam so schnell, sie hatte doch gar keine Zeit, sich daran zu gewöhnen. Vielleicht kann sie ihn nicht mal richtig genießen. Hat sie dir auch ein neues Foto geschickt?«

Gisela nickte. Sprachlos hatte sie es sich wieder und wieder angeschaut. Es war ein Ganzkörperfoto für die neue englische *Vogue*. Marianne war erschreckend mager und blass, aber das schien derzeit gefragt zu sein. Sie trug ein furchtbar kurzes roséfarbenes Kleid, dazu kniehohe rote Lackstiefel. Ihr Lächeln mit den beiden niedlichen Grübchen am Mundwinkel war kokett, verführerisch und gleichzeitig unnahbar.

Sie konnte unschuldig, verspielt und auch sinnlich wie eine Verführerin lächeln. Kein Wunder, dass die Fotografen sich um sie rissen und sie inzwischen regelmäßig auf den Titelbildern der großen Illustrierten war.

Früher hatte Gisela sie oft ermahnen müssen, sie solle auf ihren Gang achten. Sie hatte immer ein wenig mit den Armen geschlenkert und den Kopf etwas eingezogen. »Ich bin viel zu groß, Mama«, hatte sie gesagt. »Die Jungs in meiner Klasse sind alle kleiner. Das ist schrecklich.«

Inzwischen werde ich sie wohl nicht mehr ermahnen müssen, hatte Gisela gedacht.

»Sie ist bildhübsch, nicht wahr?«, sagte Ruth ehrfürchtig und bewundernd. »Aber ich bin ehrlich, Gisela. Ich glaube, ich möchte nicht mit ihr tauschen. Keinen einzigen Tag.«

37.

Ruth

Es war zugig am Bahngleis, und sie hatte sich an Rainer gekuschelt. Gisela stand neben ihr, auch sie schien zu frösteln.

Kurt lud gerade seine Koffer ins Abteil. Ruth sah durchs Fenster, wie er sich damit abmühte. Ihr war seltsam zumute, einerseits freute sie sich aufrichtig für ihren Bruder, andererseits ging wieder ein Abschnitt in ihrem Leben zu Ende. Die unterschiedlichen Emotionen wühlten sie auf, und sie tastete nach Giselas eiskalter Hand.

»Wir werden ihn einfach besuchen«, raunte sie ihr zu, und Gisela nickte.

Kurt kam aus dem Abteil und rieb sich die Hände. Er hatte den Mantelkragen hochgeschlagen und trug einen neuen Hut. »Extra für Bern und mein neues Leben«, hatte er gemeint.

»Tja«, sagte er nun und räusperte sich. »Dann heißt es wohl Abschied nehmen.«

Ruth machte sich los und umarmte ihn. »Pass auf dich

auf, großer Bruder«, flüsterte sie ihm ins Ohr. »Und wehe, du wirst nicht glücklich.«

»Du aber auch.« Er hielt sie etwas von sich, lächelte und nickte dann. »Dafür wird dein Rainer schon sorgen, was? Ich glaube, er ist ein netter Kerl.«

Gisela wirkte ein wenig befangen. »Kurt.« Sie holte tief Luft. »Pass gut auf dich auf, hörst du? Und melde dich gelegentlich mal, damit wir wissen, dass es dir gut geht.«

Er nickte und schien ebenfalls befangen. »Mach ich, Gisela. Und ihr kümmert euch um den Schrank in meiner Wohnung?«

»Wie besprochen.«

Kurt trat einen Schritt vor und zog sie in seine Arme. Sie ließ sich gegen ihn fallen. »Heul jetzt bloß nicht, Gisela«, sagte er so laut, dass alle es hören konnten.

Ruth musste unter Tränen lachen und putzte sich schnell die Nase.

»Als ob ich heulen würde«, sagte Gisela gespielt empört und kniff ihn in die Wange.

»Das wird mir fehlen.« Er verzog das Gesicht. »Früher hat sie mich sogar verhauen«, sagte er zu Rainer.

»Glaub ihm kein Wort!«

»Tja, dann …« Kurt hob die Hand und drehte sich um. Er stieg in den Zug, und im Abteil öffnete er das Fenster und lehnte sich heraus.

Gisela rief, er solle bloß nicht aus dem Fenster fallen.

Alle lachten, einschließlich Kurt. »Sie kann's nicht lassen!« Ein schriller Pfiff ertönte, und der Zug setzte sich in Bewegung. Kurt winkte ihnen mit einem karierten Taschentuch zu, bis der Zug aus dem Bahnhof gefahren war.

Ruth, Rainer und Gisela blieben stehen, bis er nicht mehr zu sehen war. Dann machten sie sich auf den Heimweg.

Als Rainer wenig später am Rosenplatz hielt und Ruth ihrer Schwester die Autotür aufhielt, fragte sie: »Ist alles in Ordnung? Ich meine, kommst du zurecht?«

Gisela blieb vor ihr stehen. »Das hat mich auch Hannelore gefragt. Ja, mir geht's gut, wirklich. Mach dir um mich keine Sorgen, ich komme zurecht. Kurt wird glücklich werden, das weiß ich, und ich gönne es ihm von Herzen.« Sie streichelte Ruths Wange. »Und dir gönne ich dein Glück auch, kleine Schwester.«

Die Tränen kamen, bevor Ruth sie zurückhalten oder auch nur blinzeln konnte. Sie nahm Gisela in die Arme, und sie hielten sich so lange, bis Rainer sich irgendwann räusperte.

»Meine Damen, die Woche ist bald um, wenn ihr so weitermacht.« Er schmunzelte belustigt.

»Ich rufe dich morgen an«, sagte Ruth.

Gisela nickte und ging zum Haus. Ruth sah, dass sie dem Schaufenster keinen einzigen Blick widmete.

An der Tür drehte sie sich um und winkte ihnen zu. Dann verschwand sie im Haus.

»Sie kommt zurecht«, sagte Ruth und stieg wieder ein.

»Das glaube ich auch.« Rainer zwinkerte ihr zu. »Ich frage mich gerade, wer von euch mehr auf die andere achtgibt.«

»Es steht unentschieden, nehme ich an.«

38.

Seit einem Vierteljahr war Kurt nun in der Schweiz.

Ruth hatte unterdessen ihre Wohnung gekündigt und war ganz zu Rainer gezogen. Sie mochte seine Wohnung, die ruhig gelegen war. Vom Küchenfenster aus konnte man auf die Weser blicken, manchmal sah man auch ein Schiff vorbeifahren.

An diesem Samstagvormittag im Salon Kronewinkel frisierte Ruth Elfriede Zimmermann, die in einer Illustrierten las, deren Titelbild wieder einmal Marianne präsentierte. »Ist sie nicht bildhübsch, Ruth? Sehen Sie nur, wie sie geschminkt ist. Diese Augen! Sie wirken so … betörend, nicht wahr?«

Ruth nickte mit einem Lächeln und toupierte eine Haarsträhne.

»Die Mannequins und Fotomodelle werden ganz bewusst so zurechtgemacht. Sie sollen etwas Geheimnisvolles, Unnahbares ausstrahlen.« Das hatte Marianne ihr verraten. Sie toupierte eine letzte Strähne, fixierte sie mit Haarspray und holte anschließend den kleinen Handspiegel. »Zufrieden, Frau Zimmermann?«

Ihre Kundin betrachtete sich mit höchst zufriedener

Miene im Spiegel. »Wunderbar, Ruth. Ich danke Ihnen.« Die Zeitschrift hatte sie zugeklappt aufs Waschbecken gelegt.

Ruth sah eine Kundin hereinkommen, begleitet von Rainer, der jede Kundin persönlich in Empfang nahm und in den Frisierbereich brachte. Die Frau grüßte freundlich und nahm am Nachbarwaschbecken Platz, dem einzigen, das gerade frei war.

»Elfriede«, sagte die Kundin erfreut zu ihrer Nachbarin. »Schön, dich zu sehen.«

»Sieglinde, entschuldige, ich war ganz in Gedanken«, erwiderte Frau Zimmermann. »Wie geht's den Kindern?«

»Sie tanzen mir auf der Nase rum, wenn du's genau wissen willst.«

Frau Zimmermann lachte. »Wir waren einige Zeit Nachbarn«, erklärte sie Ruth, die ihr den Umhang abnahm. »Dann ist Sieglinde leider mit ihrer Familie weggezogen. Aber wir treffen uns noch hin und wieder auf einen Klönschnack.«

»Oder beim Friseur«, sagte ihre ehemalige Nachbarin und zeigte auf das Titelbild der Illustrierten. »Wie fühlt es sich eigentlich an, die Tante eines so berühmten Mannequins zu sein, Fräulein Fellbach?«

Elfriede Zimmermann wurde feuerrot. »Ach herrje, tut mir leid, Ruth«, raunte sie. »Ich konnte meinen Mund mal wieder nicht halten.« Etwas lauter sagte sie: »Hier weiß es noch niemand, Sieglinde.«

Ruth rang sich ein Lächeln ab, sagte jedoch nichts.

»Was?«, rief Elfie aus, die links von ihr stand. »Und das sagst du erst jetzt, Ruth?«

»Sind Sie mir jetzt sehr böse?«, fragte Elfriede Zimmermann zerknirscht.

Ruth schüttelte den Kopf. »Früher oder später wäre es eh rausgekommen.«

»Was höre ich da? Du bist Anns *Tante*?«

»Und? Erzähl doch mal!«

»Ann ist deine Nichte?«

So ging es munter weiter. Von allen Seiten wurde Ruth belagert und mit Fragen gelöchert. Auch von den Kundinnen.

»Würden Sie sie um ein Autogramm bitten?«

»Für mich bitte auch!«

Schließlich kam Rainer. Er lächelte in die Runde. »Lassen wir es für heute gut sein, meine Damen, einverstanden? Selbstverständlich werden wir Ann um einen Stapel Autogramme bitten. Und jetzt lassen Sie uns weitermachen, damit Sie alle schick heimkommen.«

Alle nickten, vereinzelt wurde noch gemurmelt und geflüstert.

Ruth drückte Rainers Hand und schenkte ihm ein erleichtertes Lächeln. »Ich glaube, es war albern, es unbedingt geheim halten zu wollen«, sagte sie zu Elfriede Zimmermann, als sie sie zum großen Glastresen begleitete.

»Ich verstehe schon, Sie wollten nicht, dass so was wie eben gerade passiert.« Frau Zimmermann drückte ihr etwas mehr Trinkgeld als üblich in die Hand. »Tut mir wirklich leid, Ruth, ich fürchte, ich bin eine schreckliche Tratschtante.«

Einsicht ist der erste Weg zur Besserung, würde Marianne sagen, dachte Ruth und musste ein Grinsen unterdrücken.

»Ich habe neulich gelesen, dass John Lennon – oh, ich mag die Beatles! – seine Familie für diese Japanerin – wie heißt sie noch? Yono Oko? – verlassen hat.«

»Sie meinen Yoko Ono.«

»Was findet er nur an dieser Frau?« Elfriede Zimmermann schnalzte verständnislos mit der Zunge.

Ruth machte ihr die Tür auf. »Ich glaube, das nennt man Liebe.«

Nach Salonschluss scharten sich die Kolleginnen um Ruth.

»Also doch noch mehr Geheimnisse.« Elfie lehnte am Tresen, die Arme verschränkt.

»Tut mir leid, dass ich euch nichts davon erzählt habe«, sagte Ruth zerknirscht.

»Du scheinst wenig Vertrauen zu uns zu haben.«

»Das hat nichts mit Vertrauen zu tun. Es wäre mir ganz einfach unangenehm, wenn ihr mich anders behandeln würdet.«

Ihre Kolleginnen schwiegen einen Moment, warfen sich nur ab und an flüchtige Blicke zu.

»Ich verstehe, wenn ihr böse auf mich seid«, sagte Ruth ein wenig kläglich. »Aber ich wollte es euch nicht vorenthalten, ich wollte …« Sie verstummte und seufzte. »Ich wollte nicht, dass sich irgendwas zwischen uns ändert.«

»Oh, es wird sich einiges ändern«, meinte Brigitte. »Wir werden dich von nun an ständig löchern. Wir wollen alles über deine berühmte Nichte wissen.«

»Damit werde ich wohl leben müssen.«

Elfie grinste. »Ich glaube, damit kannst du gut leben.«

Am Abend lagen Ruth und Rainer aneinandergeschmiegt auf der Couch und sahen fern. Es war ein anstrengender Tag gewesen, und Ruth war froh, die Beine hochlegen zu können.

»Ich hab Hunger, soll ich uns die Zwiebelsuppe aufwärmen?«, fragte er gähnend.

»Ja, bitte.« Ihr Magen regte sich laut.

»Nun wissen es alle, dass du Anns Tante bist«, sagte er beim Aufstehen. »Macht dir das sehr zu schaffen?«

»Nein, nein. Es war ja nur eine Frage der Zeit, wann es herauskommt.«

»Aber du hättest es gern noch länger für dich behalten.« Er nickte. »Das verstehe ich.«

»Erst müssen die Kolleginnen verdauen, dass wir beide ein Paar sind, und dann erfahren sie noch, dass ich Anns Tante bin. Sie müssen sich ja fragen, ob ich noch mehr Geheimnisse mit mir herumtrage.«

»Die Spekulationen wirst du doch sicher ausgeräumt haben.«

»Das hoffe ich.«

»Glaubst du, dass sie ein Problem damit haben, dass wir liiert sind?«

Sie antwortete nicht gleich. »Anfangs kam es mir vor, als stünde ihnen auf der Stirn geschrieben, dass ich mich ins gemachte Nest setzen will, indem ich mir den Chef schnappe.« Sie dachte kurz nach, bevor sie weitersprach. »Aber ich glaube, es ist für sie in Ordnung. Ich bin und bleibe die Ruth, die sie kennen. Ob nun die Tante eines berühmten Mannequins oder die zukünftige Chefin.«

Autsch, das war ihr herausgerutscht, und sie spürte, wie sie errötete. »Ich meine, ich wollte damit nicht sagen …«

Rainer grinste amüsiert. »Was? Dass du nicht ihre zukünftige Chefin sein willst?«

»Nein, ich … Du machst mich ganz nervös!«, schimpfte sie und musste lachen.

Er schwieg einen Moment, stand nur da und schaute sie an. Dann ging er zur Tür. »Ich kümmere mich ums Essen.«

Als die Zwiebelsuppe vor ihr stand, schaffte sie nur ein paar wenige Löffel. Sie verzog das Gesicht und schob den Teller weg.

»Schmeckt sie dir nicht? Gestern warst du noch ganz verrückt danach.«

»Ich hab keinen Hunger mehr.« Ihr war schon wieder übel, speiübel, und sie fragte sich, ob sie sich vielleicht etwas eingefangen hatte.

Lustlos knabberte sie an einem Stück Brot, während Rainer sich auch ihre Suppe schmecken ließ.

Allmählich beruhigte sich ihr Magen wieder, und sie lehnte sich zurück. »Ich bin furchtbar müde, ich glaube, ich gehe gleich schlafen.«

»Ich dachte, wir sehen uns den Krimi an.«

Ruth gähnte, und er lächelte nachsichtig. »Verstehe, sieht aus, als müsste ich allein auf Mördersuche gehen.« Er stand auf und hob sie vom Stuhl, obwohl sie lachend protestierte.

Er trug sie ins Bett und sah sie eine Weile an.

»Was ist denn?« Sie schlüpfte aus ihren Kleidern, zog das Nachthemd an und kuschelte sich unter die Bettdecke.

Er setzte sich zu ihr und nahm ihre Hand. »Ich bin ein Blödmann, ich weiß, aber ich kann nicht anders. Ich wollte warten bis morgen zum Frühstück. Ich wollte den Sekt aufmachen und …« Er seufzte schwer. »Aber ich tu's jetzt. Willst du mich heiraten, Ruth? Willst du meine Frau werden?«

Mit einem Ruck setzte sie sich auf. »Ja!«

Er sah überrascht aus, grinste aber dann. »Also willst du doch die künftige Chefin sein.«

Sie lachte kopfschüttelnd. »Natürlich, was dachtest du denn?«

»Ich dachte, du würdest wenigstens etwas Bedenkzeit brauchen. Das ist in den meisten Filmen doch so, oder?«

Ruth musste laut lachen. »Das hier ist das Leben, Rainer, kein Film.« Sie nahm sein Gesicht in beide Hände und küsste ihn lange. »Ich sage Ja, Ja, Ja!«

Er öffnete die obere Schublade in seinem Nachtschrank und nahm ein kleines Kästchen heraus. »Den hätte ich ja fast vergessen. Gefällt er dir?« Er steckte ihr den Ring an.

»Er ist … wunderschön, Rainer!« Sie betrachtete den schlichten, leicht ziselierten Goldring. Sie hatte sich nie etwas aus Schmuck gemacht, aber diesen Ring würde sie bis an ihr Lebensende tragen.

»Möchtest du eine klassische, furchtbar spießige Verlobungsfeier?«

»Nein, du etwa?«

Er schüttelte den Kopf. »Ich bräuchte nicht mal eine große Hochzeitsfeier. Aber meine Mutter würde nie mehr ein Wort mit mir reden.«

»Und das könnte ich nicht verantworten. Aber es wird nur eine kleine, ganz familiäre Feier, ja?«

39.

Im Radio sang Michael Holm ›Mendocino‹, und die neue Kundin wippte summend mit dem Fuß. Sie war eine von vielen jungen Frauen, die neu in den Salon kamen. Natürlich hatte es sich wie ein Lauffeuer herumgesprochen, dass Ruth die Tante der berühmten Ann war, und der Terminkalender, der ohnehin stets voll war, quoll bald über. Unangemeldete Kundinnen musste Rainer immer häufiger abweisen oder auf spätere Termine vertrösten. Meistens funktionierte das sogar, weil sie unbedingt in diesem Salon und am liebsten auch von dieser Friseuse frisiert werden wollten. Dafür nahmen sie lange Wartezeiten in Kauf.

Noch immer wurde Ruth mit Fragen und Bitten überhäuft, etwas über Marianne zu erzählen, preiszugeben. Sie hatte ihr in einem Brief davon geschrieben und noch keine Antwort erhalten. Natürlich hatte sie ihr auch von ihrer Verlobung erzählt.

»Waren Sie schon mal in London, Fräulein Fellbach?«, fragte die Kundin sie und riss sie damit aus ihren Gedanken.

»Nein. Ich hätte meine Nichte zwar gern besucht, aber sie ist ständig unterwegs und hätte gar keine Zeit.« Dass sie

Angst vorm Fliegen hatte und allein beim Anblick eines Schiffes schon seekrank wurde, behielt Ruth für sich.

»London muss furchtbar aufregend sein.« Die Kundin seufzte verträumt.

Ruth rang sich ein Lächeln ab. Manchmal wurde es ihr zu viel, und jedes Mal freundlich zu lächeln oder etwas Nettes zu sagen fiel ihr mitunter schwer. »Ich glaube, so beneidenswert ist es nicht, als Mannequin zu arbeiten.«

»Nicht?«

»Die Arbeit ist furchtbar stressig, ständig sitzen sie im Flugzeug oder im Zug, ständig müssen sie in einem Hotelzimmer übernachten. Sie müssen sich alles verkneifen, was lecker ist: Eiscreme, Nudeln, Schokolade«, zählte sie auf. »Und regelmäßig geht es auf die Waage. Eiserne Disziplin und Strenge mit sich selbst, ich weiß nicht, ob ich das auf Dauer mögen würde.«

Die Kundin sah sie entgeistert im Spiegel an. »Das klingt wirklich nicht sehr angenehm.«

»Viele Mannequins halten das auch nicht sehr lange durch.« Marianne hatte ihr geschrieben, dass viele schon nach wenigen Monaten wieder heimwollen. Manche wurden auch krank, wie Mary, ihre Mitbewohnerin.

Nein, Mannequin war kein Traumberuf.

»So hab ich das noch nie gesehen«, sagte die Kundin nachdenklich und auch enttäuscht.

Ruth frisierte weiter und versuchte, die aufkommende Übelkeit zu ignorieren, die sich schon wieder bemerkbar machte.

Am Abend machten sie und Rainer einen Spaziergang an der Weser. Rudi hatte so lange im Flur gestanden und war an seiner Leine hochgesprungen, die an der Garderobe hing, dass sie sich erbarmt hatten.

Ruth war müde und gähnte fast ununterbrochen. Seit ein paar Wochen war sie im Grunde ständig müde und schlief, sobald sie sich nur hinlegte und die Augen zumachte.

»Was ist mit dir?« Rainer küsste sie aufs Haar. »Du bist schon den ganzen Tag so still und in dich gekehrt.«

»Ich weiß auch nicht«, sagte sie träge.

Über ihnen braute sich etwas zusammen, dunkle Wolken zogen auf, und es wurde ganz plötzlich windig.

»Lass uns heimgehen.« Er rief nach Rudi, der am Ufer entlangrannte und die Enten aufscheuchte.

Sie schlenderten weiter, und plötzlich traf Ruth die Ahnung – oder war es eine Erkenntnis? – wie ein Schlag: Konnte es sein, dass sie ein Kind erwartete? War ihr deshalb neuerdings dauernd übel? Kamen daher die Müdigkeit und die Erschöpfung?

»Rainer?« Sie war abrupt stehen geblieben.

Rudi zog kläffend an der Leine. Es begann zu nieseln, und er konnte Regen nicht ausstehen.

»Rainer?«, sagte sie leise. »Ich glaube, ich … wir … Ich glaube, ich bin schwanger.«

»Was?« Er hob sie hoch. »Wir bekommen ein Kind!«

»Warte, ich bin mir ja noch nicht sicher.« Sie musste lachen und zugleich weinen. War das ein Beweis für ihr Hormondurcheinander?

»Und wann kannst du das sein?«

»Ich mache gleich morgen früh einen Termin beim Arzt.«

Drei Tage später bestätigte der Arzt Ruths Hoffnung.

Sie konnte es noch immer nicht recht glauben, es fühlte sich unwirklich an. Lange hatte sie sich immer wieder vorgestellt, wie es wäre, Mutter zu sein. Dann war der Gedanke, die Vorstellung mehr und mehr in den Hintergrund gerückt, hatte keine Rolle mehr gespielt – bis Rainer unverhofft in ihr Leben getreten war.

Nun empfand sie mit einem Mal Angst und sogar Panik. Würde, konnte sie eine gute Mutter sein? War sie überhaupt bereit, Mutter zu werden?

Am Abend rief sie Gisela an. Sie wollte ihr von der Schwangerschaft erzählen. Sie hatte auch das Bedürfnis, mit ihr über ihre Gedanken, ihre Befürchtungen zu reden. Aber nicht am Telefon. »Was würdest du von einem Sonntagsausflug halten? Rainer leiht mir bestimmt das Auto. Ich könnte dich abholen, und wir fahren raus aufs Land.«

»Ich weiß nicht«, sagte Gisela zögernd.

Sie ist träge geworden, dachte Ruth. *Früher hatte sie mehr Pep, mehr Freude an Unternehmungen.*

»Gib dir einen Ruck, Gisela. Ich würde auch gern mit dir über etwas sprechen.«

»Ist was passiert, Ruthchen?«

»Ja, aber ich möchte das nicht am Telefon bereden.«

»Gut, einverstanden. Ich war sonntags ewig nicht mehr raus aus der Stadt. Wir könnten ins Friedeholz fahren, einen langen Spaziergang machen und anschließend irgendwo Kaffee trinken und ein Stück Torte essen.«

Allein bei dem Wort »Torte« wurde Ruth schon übel. Doch sie lächelte tapfer. »Abgemacht.«

40.

Gisela trug ein Kleid, das Ruth schon lange nicht mehr an ihr gesehen hatte. Es stand ihr noch immer hervorragend.

»Du siehst schick aus«, begrüßte Ruth sie, als sie einstieg.

Das Wetter war wie gemacht für einen ausgedehnten Waldspaziergang, es war sonnig, und ein lauer Wind wehte. Mit nur einer Strickjacke hatte Ruth das Haus verlassen.

Auch Gisela trug über ihrem Kleid eine Strickjacke. »Was wolltest du mit mir besprechen, Ruthchen?«, fragte sie, kaum dass sie über die Große Weserbrücke gefahren waren.

»Lass uns warten, bis wir im Friedeholz sind, ja?« Sie wollte es feierlich machen.

»Wie du meinst.« Gisela sah aus dem Fenster, und Ruth konzentrierte sich auf den gemächlichen Sonntagnachmittag-Straßenverkehr. Es war herrlich, wieder am Steuer zu sitzen.

»Du fährst wirklich gut«, meinte ihre Schwester.

»Warum hast du eigentlich nie den Führerschein gemacht?«

»Es hat mich nie gereizt.« Gisela grinste schelmisch. »Aber Dietmar hat mir die eine oder andere Fahrstunde gegeben.«

»Das wusste ich ja gar nicht. Dann kannst du fahren?«

Gisela grinste wieder. »Ich denke schon.«

»Willst du auf dem Rückweg mal ans Steuer?«

»Lieber nicht.«

»Rainer hätte sicher nichts dagegen.«

»Nein, besser nicht.« Dann schwenkte sie plötzlich um. »Mal sehen.«

Ruth lachte in sich hinein.

Eine Stunde später spazierten sie durch den Wald, in dem es nach Moos und feuchtem Laub roch. Ruth hatte sich bei ihrer Schwester eingehakt. Nach ein paar Schritten sagte sie wie nebenbei: »Ich bin schwanger, Gisela.« Es war kaum heraus, da ärgerte sie sich schon. Sie hatte es doch feierlich machen wollen!

»Was?« Ihre Schwester war abrupt stehen geblieben. »Das ist ja … wundervoll, Ruthchen! Ich freue mich so für dich, für euch. Wann soll es denn kommen?«

»Im Juni.«

»Aber ihr werdet doch heiraten?«

Ruth nickte. »Aber es wird keine große Feier geben. Nur die Familie und Rosemie und so.«

Sie spazierten weiter, rechts von ihnen sprangen zwei Rehe durchs Dickicht.

»Was meinst du, ob ich eine gute Mutter sein werde?«, fragte Ruth nach einer ganzen Weile.

»Ganz bestimmt.«

»Ich habe mir lange vorgestellt, wie es wohl sein würde, und jetzt kriege ich es mit der Angst zu tun.«

»Ich glaube, das geht jeder Frau so, Ruthchen. Mach dir keine Sorgen, du wirst eine wunderbare Mama sein.«

Das kleine Ausflugslokal war gut besucht, aber sie hatten Glück, und ein Tisch wurde soeben frei, als sie ankamen.

Ruth nahm Platz und streckte die Beine aus. Ihr taten die Füße weh. »Puh, ich bin lange nicht mehr so viel gelaufen.«

»Ich auch nicht. Apfelkuchen? Mit Sahne?«

»Apfelkuchen ja, Sahne nein. Und Tee anstatt Kaffee.« Ruth legte die Hand auf den Magen und verzog das Gesicht. »Mir wird bei den seltsamsten Dingen übel. Und ich mag neuerdings Trockenfrüchte.«

»Igitt. Für mich übrigens auch lieber Tee. Ich vertrage Kaffee zurzeit nicht so gut.«

Sie bestellten beim Kellner, einem älteren, mürrischen Mann.

Ruth schaute sich um, ihr Blick fiel auf ein Paar mit zwei kleinen Kindern, einem Jungen und einem Mädchen. Beide waren so niedlich, dass sie den Blick nicht abwenden konnte.

»Sieh nur«, wisperte Gisela. »Sind sie nicht goldig? Wünschst du dir ein Mädchen oder einen Jungen?«

»Das ist mir völlig egal.«

»Das glaube ich dir nicht.«

»Es stimmt aber.«

Gisela schien ihr noch immer nicht recht zu glauben.

Der Kellner kam und brachte zwei kleine Kännchen mit Tee; Ostfriesentee für Gisela und Pfefferminz für Ruth. »Kuchen kommt gleich«, brummte er kurz angebunden.

»Die Freundlichkeit hat er nicht erfunden«, meinte Gisela

leise. »Vielleicht sollte er lieber irgendwo arbeiten, wo er nicht freundlich sein muss.« Sie öffnete ihre Handtasche und legte Zigaretten und Feuerzeug auf den Tisch. »Es stört dich doch nicht?«

»Nein.«

Sie zögerte dennoch, bevor sie sich eine Zigarette anzündete und tief inhalierte. »Du hast nie damit angefangen, sei froh. Man kommt nur schwer wieder davon los.« Sie seufzte resigniert. »Ich scheine gar nicht mehr davon loszukommen. Wie oft hab ich's schon versucht.«

Ruth gab einen Zuckerwürfel in ihren Tee. »›Versuch‹ kommt von ›Versuchung‹. Wer hat das noch mal gesagt?«

»Kurt?«

Sie musste lachen. »Nein, der war's nicht. Es fällt mir nicht mehr ein.«

Sie lachten beide. Es war so schön, hier mit Gisela bei Tee und Kuchen zusammenzusitzen und unbefangen zu reden.

»Ich hätte Lust auf ein Cognäcchen. Du auch?« Gisela winkte ab. »Nein, für dich natürlich nicht.« Sie hob die Hand, und als der Kellner an den Tisch kam, sagte sie: »Einen Cognac, bitte. Und für meine Schwester eine Waldmeisterbrause.«

Nachdem sie den Kuchen gegessen hatten, lehnte Gisela sich zurück. »Gestern ist ein Brief von Marianne gekommen. Ich glaube, es geht ihr nicht gut. Sie schreibt es natürlich nicht so direkt, du kennst sie ja. Aber ich …« Sie verstummte kurz und zog ihr Taschentuch aus der Rocktasche. »Ich mache mir wirklich Sorgen. Ich fürchte, sie hat uns schon eine ganze

Weile was vorgemacht. Ihr ist das alles über den Kopf gewachsen, und sie wollte nicht, dass wir uns sorgen. Vielleicht hat sie sich auch selbst was vorgemacht und sich eingeredet, dass das genau das Leben ist, das sie wollte. Aber ich glaube das nicht, Ruth. Du etwa?«

»Nein, ich auch nicht. Sie hat einen harten Schnitt gemacht, als sie nach London ging, und nach so einer Entscheidung hat man oft das Gefühl, nicht mehr zurückzukönnen.«

»Aber sie kann jederzeit wieder heimkommen, das sollte sie doch wissen.«

»Das meinte ich damit nicht, ich meinte, dass man sich selbst unbedingt etwas beweisen will. Dass man durchhalten will, egal wie schwierig, wie schlimm es gerade ist. Weil man das, was man angefangen hat, auch zu Ende bringen will.«

Gisela machte »Hmm«, und Ruth redete weiter. »Sieh mal, du hast uns jahrelang vorgemacht, der Salon wäre dein Leben. Die ganze Verantwortung auf deinen Schultern hast du dir nie anmerken lassen. Man kann sich selbst ganz prima in die Tasche lügen. Weißt du noch, wer das gern gesagt hat?«

»Unser Vater.«

Ruth nickte. »Unser Vater.«

Gisela sah sie bestürzt an. »Du hast recht. Ich hätte es gern besser gemacht.«

»Du hast es so gut gemacht, wie du konntest.«

Ihre Schwester schwieg einen Moment, dann sagte sie leise: »Tut mir leid, ich hätte das mit Marianne nicht ansprechen sollen. Jetzt habe ich die Stimmung verdorben.«

»Nein, schon gut.« Ruth fuhr mit dem Zeigefinger über

den Tassenrand. »Vielleicht solltest du ihr ganz offen deine Sorgen mitteilen.«

»Bin ich dann nicht wieder die Glucke, die übertrieben über sie wacht?«

»Nein, das finde ich nicht. Jede Mutter wäre besorgt, wenn sie wüsste, was für ein Leben ihre Tochter führt.« *Und ich bin bald auch Mutter,* dachte Ruth beglückt. An die Sorgen, die sich einmal machen würde, mochte sie jetzt noch nicht denken.

»Ich hab Angst, wieder was falsch zu machen, Ruth. Und ich will in Zukunft alles richtig machen.«

»Man kann nie alles richtig machen, und das muss man auch gar nicht. Du bemühst dich aufrichtig, das allein zählt.«

Wieder schwieg Gisela einen Augenblick. »Ich brauche eine Aufgabe, Ruthchen, ich muss beschäftigt sein. Dieses Rumsitzen und Nichtstun macht mich wahnsinnig.«

»Willst du damit sagen, dass du doch überlegst, den Salon …«

»Nein.« Sie schüttelte den Kopf. Es sah energisch aus. »Weißt du, wie es war, jeden Tag wieder sehen zu müssen, dass es nicht gut läuft, dass immer weniger Leute kommen? Sich jeden Tag wieder zusammenreißen zu müssen, damit es irgendwie weitergeht? Es war wie ein Befreiungsschlag, als mir klar wurde, nein, als ich mir eingestanden habe, ihn nicht mehr eröffnen zu wollen.« Sie hob die Augenbrauen. »Ja, ich glaube, ich musste mich vom Salon befreien.« Ein Lächeln huschte über ihr Gesicht. »Weißt du was, ich glaube, ich schaffe mir ein Haustier an. Vielleicht einen kleinen

Hund, mit dem ich täglich rausmuss. Und ich werde noch mehr schneidern, das macht mir richtig Spaß.«

Ruth lächelte. »Da hast du deine Aufgaben.«

»Und ich werde natürlich die beste Tante für euer Baby sein, die ihr euch wünschen könnt. Jetzt ist's aber genug von Selbsterkenntnissen und neuen Vorhaben.« Sie hob ihre Tasse. »Auf dich, Ruthchen, und auf euer Baby.«

»Mir ist schlecht von der Waldmeisterbrause«, sagte Ruth später, als sie zum Parkplatz zurückspazierten.

»Du hättest sie nicht austrinken müssen.«

»Aber sie war lecker.«

»Dann beschwer dich nicht.«

Es war wie früher, vor unzähligen Jahren, als sie sich häufig auf diese freundschaftlich-liebevolle Art geneckt hatten.

Wie hatte Ruth das vermisst. Sie hakte sich bei ihrer Schwester ein.

Die war stehen geblieben und blickte sich um. »Ich glaube, wir hätten da hinten nicht rechts, sondern links gehen müssen.«

»Rechts ging es zur Wolfsschlucht, und wir wollen zum Parkplatz.«

»Ich glaube trotzdem, dass wir hier falsch sind. Kannst du noch laufen?«

»Willst du mich tragen?«

»Es käme auf einen Versuch an.«

»Womit wir wieder bei der Frage wären, von wem der kluge Satz stammt.«

Kichernd schlenderten sie weiter.

Am Wagen angekommen, klopften sie ihre Schuhe aus, und als Ruth sich auf den Fahrersitz setzen wollte, sagte Gisela: »Ich glaube, ich möchte doch fahren.«

»Na also.«

Gisela stellte den Fahrersitz ein und überprüfte im Rückspiegel ihre Frisur. »Es fühlt sich ganz seltsam an, hier zu sitzen. Hoffentlich hab ich's nicht verlernt. Wir nehmen den Schleichweg, ja? Auf der Hauptstraße hätte ich Angst.«

Sie zog ihre Lippen nach und machte einen Kussmund. »Nur für den Fall, dass die Polizei uns anhält.«

Ruth erkannte sie kaum wieder. Betrunken oder auch nur beschwipst konnte sie nicht sein, von einem Glas Cognac. »Konzentrier dich lieber darauf, dass der Spiegel richtig eingestellt ist.« Ruth musste dennoch lachen.

Gisela ließ den Motor an und jubelte. »Oh, er läuft!« Sie schaltete in den Rückwärtsgang, und es gab ein knirschendes, scheußliches Geräusch. »Oh, das war der falsche Gang. Verrat's bloß nicht Rainer, ja?«

»Das macht nichts. Mir passiert das hin und wieder auch.«

Mit hochkonzentrierter Miene fuhr Gisela aus der Parklücke, schaltete in den ersten Gang und fuhr ruckelnd an.

»Du musst die Kupplung langsamer loslassen, sonst hoppelt der Wagen.«

Sie schaltete in den zweiten Gang und gab etwas mehr Gas.

»Oh, das macht Spaß, Ruthchen!« Sie setzte den Blinker und bog auf die Hauptstraße.

Nach wenigen Metern fuhr sie links ab auf die Nebenstraße, den Schleichweg. »Fahre ich dir zu schnell?«

»Nein, nein. Beim vierten Gang musst du ein bisschen vorsichtig sein. Manchmal erwischt man den zweiten.«

Ein beigefarbener VW Käfer überholte sie, und Gisela fluchte leise. »Dem fahre ich jedenfalls zu langsam. Warum fährt er nicht auf der Hauptstraße?«

»Vielleicht wohnt er hier irgendwo.«

»Hast du das Gesicht von dem Fahrer gesehen? Ich kann mir denken, was er gedacht hat.«

»Dass er neidisch auf Rainers schickes Auto ist?«

Giselas Mundwinkel zuckte. »Weißt du, was Dietmar gern gesagt hat? Dass Frauen nicht ans Steuer gehören.«

»Und trotzdem hat er dir Fahrstunden gegeben?«, fragte Ruth verblüfft.

»Ich nehme an, er hat gehofft, dass ich es mit der Angst zu tun kriege und froh bin, wenn er weiterfährt.«

»Du solltest auch den Führerschein machen.«

Gisela sah sie kurz an. »Wer weiß, vielleicht tue ich das sogar, Ruthchen.«

Nach einer Weile begann es zu nieseln, und der Wind warf Blätter an die Windschutzscheibe. Der Scheibenwischer quietschte, und Ruth verzog das Gesicht.

Gisela wollte ihn wieder ausschalten, erwischte aber den Blinker. »Ach, du Schreck!« Sie hantierte an den Hebeln und war für einen kurzen Moment unaufmerksam.

Der genügte, um den Wagen ein wenig ins Schlingern zu bringen und einen der Begrenzungspfähle zu streifen.

»Huch! Hab ich ihn erwischt?«, fragte Gisela erschrocken.

»Ich glaube schon. Halt mal an, ja? Ich steige aus und sehe nach.«

Ruth lief hin, blickte sich rasch um, richtete den Pfahl, der etwas schief dastand, trat ihn fest und schaute sich dann die Stoßstange des Wagens an. *Alles gut gegangen,* dachte sie erleichtert. Die Stoßstange hatte nicht mal einen Kratzer.

»Erledigt«, sagte sie beim Einsteigen. »Und der Wagen hat nichts abgekommen.« Sie grinste ihre Schwester an. »Wir werden also nicht verhaftet, Gisela. Du hast dir ganz umsonst die Lippen nachgezogen.«

41.

Seit Tagen war es im Salon wie im Taubenschlag zugegangen.

Ruth ging es inzwischen stetig besser, die Übelkeit war so gut wie verschwunden, nur dann und wann regte ihr Magen sich. Zum Beispiel, wenn eine Kundin stark parfümiert war oder es im Treppenhaus nach gebratenen Zwiebeln roch. Neuerdings hatte sie eine Schwäche für Dörrobst, dabei mochte sie es eigentlich gar nicht.

Die letzten Kunden waren gerade gegangen, und sie, Hella und Brigitte waren dabei, aufzuräumen. Rainer war zum Großhandel gefahren, um ein paar Dinge einzukaufen. Er war schon seit Stunden unterwegs.

Als im Radio ›Was so alles geschieht auf der Carnaby Street‹ von Peggy March lief, blieb Ruth stehen und lauschte. Ihr schossen die Tränen in die Augen, weil sie wieder an Marianne denken musste.

Ruth wünschte, ihre Nichte könnte bei der Hochzeit am Wochenende dabei sein, aber sie hatte gleich abgesagt.

Ich hab zu viel zu tun, Ruthchen, tut mir so leid! Ich wäre furchtbar gern dabei und würde Dich so gern mit kleinem runden Bäuchlein unter dem Kleid sehen.

»Was hast du denn?«, fragte Brigitte und schob sie sacht beiseite, weil sie im Weg herumstand.

»Ich musste nur gerade an meine Nichte denken.«

Brigitte legte kurz den Arm um ihre Schultern, dann fegte sie weiter.

»Überanstreng dich ja nicht, hörst du?«, sagte Elfie streng.

»Warum gehst du nicht nach Hause?«

»Weil Rainer noch nicht zurück ist.«

»Ach ja, stimmt.« Sie wies auf den Stuhl in der Ecke. »Dann setz dich, bis er kommt.«

»Und sehe euch bei der Arbeit zu? Ganz bestimmt nicht.«

Elfie nahm ihr kurzerhand den Wischlappen aus der Hand.

»Na schön, wie du meinst.« Ruth sank auf den Stuhl und spürte erst jetzt, wie sehr ihre Füße brannten.

Über ihr an der Wand hingen Poster von bekannten Mannequins, auch Marianne war darunter.

Noch immer wurde Ruth von Kundinnen bestürmt, und natürlich wollten alle ihr Haar genauso tragen.

Die Eingangstür wurde schwungvoll geöffnet, und Rainer kam mit einem lauten »Bin wieder da!« herein.

Als er Ruth auf dem Stuhl sitzen sah, ließ er beinahe die vollen Taschen und Tüten fallen und lief zu ihr. »Alles in Ordnung? Du hast dich doch nicht überarbeitet?«

»Nein, Elfie und Brigitte sorgen schon dafür, dass das nicht passiert. Ich durfte nicht weiter aufräumen.«

Er warf den beiden einen raschen Blick zu und nickte.

»Wir sind dann auch fertig.« Brigitte schlüpfte aus ihrem Kittel. »Bis morgen.«

Auch Elfie verabschiedete sich, und als sie allein waren, setzte Rainer sich neben Ruth und nahm ihre Hand. »Ich habe Gisela unterwegs getroffen.«

»Im Großhandel?«, fragte sie verblüfft.

»Nein, auf dem Osterdeich. Sie hatte einen Einkaufsbummel gemacht und wollte eigentlich hierherkommen.« Seit einiger Zeit kam sie regelmäßig in den Salon und ließ sich von Ruth frisieren. »Dann war sie nicht da?«

Ruth schüttelte den Kopf. »Ich rufe sie gleich an, wenn wir zu Hause sind.«

»Ich wollte kommen«, sagte Gisela später am Telefon. »Aber plötzlich wurde ich so müde, dass ich gleich nach Hause bin und mich hingelegt habe.«

»Du wirst doch hoffentlich nicht krank?«

»Und verpasse eure Hochzeit? Ganz bestimmt nicht. Ich würde gern morgen Vormittag kommen. In Ordnung?«

»Lieber etwas früher, am besten gegen neun. Danach sind wir komplett ausgebucht. Hast du was von Marianne gehört?«

»Nein, du?«

»Seit ihrer Absage nicht, nein.«

Beide schwiegen einen Moment, weil jede wusste, dass die andere besorgt war.

»Sie meldet sich bestimmt zu eurer Hochzeit«, meinte Gisela schließlich. »Mit einem riesigen Geschenk per Post.«

»Mir wäre lieber, sie würde selbst kommen.«

Nach dem Gespräch schmiegte Ruth sich an ihren zukünftigen Mann, der es sich auf der Couch bequem gemacht hatte.

»Was läuft denn?«

»Ein Spielfilm. Ich weiß gar nicht genau, worum's geht. Er ist so langweilig, dass ich schon ein paarmal eingenickt bin.« Er gähnte. »Soll ich uns eine Schallplatte auflegen?«

»Ach ja, bitte.« Sie musste ebenfalls gähnen.

Er stand auf und ging zum Plattenspieler. »Peggy March oder Graham Bonney?«

»Leg ruhig deine geliebten Beatles auf.« Sie lächelte mit geschlossenen Augen.

Die Plattennadel rauschte, und dann erklang ›Eleanor Rigby‹. Ruth mochte das Lied sehr und sang leise mit.

Rainer kam wieder zu ihr, und sie bettete den Kopf auf seine Brust. »Wenn dein Bauch noch größer ist, dürfte das schwierig werden.« Er gab ihr einen Kuss. »Wie fühlst du dich?«

»Gut und sehr müde.« Sie liebte diese Abende, wenn der Fernseher aus war und sie still beieinandersaßen oder lagen und Musik hörten. Manchmal lasen sie auch oder plauderten.

»Schön, oder?«, flüsterte sie. »Wünschst du dir eigentlich einen Sohn oder eine Tochter?«

»Das ist mir vollkommen egal.«

»Glaub ich nicht.«

»Es stimmt aber.«

»Ich dachte, alle Männer wünschen sich als Erstes einen Stammhalter.«

»Hmm … Nein, mir ist es wirklich egal. Und du? Was wünschst du dir?«

»Ich weiß es nicht«, gab sie zu. »Mal denke ich, ein Sohn wäre schön. Dann wieder denke ich an ein Mädchen.« Sie lauschte seinem Herzschlag und musste an ihre erste gemeinsame Nacht denken.

Die Wohnung war vorerst groß genug, weil es ein weiteres Zimmer gab, das sich gut als Kinderzimmer eignete.

Rainer träumte von einem Häuschen am Stadtrand, irgendwo im Bremer Speckgürtel. Ruth dagegen würde am liebsten in der Stadt bleiben. Sie war es so gewohnt und würde sich mit einem Ortswechsel schwertun.

»Ein Haus auf dem Land wäre fein«, sagte er in die Stille hinein.

»Hast du meine Gedanken gelesen?«

»Ich wünschte, ich könnte. Sag bloß, du hast auch über ein Haus nachgedacht?«

»Ich habe daran gedacht, dass wir, wenn unsere Familie größer wird, eine neue Wohnung brauchen.«

»Und du willst nach wie vor nicht raus aufs Land.« Es war keine Frage, sondern offenbar eine Feststellung.

»Müssen wir das heute entscheiden?« Sie war ein bisschen verstimmt. Neuerdings hatte sie nicht nur eigenartige Heißhungerattacken, auch ihre Stimmungen konnten blitzschnell wechseln.

»Nein, Schatz.« Er küsste sie aufs Haar.

Sie kuschelte sich an ihn, froh, dass das Thema vom Tisch war. Vorerst.

42.

Als Ruth und ihr Ehemann aus dem Standesamt kamen, schien die Sonne, obwohl es zuvor noch genieselt hatte und ungemütlich windig gewesen war.

Sie hatte während der Trauung weinen müssen, und Rainer hatte ihr wortlos sein Taschentuch gegeben.

Auch Rosemie, die Trauzeugin war, hatte einige Tränen vergossen. »Das war mal eine schöne Trauung«, sagte sie begeistert. »Und so romantisch.«

Vor dem Standesamt hatten sich ein paar Leute versammelt, und Gisela begann sogleich, Sekt auszuschenken. Wo die Flaschen und Gläser plötzlich herkamen, verriet sie nicht.

Sie hatte sich um die kompletten Hochzeitsvorbereitungen gekümmert, hatte Gästelisten geschrieben und die Einladungen verschickt, das Lokal gebucht und die Speisen abgesprochen.

Ruth und Rainer hatten sich um nichts kümmern müssen. »Das ist mein Hochzeitsgeschenk an euch.« Und später hatte sie gemeint: »Schade, dass man so was nicht beruflich machen kann. Das würde mir gefallen.«

Reiskörner flogen durch die Luft, und Sektkorken ploppten.

»Hoch lebe das Brautpaar!«

Auch Kurt und Beatrix waren gekommen, und als Ruth die beiden begrüßte, sagte sie zu Beatrix: »Ich dachte, wir lernen uns auf eurer Hochzeit kennen, und nun ist es meine.«

»Wann ist es denn so weit?«, erkundigte sich Beatrix.

»Im Juni.« Ruth zupfte an ihrem Brautkleid. »Gisela war so nett und hat es mir etwas weiter gemacht.«

Dennoch zwickte es überall. Ihr Bauch war innerhalb der letzten Wochen enorm gewachsen.

Kurt umarmte sie so lange, dass sie glaubte, keine Luft mehr zu bekommen. »Ist alles in Ordnung?«, fragte sie an seiner Schulter.

Er ließ sie los, strahlte. »Und wie. Mir geht's prächtig, Ruthchen, und dir auch, wie man sieht.« Er sah gut aus, trug einen gepflegten Schnauzbart und einen tadellos sitzenden Anzug mit Weste.

Er schaute über ihre Schulter. »Was meinst du, ob ich Gisela mal beim Ausschenken helfe?«

»Ich glaube, das ist eine gute Idee.« Ruth ging zu Hella, die stellvertretend für Elfie und Brigitte gekommen war.

»Ich gratuliere, Frau Kronewinkel. Muss ich jetzt Chefin zu dir sagen?«

»Natürlich. Ich bestehe darauf.«

Hella deutete auf ihren Bauch. »Wie bist du in das Kleid gekommen?«

»Frag lieber nicht.«

Hannelore stand mit einem Mal vor ihr, einen überdimensionalen Blumenstrauß in der Hand. Sie breitete die Arme aus und zog Ruth an sich. »Meinen Glückwunsch.«

Ruth winkte Rainer zu sich, damit er Hannelore kennenlernen konnte. Es hatte sich noch nicht früher ergeben. Rosemie kam angelaufen, um ihr den Blumenstrauß abzunehmen. »Oh, sieh nur.« Sie warf einen fachmännischen Blick auf die Blumen. »Das sind Pfingstrosen und Sterndolden. Sind die nicht wunderschön?«

»Manchmal frage ich mich, ob du nicht auch den Beruf verfehlt hast.« Ruth lachte.

»Auch? Wer denn noch?«

»Da würden mir so einige einfallen.«

Gisela zwinkerte ihr zu und drückte ihr ein Glas Saft in die Hand. »Auf euch.«

Dann wurde sie mit einem Mal stumm und sehr blass. Sie starrte an Ruths Schulter vorbei.

»Was hast du denn?« Ruth drehte sich um und schlug die Hand vor den Mund.

Marianne war soeben aus einem Taxi gestiegen, auch sie hatte einen großen Blumenstrauß dabei. Sie trug ein hinreißendes kniekurzes Kostüm, das wie angegossen saß. Als hätte man es ihr auf den Leib geschneidert. Ihr Haar war auf Schulterlänge geschnitten, leicht toupiert und an einer Seite hinters Ohr geklemmt. *Sie sieht aus wie France Gall,* war der erste Gedanke, der Ruth durch den Kopf schoss, als sie begriffen hatte, dass es wirklich und wahrhaftig Marianne war.

Dann lief sie los, das Kleid mit einer Hand gerafft.

Der Blumenstrauß war bei ihrer Begrüßung im Weg, und

wieder war es Rosemie, die herbeigeeilt kam und ihn ihr abnahm.

Sie umarmten und hielten sich, wollten sich gar nicht loslassen.

Bis sich jemand neben ihnen räusperte. Gisela.

Sie war schneeweiß geworden. »Marianne«, flüsterte sie und breitete die Arme aus. »Was für eine Überraschung.« Sie weinte, schniefte.

»Ich kann leider nicht lange bleiben«, sagte Marianne. »Ich muss später weiter nach Paris. Aber ich wollte unbedingt wenigstens kurz vorbeischauen und gratulieren.« Sie zwinkerte Ruth zu. »Und dich in deinem Kleid sehen.«

Nach und nach kamen auch Rainer, dann Kurt und Beatrix, und schließlich Hannelore. Sie nahmen Marianne in ihre Mitte, und es schien, als genieße sie es sehr. Aber möglicherweise nicht, weil sie eine Berühmtheit und Bewunderung gewohnt war, sondern weil sie sich als Teil der Familie, ihrer Familie fühlte. Weil alle sich freuten, sie wiederzusehen und sie hier einfach nur Marianne König sein durfte und Ann in London hatte lassen können.

Nach einer Weile nahm sie Ruths Hand. »Es ist so schön, wieder hier zu sein«, sagte sie leise. »Ich hab euch alle so vermisst.«

Gisela nahm ihre andere Hand, und wie sie so zu dritt beieinanderstanden, musste Ruth an früher denken.

Wie sie im Salon von Günthers feuchten Küssen erzählt hatte, von ihrer unpassenden Unterwäsche und dem Loch in ihrem Unterrock. Wie sie sich vor Lachen gebogen hatten.

Gisela sah sie von der Seite an. »Weinst du etwa schon wieder?«

»Ich? Nein!« Sie wischte sich die Tränen weg und lächelte.

43.

Ihr Sohn kam in einer lauen Juninacht zur Welt.

Bis kurz zuvor hatten sie und Rainer sich nicht auf einen Namen einigen können, doch als er dann neben ihr lag und sie mit seinen blauen Augen anschaute, wusste sie, dass sie ihn Stefan nennen wollte. Und Rainer davon überzeugen würde.

Die Hebamme hatte Rainer wieder nach Hause geschickt, kurz nachdem er Ruth ins Krankenhaus gebracht hatte. »Das dauert noch, Herr Kronewinkel, die Ersten brauchen immer etwas. Legen Sie sich noch mal hin, wir rufen Sie an.«

Doch er war nur rasch heimgefahren, hatte sich umgezogen und einen Kaffee getrunken und war dann wieder hergekommen.

Seinen kleinen Sohn hatte er staunend und ehrfürchtig betrachtet. So sieht ein stolzer, glücklicher Vater aus, hatte Ruth gedacht.

Nachdem er gegangen war, waren ihr die Augen zugefallen.

Das Letzte, was sie dachte, war, dass sich ihr Leben von nun an komplett verändern würde. Natürlich hatte sie das zuvor bereits gewusst, nun jedoch *spürte* sie es auch. Bis vor Kurzem hatte ihr der Gedanke ein wenig Angst gemacht, sie überfordert, doch nun fühlte sie sich vorbereitet, gerüstet.

Gisela kam am frühen Nachmittag, im Arm einen Blumenstrauß für Ruth und einen Teddybären mit blauer Schleife für Stefan.

»Wie geht es dir?«, flüsterte sie.

»Du musst nicht flüstern«, sagte Ruth mit einem Lächeln. »Meine Bettnachbarin schläft so fest, dass man sie wahrscheinlich wegtragen könnte.« Sie hatte zwei Tage zuvor das vierte Mädchen geboren und gemeint, ihr Mann wäre sicher furchtbar enttäuscht, dass es wieder kein Junge war.

Ruth wollte sich aufsetzen und verzog das Gesicht.

Gisela half ihr und klopfte das Kissen in ihrem Rücken auf.

»Hast du den Kleinen schon gesehen?«

Ihre Schwester nickte. »Die Schwester hat ihn mir gezeigt. Er lag ganz brav in ihrem Arm und hat geschlummert. Er ist hinreißend, Ruthchen.«

»Ja, das ist er.«

Gisela setzte sich auf die Bettkante, den hellbraunen Teddybären auf ihrem Schoß.

»Die Blumen sind sehr hübsch. Danke, Gisela, auch für den niedlichen Bären.«

Eine Krankenschwester kam herein und brachte eine Vase.

Gisela stellte die Blumen hinein und ging zum Waschbecken an der Wand.

Als sie zurückkam, waren ihre Augen gerötet und glänzten feucht.

»Was hast du denn?«, fragte Ruth erschrocken.

Sie nahm wieder Platz und zog ein Taschentuch aus der Rocktasche, mit dem sie sich die Augen tupfte. Dabei verschmierte sie den blauen Lidschatten. »Ich möchte dir etwas erzählen, Ruthchen. Etwas, das ich noch nie jemandem erzählt habe.« Sie holte tief Luft und strich über ihren beigen Rock.

»Marianne war gerade in die Schule gekommen, als ich wieder schwanger wurde. Die Ärzte hatten mir gesagt, ich könnte keine Kinder mehr bekommen, und nun war ich schwanger. Dietmar und ich, wir haben uns so gefreut. Wir hatten uns immer mindestens zwei Kinder gewünscht.« Sie zerknüllte ihr Taschentuch. »Mir ging's gut, wirklich gut. Mir war längst nicht so übel wie bei Marianne. Und dann … ich war bereits Ende des fünften Monats …«

Ruth hielt den Atem an. Sie ahnte, was nun kam.

»Ich hatte eine Fehlgeburt, Ruthchen, ich hab unser Kind verloren.« Ein paar Tränen liefen ihr übers Gesicht in den Blusenkragen.

»Oh Gott, Gisela, warum hast du mir das nie erzählt?«

»Ich hab's niemandem erzählt. Ich konnte nicht, es ging nicht. Ich konnte nicht mal mit Dietmar darüber sprechen. Er hat still für sich getrauert und ich für mich.« Sie sah Ruth an. »Wie Marianne und ich, als er starb. Ich hab einfach nicht darüber sprechen können.«

Ruth griff nach ihrer Hand und hielt sie fest.

»Der Arzt meinte, es wäre ein kleiner Junge gewesen. Ein

Sohn. Ich habe mir so sehr einen Sohn gewünscht, genau wie Dietmar.« Sie lächelte traurig. »Er wäre heute siebzehn und bestimmt ein stattlicher, hübscher junger Mann.«

Jetzt weinte Ruth, sie konnte gar nicht mehr aufhören. »Es tut mir so leid, so furchtbar leid.«

»Weißt du, was man sagt: Töchter ziehen fort und gründen eine Familie, Söhne bleiben bei der Mutter. Ich glaube, ich habe das immer falsch verstanden, ich dachte, ein Sohn hätte mich nicht allein gelassen, er wäre geblieben.« Sie lachte auf. »Was war ich doch für eine Närrin. Es ist ganz anders gemeint: Wenn ein Sohn eine Familie gründet, kümmert er sich auch weiterhin um seine Mutter. Eine Tochter dagegen wird sich vor allem um ihre eigene Familie kümmern.« Sie machte eine kurze Pause, ehe sie weitersprach. »Ich stelle mir oft vor, wie es wäre, wenn wir diesen Sohn bekommen hätten. Wenn er nicht … gestorben wäre.«

Ruth wischte mit dem Handrücken über ihre Nase. »Eines steht jedenfalls fest, Gisela. Du wärst furchtbar stolz auf ihn. Genau wie auf Marianne.«

44.

London

Marianne

Ruths Hochzeit lag schon wieder ein halbes Jahr zurück. Die Zeit verging so schnell, dass es ihr manchmal vorkam, als wäre sie nur ein kurzer Windhauch, der vorbeizog. Zu flüchtig, um ihn wirklich wahrzunehmen, zu rasch, um ihn festzuhalten.

Wie sie im Grunde kaum noch etwas festhalten, in sich bewahren konnte. Ihr Alltag, ihr Leben bestand nur noch aus Zeitdruck, Hektik und Stress. Es gab nicht mal ausreichend Gelegenheiten, in Ruhe über etwas nachzudenken.

In ein paar Tagen würde eine wichtige Modenschau stattfinden, ein Ereignis, das viele Fotografen und Reporter sich nicht entgehen lassen wollten. Das bedeutete: noch mehr Zeitdruck, noch mehr Hektik.

In London war es so heiß und stickig, dass man kaum durchatmen konnte und sich verzweifelt mit dem Erstbesten, was man zur Hand hatte, Luft zufächelte. Der Asphalt flirrte, und die Menschen waren gereizt und schlecht gelaunt, auch die, die sonst den Sommer, die Sonne herbeisehnten. Träge saßen sie auf den Bänken an der Themse oder im Park und stöhnten.

Die Eingangstüren in den Kaufhäusern und Geschäften standen den ganzen Tag offen, trotzdem war es drinnen unerträglich.

Marianne war im Kaufhaus Liberty gewesen, um Ruths kleinem Sohn etwas Niedliches zum Anziehen zu kaufen. Doch nach nur wenigen Minuten war sie wieder ins Freie geflüchtet.

Sie dachte gern daran zurück, wie sie Ruth auf deren Hochzeit überrascht hatte. Sie hatte sich nicht in der Aufmerksamkeit und offenen Bewunderung gesonnt, im Gegenteil, es war ihr eher ein wenig unangenehm gewesen. Aber sie gehörte dazu, sie war ein Mensch, der anderen wichtig war. Sie hatte eine Familie, die sie liebte, Freunde, denen sie etwas bedeutete.

Der Tag war viel zu schnell vorbeigegangen – ein Windhauch –, und als sie nach Paris weitergeflogen war, hatte sie still für sich geweint. Sie hatte Sehnsucht und Heimweh empfunden, dabei hatte sie gerade erst alle wiedergesehen.

Nach der Modenschau in Paris war sie zusammengebrochen, hatte für drei Tage in die Klinik gemusst. »Emotionale und körperliche Erschöpfung«, hatte der Arzt gemeint, und sie hatte gelächelt. So wie sie es gelernt hatte, und so wie sie es machte, wenn sie nicht wollte, dass ihr jemand in die Karten schaute.

Anthony war gekommen, mit einem Strauß Blumen, der

so üppig gewesen war, dass die Krankenschwester keine passende Vase gefunden hatte. »Du musst besser auf dich aufpassen, Süße«, hatte er gesagt und ihre Hand getätschelt. »Der Stress darf dich nicht so belasten. Haben sie dir was zum Aufpäppeln gegeben?«

Sie hatte genickt. Die Tabletten und Dragees würden ihr wieder auf die Beine helfen. Für das, was sie aber weit dringender brauchte, gab es kein Medikament: Wärme, echte Fürsorge, Uneigennützigkeit, Liebe.

Anthony hatte noch ein wenig geplaudert und von einem neuen Mannequin berichtet, das er in Stockholm entdeckt hatte. »Auf der Straße kam sie mir entgegen, und ich hab sie gleich angesprochen. Sie kommt ganz groß raus, so wie du, Ann.«

Marianne hatte gedacht: *Das arme Ding.*

»Wann bist du wieder bereit?«, hatte er gefragt. »Wir brauchen dich für Aufnahmen. Die Chefredakteurin hat angerufen, dass sie nur dich will.«

Nachdem sie entlassen worden war, hatte sie zwei volle Tage nur geschlafen und erschreckend lebhaft geträumt.

Wieder von ihren Eltern und vom Salon. Auf allen vieren hatte sie auf dem Fußboden gehockt und Haare zusammengefegt. Bis ihre Mutter gekommen war und ihr aufgeholfen hatte. »Lass uns lieber tanzen gehen«, hatte sie gesagt und ihr liebevoll übers Haar gestrichen.

Bin ich ein kleines Mädchen oder eine erwachsene Frau?, hatte sie im Traum überlegt. Sie hätte beides sein können.

Ihr Vater hatte in der Stube am Fenster gesessen, seinem Lieblingsplatz, den Sportteil der Tageszeitung auf dem

Schoß. Lächelnd hatte er aufgeblickt, als sie hereingekommen war. »Ich habe mich schon gefragt, wo du so lange bleibst.«

Sie war so froh gewesen, so glücklich, ihn zu sehen. Es war ihr wie eine Ewigkeit vorgekommen, seit sie sich zuletzt gesehen hatten.

Als sie aufgewacht war, hatte sie geweint.

Dann und wann träumte sie auch von Ruth. Sie gingen zusammen aus, saßen an einem Tisch in der Ecke und beobachteten die Männer um sie herum. Wenn einer zu ihnen kam, um eine von ihnen zum Tanzen aufzufordern, versteckten sie sich blitzschnell unter dem Tisch und kicherten, wenn er wieder abzog. »Mir sind die alle zu doof«, flüsterte Ruth im Traum. »Sie müssten doch sehen, dass wir unter dem Tisch hocken. Ich will keinen Mann, der mich nicht sieht.«

Das Telefon schreckte sie aus ihren Gedanken. Es war Mary, die ihr erzählte, dass sie in Manchester bleiben würde und sich mit ihrer Jugendliebe verlobt hatte. »Verrückt, was? Als ich mich damals von ihm getrennt habe, war ich froh, dass ich mein altes Leben hinter mir lassen und anderswo neu anfangen konnte. Mein altes Leben kam mir so erbärmlich, so öde vor.«

Wie gut ich dich verstehe, hatte Marianne gedacht. Sie war ganz wehmütig geworden. Doch sie sagte nur: »Das ist wirklich verrückt, Mary«, und krönte es mit einem fröhlichen Lachen. Auch das hatte sie gelernt und bis zur Perfektion einstudiert. So konnte niemand hinter ihre Fassade blicken.

Mitten in der Nacht wurde sie wach und setzte sich auf.

Hatte sie geträumt? Wieder von zu Hause, von ihren Eltern? Warum lächelte sie? Und warum fühlte sie sich, als hätte sie sich über Nacht von einer Last befreit?

Sie stand auf und ging im Dunkeln umher, die Arme vor der Brust verschränkt, weil ihr kühl war.

Ihre Mutter hatte den Entschluss, den Salon nicht wieder eröffnen zu wollen, als eine Art Befreiungsschlag bezeichnet. Marianne war überrascht gewesen, sie hatte nicht gewusst, dass der Salon eine Last, eine Bürde gewesen war. *Ich bin ein ganz neuer Mensch,* hatte ihre Mutter geschrieben. *Weil ich es mir endlich eingestanden habe.*

Marianne sank aufs Bett, zog die Beine an und schlang die Arme darum. Wieder musste sie lächeln, weil sie nun, im komplett wachen Zustand, begriff, dass auch sie sich längst etwas eingestanden hatte.

45.

Gisela

Selbstgenähtes, -gestricktes und -gehäkeltes stand in diesem Sommer hoch im Kurs. Alle Frauen versuchten sich darin, egal, ob sie talentiert und motiviert oder leidlich begabt waren.

Gisela hatte mit großer Begeisterung zu stricken und zu häkeln begonnen und nähte an diesem Nachmittag ihr erstes Wickelkleid. Es gelang ihr sogar recht passabel, nur die kleine Tasche war ein wenig schief geraten. Das merkte man aber kaum, weil das Kleid an dieser Stelle gebunden wurde. Sie hängte es auf einen Bügel und betrachtete es zufrieden.

»Hübsch«, sagte sie. »Gut gemacht, Gisela.«

Sie könnte eine Kleiderpuppe anschaffen, das wäre sicher praktisch. Der Stoff ließe sich dann wunderbar anpassen und feststecken, und sie müsste nicht mehr auf allen vieren auf dem Fußboden herumkriechen.

»Was meinst du, Mäxchen? Soll ich?«, fragte sie den Cockerspaniel, der auf dem flauschigen Läufer neben ihr lag und den Kopf hob.

Sie hatte ihn vor ein paar Wochen aus dem Tierheim geholt. Es war Liebe auf den ersten Blick gewesen. Max' frühere Besitzerin, eine alte Dame, war gestorben, und seitdem schaute er jeden, der hereinkam, hoffnungsvoll an.

Gisela hatte die Hand ausgestreckt, und er war sofort zu ihr gekommen. »Ich nehme ihn«, hatte sie verkündet und es keinen Tag bereut.

Die beiden gingen mehrmals am Tag spazieren, manchmal wurde es ein ausgedehnter Gang, manchmal drehten sie nur eine kleine Runde. Der Hund tat ihr gut, sie fühlte sich gebraucht und hatte jemanden, um den sie sich kümmern, den sie versorgen durfte.

Max machte einmal »Wuff« und döste weiter.

Schon wieder hatte sie Ideen für neue Kleider, Röcke, Kissen, vielleicht würde sie sogar neue Vorhänge nähen.

Wenn ihr Neffe etwas größer war, würde sie Hosen für ihn nähen.

Am Tag zuvor war sie bei Ruth gewesen und hatte den Kleinen auf dem Arm umhergetragen. Und sich vorgestellt, wie es wäre, wenn sie auch einen Sohn hätte. Es tat noch immer weh, wahrscheinlich würde das für den Rest ihres Lebens so sein.

Sie würde damit zurechtkommen, es still ertragen oder mit Ruth darüber reden, so wie sie es versprochen hatte.

Ruth ging ganz in ihrer Mutterrolle auf. Sie sagte, das Muttersein stelle alles in den Schatten, von dem sie früher geglaubt habe, es mache sie glücklich.

Gisela stand auf, ging zum Fenster und dehnte den Rücken.

Sie hatte zu lange an der Nähmaschine gesessen. *Ich brauche mehr Bewegung*, dachte sie. *Vielleicht sollte ich mir auch ein Fahrrad anschaffen. Wenn Stefan größer ist, könnte ich ihn in einem Korb mitnehmen.*

Sie sah häufig Mütter mit kleinen Kindern im Fahrradkorb am Lenker.

Wenn sie nur wüsste, was sie mit den Salonräumen tun sollte. Sie konnten nicht ewig leer stehen.

Es war die richtige Entscheidung gewesen, den Salon nicht mehr zu eröffnen. Auch jetzt, einige Zeit später, fühlte es sich gut und vollkommen richtig an.

Unten auf der Straße gingen zwei junge Frauen mit ihren Kinderwagen spazieren. Gisela lächelte. Sie war auch schon einige Male mit ihrem kleinen Neffen und Max an der Weser entlangspaziert.

Sie wandte sich ab und wollte sich wieder an die Nähmaschine setzen. Sie war eine unerwartet geschickte Schneiderin. Vielleicht hätte sie damals, vor vielen Jahren, diese Laufbahn einschlagen sollen, überlegte sie.

Nein, eher nicht. Für sie wie auch für ihre Geschwister war der Salon die erste Option gewesen. Und es war gut so, sie hatten viele schöne Jahre dort verbracht. Jahre, die nun vorbei waren.

Gisela konnte es ganz ohne Wehmut und Schuldgefühle sehen und nun endlich auch das tun, was sie schon eine Weile vor sich hergeschoben hatte. Sie hatte den richtigen Zeitpunkt abwarten wollen, und der war nun gekommen, das spürte sie mit einem Mal ganz deutlich.

Sie ging ins Schlafzimmer und zog einen alten, eigentlich

längst ausrangierten Kittel an und schlüpfte in bequeme Pantoffeln. Dann band sie sich ein kariertes Kopftuch um und verknotete es vor der Stirn. Einen kurzen Blick in den Spiegel konnte sie sich im Vorbeigehen nicht verkneifen.

»Komm, Mäxchen!«, rief sie und verließ mit Putzeimer und einer Rolle Müllsäcken die Wohnung.

Kurz darauf stand sie am Tresen und strich liebevoll darüber. Ja, alles hatte seine Zeit, und die Zeit von Salon Fellbach war unwiederbringlich vorbei.

Gisela stellte Eimer und Putzmittel ab und blickte sich um.

Sie horchte in sich hinein, zunächst noch ein wenig misstrauisch und besorgt. War sie wirklich bereit? War sie imstande, mit diesem letzten Punkt abzuschließen?

Sie ging in den leeren Frisierbereich und schaute sich auch hier um. Nur eine Trockenhaube war ihnen noch geblieben, die Einzige, die beim Brand heil geblieben war. Wie ein Mahnmal stand sie in der Ecke, ein Zeitzeugnis.

»Tut mir leid, altes Mädchen, aber deine Zeit ist auch endgültig abgelaufen.« Gisela schob die Haube in den Eingangsbereich. Beim nächsten Sperrmüll würde sie sie an die Straße stellen.

Anschließend räumte sie die letzten Haarpflegeprodukte und eine Schachtel mit Wicklern und Clips aus dem Regal in eine Kiste. Dann nahm sie die Kasse vom Tresen und stellte alles neben die Trockenhaube.

Jetzt wurde es doch ein wenig eng in ihrem Hals. Einen

großen Schritt war sie bereits gegangen, und nun gab es kein Zurück mehr. Aber Gisela wollte auch nicht mehr zurück.

Es war eine reifliche Überlegung gewesen, einen Schlussstrich zu ziehen. »Ich hoffe, du verzeihst mir, Papa«, sagte sie leise. »Aber es muss sein, es ist an der Zeit.«

Sie nahm das Radio aus dem leeren Regal und ging damit in den früheren Frisierbereich. Zu Mireille Mathieus ›Hinter den Kulissen von Paris‹ begann sie zu schrubben.

Als sie leise Schritte hinter sich hörte, wirbelte sie herum.

Ruth stand da und blickte sich mit großen Augen um. »Gisela …« Dann stutzte sie und begann zu lachen. »Schick siehst du aus.« Langsam kam sie näher. »Du machst also ernst.«

Gisela nickte, den Wischlappen noch in der Hand. Sie war fast fertig, nur das Schaufenster fehlte noch. Sie wollte das Laken herausnehmen, das Fenster putzen, bis es glänzte, und dann ein großes Schild hineinhängen: Räume zu verpachten. »Wo ist der Kleine?«, fragte sie mit rauer Stimme.

Ruth legte den Arm um ihre Taille. »Er schläft im Kinderwagen.« Sie nickte in Richtung Tür. »Und?«, fragte sie dann leise.

»Mir geht's gut«, versicherte Gisela aus reiner Gewohnheit. Sie hatte sich im Laufe der Jahre angewöhnt, sich niemals etwas anmerken zu lassen. »Mir geht's wirklich gut, Ruthchen«, fügte sie mit einem Lächeln hinzu. »Ich hab's im Geiste schon so oft durchgespielt und mir vorgestellt, wie es sich wohl anfühlen wird …« Sie holte tief Luft und versuchte das, was sie spürte, in Worte zu fassen. Auch das war neu für sie, und sie müsste es wohl erst noch lernen. »Ich bin … erleichtert, ja, wirklich. Und ich habe kein schlechtes Gewissen. Es ist die richtige Entscheidung.«

Ruth lehnte das Gesicht an ihre Wange. Sie waren fast gleich groß.

Im Radio sang Peter Alexander ›Verbotene Träume‹, und sie sahen sich verwundert und belustigt zugleich an.

»Ich erkenne dich kaum wieder«, sagte Ruth nach einer Weile. Vielleicht hatte auch sie vorübergehend mit den Tränen kämpfen müssen. »Ich bin so froh, dass wir uns wiedergefunden haben.«

Gisela lächelte. Wiedergefunden, das klang sehr schön und traf es auf den Punkt.

»Weißt du noch, wie lebhaft es hier früher zugegangen ist? Wie die Trockenhauben gedröhnt und gebrummt haben und es nach Haarspray und Festiger roch? An manchen Tagen haben die Kunden sich die Klinke in die Hand gegeben.« Ruth hob einen Finger. »Hörst du das, Gisela?«, flüsterte sie. »Hörst du die Stimmen, das Geplapper, das Brummen der Hauben?«

»Ja«, flüsterte Gisela. »Ich kann es ganz deutlich hören.«

»Schön war's, oder?«

»Sehr schön, Ruthchen.« Sie klatschte zweimal in die Hände und lauschte. »Jetzt ist es still, ganz still.«

Es war ein besonderer, ein inniger Moment, und beide waren ganz still. Sogar Max gab keinen Laut von sich.

»Was hast du jetzt vor?«, fragte Ruth irgendwann. »Mit den Räumen, meine ich.«

»Ich dachte, ich hänge ein Schild ins Schaufenster, dass

sie zu pachten sind. Was meinst du? Es wird wahrscheinlich nicht leicht werden, aber vielleicht findet sich jemand, der Räume für zwei, drei Büros sucht. Das wäre doch ideal.«

Ruth schwieg einen Moment, dann sagte sie: »Salon Fellbach ist Geschichte. Eine Geschichte, die ich meinem Sohn erzählen werde.«

Gisela schluckte. »Wie schön, Ruthchen. Ich glaube, ich muss heulen.«

»Ich auch.«

Sie sahen sich an und mussten lachen.

Im Radio begann Udo Jürgens ›Immer wieder geht die Sonne auf‹ zu singen, und wieder schauten sie sich verblüfft an.

»Als würden sie die Lieder nur für uns spielen«, meinte Gisela kopfschüttelnd.

Ruth lief hin, um lauter zu stellen, dann nahm sie Giselas Hand und führte sie in die Mitte des Raumes. Die beiden tanzten über den blank gewienerten Linoleumboden.

Gisela spürte ein unbändiges Gefühl von Lebensfreude, Glück und Freiheit aufsteigen. Sie hatte ihr Leben zurück. Es war, als fiele eine Last von ihren Schultern. Sie lachte und drehte sich schneller und schneller.

»Wenn uns jemand sieht, wird er uns für vollkommen übergeschnappt halten.« Ruth kicherte. »Ich höre schon, wie sie tratschen: Die Fellbach-Schwestern drehen durch und tanzen in ihrem früheren Salon.«

»Frau Jansen zum Beispiel.«

»Oder Herr Plön.« Ruth prustete. »Aua, du bist mir auf die Füße getreten.«

»Verzeihung, ich bin aus der Übung.«

Plötzlich sagte eine weibliche dunkle Stimme hinter ihnen: »Was macht ihr denn da?«

Gisela blieb wie angewurzelt stehen. »Ruthchen«, flüsterte sie. »Hast du das gehört? Das klingt wie Marianne.« Sie kniff die Augen zu und machte sie wieder auf.

»Wenn ich gewusst hätte, dass ihr ein Tanzlokal eröffnet habt, wäre ich früher gekommen.«

Langsam drehte Gisela sich um.

Und tatsächlich: Ihre Tochter stand im Eingang, eine große Handtasche quer über der Schulter.

»Marianne?«, fragte Gisela ungläubig.

»Du bist nicht wiederzuerkennen, Mama. Und ich meine nicht deine todschicke Aufmachung.«

Gisela lief zu ihr und umarmte sie, wollte sie gar nicht loslassen. Der Cockerspaniel sprang an ihnen hoch und bellte aufgeregt.

»Bist du's wirklich, Mama? Was ist passiert, dass ich dich kaum wiedererkenne?«

»Sehr viel.« Gisela gab sie frei. »Ich freue mich so, dass du da bist! Wie lange kannst du bleiben? Oder musst du gleich wieder weiter?«

Ruth kam zu ihnen. »Ich kann nicht glauben, dass du hier vor uns stehst.«

Marianne sah müde aus, erschöpft, hatte dunkle Ringe unter den Augen, und wie mager sie war!

»Dein Sohn ist hinreißend, Ruthchen. Er schläft wie ein kleiner Engel.« Sie schaute von einer zur anderen. »Ich wollte euch überraschen. Und nein, Mama, ich muss nicht gleich wieder weiter.«

»Gott sei Dank.«

Sie hockte sich hin und kraulte Max am Ohr. »Ihr habt mir so gefehlt. Ihr könnt euch nicht vorstellen, wie sehr.« Sie machte eine längere Pause und blickte sich um.

Ob es ihr etwas ausmachte, dass es den Salon nicht mehr gab, fragte Gisela sich.

»Ich werde nicht wieder nach London zurückgehen.«

Gisela blinzelte, sagte aber kein Wort.

»Was? Du willst nicht zurück?«, fragte Ruth. »Was ist mit deinem Beruf?«

»Es läuft auch ganz gut ohne mich weiter. Die eine geht, die andere kommt.« Marianne zuckte die Schultern. »Ich hatte das alles so satt. Die ewige Hektik, der Stress, das Hungern und das ständige Reisen und in irgendwelchen Hotelzimmern übernachten müssen. Es ist genug, es reicht. Ich will mein altes Leben zurück.« Sie lachte. »Na, vielleicht nicht ganz. Erst mal werde ich mich erholen, ausruhen, und dann sehe ich weiter.«

Gisela nickte, lächelte, noch immer fassungslos und überwältigt vor Glück. »Ja, dann siehst du weiter.«

Nachwort

Ich bin in den 1960er-Jahren aufgewachsen und erinnere mich noch an meine ersten Friseurbesuche, an den drehbaren Kinderstuhl, der in die Mitte des Raumes gerollt wurde, sodass man praktisch auf dem Präsentierteller saß. Ich erinnere mich auch noch an das Ziepen, wenn der Friseur meine Haare zu entwirren versuchte, und an den strengen Blick meiner Mutter, mich bloß nicht so anzustellen.

Die Geschichte mit dem Mann, der aus Liebeskummer mehr als zwei Jahrzehnte im Bett verbrachte, ist keine Erfindung. Allerdings ist sie nicht in Bremen passiert, sondern in einem Dorf nahe Rinteln, wo meine Großeltern lebten. Die Geschichte, wie der Mann mit langen Haaren und langem Bart aus dem Haus getragen wurde, kursierte noch viele Jahre später. Meine Großmutter hatte sie mir als Kind erzählt, damals wollte ich sie aber nicht glauben.

Viele andere politische oder gesellschaftliche Ereignisse, die ich erwähne, sind ebenfalls so oder sehr ähnlich geschehen.

Die Bezeichnung »Friseuse« hat heutzutage etwas Despektierliches, war aber noch bis in die 1980er-Jahre gebräuchlich.

Mein Dank geht an meine famose Lektorin Ingola Lammers und wie immer an meine Familie, die mir den Rücken freihält.

Das Buch ist meiner Mutter gewidmet, die im selben Jahr geboren wurde wie Ruth.

Sie und ihre beiden Schwestern Gisela und Marianne haben mich zu dieser Geschichte inspiriert.

Friseuse ist oder war übrigens keine von ihnen.